Trudy Cos

Glüh-Gin zum Mord

Ein Windsor-Krimi mit Samy Wilde

DRYAS
Windsor-Krimi

Cos, Trudy: Glüh-Gin zum Mord. Ein Windsor-Krimi mit Samy Wilde.
Dryas Verlag 2022

1. Auflage
ISBN 978-3-98672-004-9

Dieses Buch ist auch als E-Book erhältlich und kann über den Handel oder den Verlag bezogen werden.
E-Book 978-3-98672-005-6

Lektorat: Sarah Weber
Korrektorat: Claudia Lezár
Umschlaggestaltung: © © Julia Röck | Guter Punkt, München, unter Verwendung von Motiven von istockphoto und iStock / Getty Images Plus
Umschlagabbildungen: © JimSchemel / istockphoto; creativenature-media, IvanMikhaylov / iStock / Getty Images Plus
Satz: Dryas Verlag, Hamburg

Bibliografische Information der Deutschen Nationalbibliothek:
Die Deutsche Nationalbibliothek verzeichnet diese Publikation in der Deutschen Nationalbibliografie; detaillierte bibliografische Daten sind im Internet über https://www.dnb.de abrufbar.

Der Dryas Verlag ist ein Imprint der Bedey und Thoms Media GmbH, Hermannstal 119k, 22119 Hamburg.

---

http://www.dryas.de
Gedruckt in Deutschland

Kapitel 1

Es weihnachtet sehr

»Frau Doktor, dürfte ich endlich bitten?«, rief Cornelius zum wiederholten Male, sodass Samy seinen wachsenden Unmut nicht überhören konnte.

Seufzend betrachtete sie sich im Spiegel und war zufrieden, endlich eine Gelegenheit zu haben, den weitschwingenden, silbergrauen Tüllrock zu tragen. Er war nicht viel mehr als ein langes Tutu, übersät mit kleinen Glitzersteinen und in Kombination mit dem kurzen Angora-Pullover, der den Blick auf ihre schmale Taille lenkte, einfach hinreißend.

Sie fühlte sich wie die Balletttänzerin oder Prinzessin, die sie als Kind gerne hätte sein wollen. Samy drehte sich schwungvoll hin und her, um die Weite des Rocks zu genießen und den Gedanken an ihre Kindheit abzustreifen. Natürlich war derartiger Mädchenkram in ihrer Familie undenkbar gewesen.

Doch ehe Wehmut sie übermannen konnte, verscheuchte sie die Erinnerungen. *Was soll es?*, schalt sie sich kampflustig und griff nach den beiden Taschen, die auf dem Bett bereit lagen. Sie hatte nicht vor, sich den Abend durch Vergangenes verderben zu lassen.

Als sie den Salon ihres Apartments betrat, sprengte Cor wie immer den Rahmen. Ohne sein Dazutun dominierte er den Raum, der nur spärlich beleuchtet war. Das meiste Licht kam vom gegenüberliegenden Schloss, das mit Einsetzen der Dunkelheit immer angestrahlt wurde. Obwohl sie bereits ein Jahr hier lebte, konnte Samy sich an dem Blick nicht sattsehen. Ehrfurcht vor den Geschichten, die die gigantischen Mauern gesehen hatten, erfüllten sie ebenso, wie die Tatsache, dass sie nur durch die schmale High Street davon entfernt lebte.

Alle Räume ihrer Wohnung waren von ihrem Vater geschmackvoll in weiß eingerichtet worden. Einzig die Drucke an den Wänden in schwarzen Rahmen und ein paar Kissen und Accessoires setzten Akzente. Obwohl er gestorben war, bevor sie ihn kennenlernen konnte, hatte Samy den Eindruck, dass ihr Vater ein gutes Gespür für Stil gehabt hatte.

Cornelius kam in dem monochromen Ambiente bestens zur Geltung. Er trug einen schwarzen Smoking, dessen Bügelfalten messerscharf waren. Er legte viel Wert auf Etikette und weniger als dieser Aufzug wäre aus seiner Sicht für eine Abendeinladung nicht akzeptabel gewesen. Der tadellos sitzende Anzug, bei dem es sich um eine Maßanfertigung handelte, verlieh seiner Figur etwas Erhabenes. Seine exakt zwei Meter und einhundertdreißig Kilo – wie er selbst immer wieder betonte – waren imposant, egal ob in Abend- oder Freizeitgarderobe. Dabei war Samy sicher, dass ihr Freund kaum etwas im Kleiderschrank hatte, was in die zweite Kategorie passte.

Als sie den Raum nun betrat, senkte er den Whiskey-Tumbler, den er gerade zum Mund führen wollte, und schaute sie fasziniert an. Seine runden Pausbacken röteten sich und in seinen Augen flackerte Begeisterung auf, die jedoch nicht ihr galt, wie sie feststellen musste. Das Glas abstellend erhob er sich und eilte auf sie zu. Dann griff er nach eine der Abendtaschen.

»Oh mein Gott, sag nicht, dass es die neueste Bottega Clutch ist!«

Verwirrt ließ sie sich die Tasche entreißen und wollte sich beschweren, weil er ihr Outfit nicht würdigte. Doch Cor war derart fasziniert, dass es nur so aus ihm heraussprudelte.

»Wie kommst du an dieses Täschchen? Ich stehe seit Monaten auf der Warteliste.«

Samy war vor den Kopf gestoßen. Egal wie exzentrisch er auch war, mit einer Damentasche hatte sie den Designerklamotten-ergebenen Freund noch nie gesehen. Sie verfolgte seine fachmännische Prüfung des Accessoires und wollte wissen, was er da tat.

»Bist du sicher, dass du wirklich eine Abendtasche brauchst? Willst du sie als Kosmetiktasche verwenden? Da gibt es doch bestimmt auch etwas Maskulineres, nicht wahr?«

Er stieß einen verächtlichen Ton aus und belehrte sie.

»Es versteht sich von selbst, dass ich dieses Teil nicht für mich brauche.« Seine tiefe Stimme wurde schrill, was immer passierte, wenn er sich ereiferte.

Erleichtert vernahm Samy, dass er plante, dieses exquisite Stück seiner Mutter zu Weihnachten zu schenken. Diese Tatsache beruhigte sie ungemein, den letztlich war ihm alles zuzutrauen. Zufrieden nahm sie sie ihm wieder ab und drehte sich von links nach rechts, in jeder Hand eine Clutch.

»Also, welche passt besser?«, erkundigte sie sich und stellte sich seinem geschulten Auge.

Nach langer Überlegung und vielen Kommentaren votierte er letztlich gegen das Modell, das ihn noch Minuten zuvor verzückt hatte. Die strassübersäte Minitasche mit der doppelten›C‹-Verzierung machte mehr her, was seiner Meinung nach für eine Christmasparty nicht verkehrt sein konnte.

Cornelius kannte die großen Designer wie kein anderer. Daher verließ Samy sich an dieser Stelle auf sein Urteil. Sie selbst hatte die ersten 33 Jahre ihres Lebens ohne jeglichen Pomp verbracht und war noch dabei, sich an den Luxus zu gewöhnen, den ihr neues Leben ihr bot.

Sie hatte gelernt, diese Dinge zu lieben. Dennoch fehlte ihr immer noch die Selbstverständlichkeit, im Luxus zu schwelgen, ohne ein schlechtes Gewissen wegen ihres Müßiggangs zu haben.

Cornelius, ihr treuer Freund aus der Schulzeit, hingegen war ein Lebemann und hatte nie verstanden, warum man sich in seinen Möglichkeiten beschränken sollte. Er lebte stets nach Oscar Wildes Prinzip: *Versuchungen sollte man nachgeben, denn man weiß nie, ob sie zurückkommen.*

Samy schätzte ihn über allen Maßen und ließ sich gerne von ihm auf den richtigen Pfad führen, denn sie wusste, dass sie sich in puncto Mode blind auf sein Urteil verlassen konnte.

Er war für einen langen Weihnachtsbesuch angereist und wild entschlossen, Samy auf jedes Event zu begleiten. Er war ein Partylöwe und immer auf der Suche nach neuen Inspirationen, die ihm die Gesellschaft Windsors um diese Jahreszeit ganz sicher bieten würde.

»Sollten wir nicht langsam aufbrechen?«, erkundigte er sich und trank seinen Whiskey aus.

Seine Ungeduld war kaum zu bremsen, doch Samy ließ sich nicht aus dem Konzept bringen. Sie hasste es, als Erste auf einer Party zu erscheinen, und entschied sich daher für einen Drink. Als sie ihn bat, ihr diesen zu mixen, rümpfte er minimal die Nase. Langsam ging er an den Barwagen und machte sich dort gekonnt zu schaffen. Für ihre Nervosität im Umgang mit Menschen hatte er noch nie Verständnis gehabt, daher überraschten sie seine folgenden Worte nicht.

»Bitte, meine Liebe, wenn du glaubst, mit einem kleinen Schwips besser durch die Welt zu kommen.« Er überreichte ihr einen formvollendeten Drink und dazu ein kleines Schälchen mit Oliven, was er nach seiner Ankunft vorbereitet hatte.

Dann ließ er sich erneut in das weiche Sofa fallen und zupfte an dem scharlachroten Seidenschal, den er als Tribut an die Weihnachtszeit umgelegt hatte. Cornelius liebte den großen Auftritt und Samy sah vor ihrem inneren Auge bereits, wie er im Herrenhaus der Burtons durch die Menge schritt. Sie seufzte und wünschte sich zum wohl millionsten Male ein klein wenig seiner Courage.

Während sie sich auf einem Lederhocker in der Nähe des Fensters niederließ und die unzähligen Lagen Tüll ihres Rocks zurechtzupfte, spürte sie seine Augen prüfend auf sich. Sie wappnete sich, denn sicherlich würde eine Belehrung über Alkohol und mangelndes Selbstvertrauen kommen – ein Klassiker zwischen ihnen. Doch stattdessen wollte er wissen, wer die Gastgeber waren, die ihn freundlicherweise ebenfalls eingeladen hatten.

»Emily und Les Burton sind Freunde von Valerie, Charles' ältester Tochter. Natürlich sind sie wie all diese Menschen Teil der Berkshire Society und bis in die allerhöchsten Kreise vernetzt.«

Cor spitzte die Lippen und sie hätte drauf schwören können, dass er überlegte, bis wo die höchsten Kreise reichten.

Er war ein Fan von Sir Charles, dem bekanntesten, wenn auch inzwischen pensionierten, Strafverteidiger der Insel. Samy wusste, dass alles, was mit ihm zu tun hatte, in Cors Augen ein Gütesiegel trug.

Sir Charles war äußerst konservativ und hatte erwartet, dass die Kinder in seine juristischen Fußstapfen traten. Allerdings hätte es nichts gegeben, was weniger zu Anabel gepasst hätte. Doch mit dem Beruf, den sie stattdessen gewählt hatte, konnte »Iron Charly« gar nichts anfangen. Samy war jedoch nicht vollkommen sicher, ob Bel das, womit sie ein Vermögen verdiente, selbst als ihren Beruf bezeichnete.

Natürlich hatte sie genau wie ihre Geschwister etwas Seriöses studiert, war jedoch inzwischen als Influencerin in den sozialen Medien so bekannt wie ihr Vater als Strafverteidiger. Sie betrieb auf Instagram und TikTok einen Vlog mit dem Namen *Hoch zu Ross,* in dem sich alles um Pferde und Reiten drehte. Ihre Followerzahl war astronomisch hoch und die Millionen begeisterter Zuschauer ließen Bels Kasse durch Werbeeinnahmen laut klingeln. Damit konnten ihre Eltern aber nichts anfangen und beäugten das Lebenskonzept ihrer Jüngsten argwöhnisch. Zu Cor und seiner speziellen Art passte Bel dahingegen hervorragend.

Er kommentierte ihre Ausführungen über die Burtons nicht und so erläuterte Samy ihr Verhältnis zu den Gastgebern genauer.

»Ich kenne Emily nur flüchtig, weil sie in das Yogastudio geht. Seit dem traurigen Tod von Jennifer ist die Mitgliederzahl rasant angestiegen. Tragödien ziehen die Menschen immer an.«

Cor nickte zustimmend und ermunterte sie fortzufahren, während er an einem neuen Drink nippte.

»Ich verdanke die Einladung sicherlich Bel, denn ich glaube nicht, dass ihre Schwester Valerie an mich gedacht hätte, ich kenne sie ja kaum. Aber ich kann mir gut vorstellen, wie Bel sie überzeugt hat, mich bei den Gastgebern ins Spiel zu bringen.« Sie zuckte die Schultern und schloss resigniert: »Aber am Ende des Tages ist es Charles, der in dieser Stadt die Strippen zieht, und er fühlt sich mehr denn je dazu berufen, mich aus Dankbarkeit überall anzupreisen.«

Cor lachte und prostete dem älteren Herrn imaginär zu. Dabei murmelte er: »Der gute Charles!«

Seine Bewunderung für den eloquenten Juristen war enorm. Dessen vollendeter Kleidungsstil und seine geschliffenen Manieren empfand Cor als eine innere Verbindung zu sich. Samy wusste, dass er für ihre nächsten Worte kaum Verständnis aufbringen würde, daher genehmigte sie sich ebenfalls einen Schluck ihres Drinks und sofort überzog Gänsehaut ihre Arme. Die braune Flüssigkeit des Whiskey Macs war so kalt, dass das gesamte Glas von kleinen Kondensperlen überzogen war. Daher brachte sie es schnell außer Reichweite ihres Rocks, denn sie wollte nicht riskieren, dass ihr sündhaft teures Outfit Schaden nahm.

»Manchmal bedauere ich, dass ich mich jemals bei ihm beschwert habe, weil es schwer ist, in dieser Gesellschaft Fuß zu fassen.«

Sie hatte Cors Reaktion richtig vorausgesehen und redete schnell weiter, als er sie ungläubig anschaute.

»Als er damals erwähnte, er würde seine Frau bitten, etwas zu organisieren, um mich in die Gesellschaft einzuführen, hätte ich mir nicht vorstellen können, wie aktiv diese Menschen sind. Du hast keine Vorstellung davon, wie oft und zu was ich eingeladen werde!«

Als er protestieren wollte – ein Zuviel gab es für Cor nicht – wischte sie seinen Einwand beiseite und berichtete von unzähligen Kindergeburtstagen, die allesamt gefeiert wurden, wie anderenorts ein besonderes Jubiläum. Hauseinweihungen, Tontaubenschießen, Halloweenpartys, Begrüßungsfeste für neue Turnierpferde, Tratschrunden und andere Absurditäten.

Dabei wurden selbst Cors Augen immer größer und Samy schloss: »… und überall fließt Alkohol in rauen Mengen. Ich trinke selbst gerne ein Glas, aber der hiesige Konsum übertrifft alles, wo ich mithalten könnte.«

Cornelius brach in schallendes Gelächter aus und es war nicht zu übersehen, wie wohl er sich fühlte. Seine weichen Gesichtszüge waren entspannt und die Wangen gerötet. Dabei funkelten seine dunklen Augen vor Begeisterung, denn seiner Meinung nach musste man die Feste feiern, wie sie fallen.

»Ich liebe die Engländer, eine Nation nach meinem Geschmack. Sie machen keine halben Sachen!«

Kein Wunder, dachte Samy, denn auch ihm sah man den Hang zum Genuss deutlich an. Zwanzig Kilo weniger hätten ihm gutgetan, allerdings haderte er nie mit seinem Gewicht oder Aussehen. Statt sich als Schüler wegen seines imposanten Aussehens mobben zu lassen, hatte er aus der Not eine Tugend gemacht und sich einen extravaganten Stil zugelegt.

Er übertrieb an allen Fronten maßlos, doch genau das war es, was ihm eine gewisse Sicherheit verlieh, denn hinter dieser schillernden Fassade war er meist sicher.

Er war, egal ob in bunten Designerklamotten oder dem eleganten Abendanzug, rotem Seidenschal und *Gucci*-Slippern, einfach bewundernswert authentisch.

Nachdem sie ihm genauestens berichtet hatte, wie viele Weihnachtsempfänge und Partys sie in den letzten Wochen besucht hatte, und er eine ungefähre Vorstellung davon hatte, was ihn erwartete, machten sie sich auf den Weg.

Wie immer nahm Samy die Dienste von Faward in Anspruch, einem höflichen Pakistani, der mit seinem Cousin ein Taxiunternehmen mit einer Limousine unterhielt. Er war zuverlässig und respektierte, dass sie gerne ihre Ruhe hatte.

Er wartete bereits geduldig vor ihrem Haus, bis sie endlich eingestiegen waren, dauerte es jedoch etwas. Cor war derart beeindruckt von dem Anblick, der sich ihm vor Samys Haus bot, dass er staunend an der geöffneten Autotür verharrte.

Unweit von ihrem Zuhause befand sich einer der großen Befestigungstürme in der Schlossmauer. Von einem der gegenüberliegenden Häuser aus wurde er mit einem Beamer angestrahlt, was ihn zu einer Leinwand für Weihnachtskartenmotive machte, die Kinder einer hiesigen Schule für diesen Zweck entworfen hatten. Zusätzlich rieselten Lichttropfen, die Schneefall simulierten, unaufhörlich an der uralten Wand herab. Das Ergebnis war zugegebenermaßen spektakulär und Samy verstand Cors Begeisterung.

Er war so gefesselt, dass er das Einsteigen vergaß und mit offenem Mund den Gehweg blockierte. Sie ließ ihn einen Moment gewähren, denn auch sie war jedes Mal aufs Neue begeistert, wenn sie im Dunklen auf die High Street trat. Doch schließlich eiste sie ihn los und drängte ihn, ins Auto zu steigen – ihre Garderobe war nicht für das feuchtkalte Wetter gemacht. Deutlich widerstrebend folgte er ihrer Aufforderung und klebte anschließend beinahe am Fenster, um die festlichen Eindrücke im Ort weiter aufzusaugen.

Faward, der die Begeisterung seines Fahrgastes bemerkt hatte, zwinkerte Samy im Spiegel zu. Er kroch im Schneckentempo die Straße entlang, damit Cor die imposanten Lichtdekorationen in der Peascod Street und am Rathaus genießen konnte. Überall hingen gigantische goldene Kronen und Reichsäpfel, die beleuchtet waren. Ihre bunten Glühlampen ähnelten im Dunkeln funkelnden Edelsteinen und verliehen der kleinen Fußgängerzone einen festlichen Glanz.

Auf dem Weg durch das angrenzende Old-Windsor, welches sich entlang der Themse erstreckte, kamen sie an vielen wunderschön geschmückten Cottages vorbei, Cors Begeisterungsrufe rissen nicht ab. Allerdings machte er auch aus seiner Abscheu keinen Hehl, wenn sie eines der Häuser passierten, die schlichtweg geschmacklos hergerichtet waren. Dafür hatte er kein Verständnis, dennoch sah auch er ein, dass eben diese Mischung für die einzigartige Stimmung verantwortlich war.

Besonders taten es ihm die Lichterketten in den kahlen Bäumen entlang des Flusses an, denn sie enthielten Gebilde künstlicher Eiszapfen und ließen einen glauben, es schneie.

»Ganz fantastisch. So eine Pracht habe ich noch nie gesehen. Es ist beinahe so, als haben sich alle abgesprochen, um dieses zauberhafte Ensemble herzurichten.«

Samy überließ ihn seinen Gedanken und versuchte, sich selbst auf den letzten Metern vor Erreichen des Hauses ihrer Gastgeber innerlich zu stärken. Es kostete sie Überwindung, auf fremde Menschen zu treffen, und sie wusste, dass sich an diesem Abend bei den Burtons alle versammeln würden, die zwischen Windsor und dem nahe gelegenen, sehr exklusiven Virginia Water zum harten Kern der Society gehörten.

Bereits bei der bloßen Vorstellung überkam sie Panik.

Kapitel 2

Was für eine Party

Als Faward das Tempo drosselte und sie in eine Einfahrt bogen, die von hohen Tannen gesäumt wurde, konnte sie ihren Herzschlag deutlich spüren, so aufgeregt war sie. Obwohl sie versuchte, sich zu beruhigen, war sie hibbelig und wäre am liebsten wieder umgekehrt. Andererseits war sie gefangen von der Pracht, die sie umgab.

Die Burtons hatten alles gegeben, denn die endlos erscheinende Allee von dunklen Bäumen, die auf ein hell erleuchtetes Haus zuführte, glich einem Lichtertunnel. Blinkende Lianen hingen in den Ästen und verwandelten die Zufahrt in ein Spektakel, das in jeden *Barbie*-Film gepasst hätte.

Cor war sprachlos, sein Mund stand erneut offen. Er schaute aus dem Auto und war ausnahmsweise mucksmäuschenstill. Der Kies unter den Reifen des Wagens knisterte, während es im Schritttempo voranging. Vor ihnen reihten sich weitere Fahrzeuge aneinander, die Besucher herankarrten. Schließlich kamen auch sie vor einem Portal zum Stehen und sahen zwei riesige Nussknacker, die den Eingang rechts und links flankierten. Zwischen ihnen wirkte der Security Mann, der an einem kleinen Pult die Namen der Gäste mit einer Liste verglich, beinahe zwergenhaft.

Das Zuhause der Burtons war baulich einheitlich und recht schnörkellos. Es war ein großer zweigeschossiger Bau aus grauem Sandstein, der trotz seiner beeindruckenden Ausmaße gedrungen wirkte. Wahrscheinlich lag es an den Fenstern, die verhältnismäßig klein waren und dem Ganzen etwas Trotziges verliehen.

Der Kies reichte bis an das Gebäude heran, jedoch wurde er an manchen Stellen von Beeten mit großen Hortensienbüschen unterbrochen. Diese waren zwar abgeblüht, aber stattdessen mit unzähligen Lichtern geschmückt. Das Ganze strahlte etwas Einladendes aus und Samy wäre am liebsten sofort eingezogen.

Sie nannten dem jungen Mann ihre Namen und er überzeugte sich, dass sie zu den geladenen Gästen zählten. Dann öffnete sich ein Flügel der großen Holztür wie von Zauberhand und sie wurden eingelassen. Die leise Weihnachtsmusik, die schon durch die geschlossene Tür zu hören war, nahm deutlich an Volumen zu, sobald sie ins Innere traten.

Überrascht stellte Samy fest, wie niedrig die Decken im Entree waren. Allerdings verstärkte dies den gemütlichen Charakter des Hauses. Zwei junge Frauen in altmodischen Dienstmädchen-Uniformen standen bereit, um den Ankommenden ihre Mäntel abzunehmen, und schickten sie anschließend informell in einen langen Flur, der zum Ort des Geschehens führte. Mit jedem Schritt nahm der Lärmpegel zu und Cornelius musste beinahe brüllen, als er Samy aufforderte, sie solle sich gut amüsieren.

Unmittelbar bevor sie eine große Doppelflügeltür in mattem Dunkelgrau erreichten, wurde diese schwungvoll aufgerissen und ein angetrunkener Mann trat heraus. Er hatte glasige Augen und Samy warf Cor einen vielsagenden Blick zu. Amüsiert nickte er. Als er ihr galant die Tür aufhielt, wurde ihr schlagartig klar, wie unbegründet ihre Sorgen gewesen waren.

Der riesige flache Raum war gefüllt mit Menschen, die ausgelassen feierten. Aus allen Ecken drang Gelächter und angeregtes Stimmenwirrwarr zu ihnen hinüber. Niemand schenkte ihnen Beachtung und so konnten sie die Gemengelage, die sich vor ihnen erstreckte, im Detail betrachten.

Der gigantische Raum schien einen Großteil des rückwertigen Hauses einzunehmen und war sicherlich zwanzig Meter lang. An der gegenüberliegenden Wand reichten Bücherregale vom Boden bis zur Decke, während die anderen von beeindruckenden, modernen Gemälden in schillernden Farben geziert wurden. Auch ohne großen Kunstsachverstand war Samy klar, dass jedes einzelne sicherlich mehr wert war als eine durchschnittliche Wohnungseinrichtung. Soviel sie wusste, war die Hausherrin Galeristin und vertrat Künstler überall auf der Welt.

Wo keine Bilder prangten, waren überdimensionale Tannenkränze aufgehängt worden, deren breite blutrote Schleifenbänder beinahe bis zum Boden hingen. Damit wurde dem Raum die weihnachtlichste Note verliehen, die man sich vorstellen konnte.

Links neben der Eingangstür stand ein schwarzer Flügel. Sein geschlossener Deckel war auf Hochglanz poliert und die Lichter der modernen Kronleuchter spiegelten sich darin. Samy erkannte, dass es ein Steinway war, und musste entsetzt zusehen, wie diese Tatsache ignoriert wurde. Sie hinderte niemanden daran, ein tropfendes Glas auf dem Juwel abzustellen. Am liebsten hätte sie mit einem Tuch alles trocken gewischt, denn solch eine Achtlosigkeit tat ihr in der Seele weh. Allerdings war ihr bewusst, dass sie damit für Aufsehen gesorgt hätte und es die letzte Party gewesen wäre, zu der man sie eingeladen hätte. Also wandte sie den Blick ab und ließ es bleiben.

Vor der Wand mit den endlosen Bücherregalen war eine Bar aufgebaut, hinter der zwei knackige Barkeeper beeindruckende Cocktails zauberten. Die Luft war jedoch von einem starken Duft nach Mullet-Wein und Glüh-Gin, der englischen Variante des Glühweins, geschwängert. Doch Samy war beinahe sicher, dass der Duft nur von den unzähligen Kerzen herrührte, die in Gläsern brannten. Sie konnte sich nicht vorstellen, dass in diesem Ambiente etwas derart Gewöhnliches ausgeschenkt wurde.

Beruhigt stellte sie fest, dass weder Cor noch sie overdressed waren. Im Gegenteil – ihr eigenes Outfit wirkte beinahe brav neben all den paillettenbesetzten Abendkleidern, die den Raum erstrahlen ließen. Obwohl die französischen Türen zur Terrasse geöffnet waren und der Raum trotz all der Menschen recht kühl war, sah sie mehr Haut, als sie erwartet hätte. Andererseits zeigte es die britische Feierlust und den Hang zum Zügellosen, wenn es ums Ausgehen ging. Die Frauen liebten es, sich in Kleider zu werfen, die es anderen Ortes niemals auf eine elegante Abendgesellschaft geschafft hätten. Auch Ausschnitte bis zum Bauchnabel und Miniröcke waren nicht tabu. Ein Zuviel an Strass und Glitzer gab es genauso wenig wie ein allzu grelles Make-up.

Bei den Männern ging es traditionell zu. Sie trugen ausnahmslos Smoking und verliehen dem Ganzen den nötigen Dämpfer, den es brauchte, um die Style-Skala wieder aus dem tiefroten Bereich zu heben.

Vor Samy lag ein Meer aus purer Lebenslust und sie wusste, dass Cor nicht lange an ihrer Seite ausharren würde. Diese Party war genau das Parkett, auf dem er sich wohlfühlte und bereits nach Sekunden hielt ihn nichts mehr zurück.

»Herrlich«, raunte er und zeigte zur Bar. Mit einer Geste fragte er, ob sie einen Cocktail wolle. Als sie verneinte, weil sie eine junge Kellnerin mit einem Tablett voller Champagnergläser auf sich zukommen sah, ließ er sie stehen und machte sich auf den Weg durch die Menge.

Samy seufzte. Doch sie hatte keine Zeit, sich über ihn zu ärgern. Zeitgleich mit dem Eintreffen des Champagners erhielt sie einen Knuff in die Seite. Als sie sich umdrehte, stand sie ihrer Freundin Bel gegenüber. Es beruhigte sie zu sehen, dass zumindest Sir Charles jüngste Tochter sich nicht in ein übertriebenes Cocktailkleid gezwängt hatte. Allerdings wich die Erleichterung unmittelbar dem Gedanken, dass ein Kleid vielleicht nicht die schlechteste Wahl für die untersetzte Freundin gewesen wäre.

Pferdeliebhaberei hin oder her, dachte Samy, eine Reithose aus rotem Samt und eine taillierte Jacke aus Brokat waren weder schön noch vorteilhaft. Aber Anabel scherte sich nicht um einen Dresscode oder derartige Dinge. Was Samy an Selbstbewusstsein fehlte, hatte diese im Übermaß. Die junge Frau wollte niemandem gefallen. Vielleicht war genau das der Grund, warum sie allseits beliebt war.

Ihr heutiger Aufzug war nur als schräg zu bezeichnen, sie hätte nicht unpassender gekleidet sein können. Anders als ihre Mutter Lady Helen und ihre ältere Schwester Valerie, die ätherische Schönheiten waren und durch das Leben zu schweben schienen, war Anabel burschikos. Niemand hätte sie für einen Sprössling der Bolman-Whitecliffs gehalten. Sie war das genaue Gegenteil der Eleganz, die mit dieser Familie einherging. Wenn man Bel eine Form hätte zuschreiben müssen, wäre dies ein Quadrat gewesen. Ihre Oberschenkel und Oberarme waren muskulös, weil sie nichts anderes tat, als ihre Pferde zu bewegen. Entsprechend flach und breit war ihr Hintern, der an diesen Abend besonders imposant zu Geltung kam. Dennoch hätte Samy sich jeden Kommentar zu dem Outfit verkniffen, wäre diese nicht sofort in die Offensive gegangen.

»Wow, was für ein Pullover! Hast du keine Angst, in all den Flusen zu ersticken?«, war ihr Kommentar zu Samys schönem Ensemble.

»Zumindest werden sie auf deiner unmöglichen Jacke nicht auffallen. Du siehst aus, als hättest du eines eurer Sofas an.«

Daraufhin brachen beide in Gelächter aus und umarmten sich. Samy wusste, dass sie von vielen Seiten beobachtet wurden, denn ihr war klar, dass der Kontrast zwischen Bel und ihr nicht größer hätte sein können. Es störte sie nicht. Im Gegenteil, die Freundin gab ihr ein Gefühl von Sicherheit und war zu einer Konstanten in ihrem Leben geworden.

»Wo hast du den guten Cornelius gelassen?«, wollte Anabel wissen und schaute sich neugierig um. Als sie ihn nicht sah, machte sich Bestürzung auf ihrem runden Gesicht breit. »Er ist hier, oder etwa nicht?«

Samy wollte sich lieber nicht ausmalen, warum sie so scharf darauf war, ihn zu sehen. Besonders nicht, als sie aus dem Augenwinkel bemerkte, dass Lucas, der Barkeeper des Castle Hotels, ebenfalls in einem Smoking umherlief. Cor, der Männer und Frauen gleichermaßen mochte, schien sich prächtig zu amüsieren und Samy fragte sich, ob er sich wohl jemals festlegen würde. Genauso gut war es möglich, dass er sein Leben lang wie ein Schmetterling von einer Blume zur nächsten flattern würde.

»Doch, doch«, beschwichtigte sie Bel und machte eine ausschweifende Handbewegung in die Richtung der Bar. »Er nimmt lediglich ein Bad in der Menge.«

Anabel lachte schallend los und entspannte sich sichtlich. »Da bin ich beruhigt. Ich möchte ihn ein paar Leuten vorstellen. Die Herausgeber des *Berkshire Antiques* sind hier. Ich bin mir sicher, dass sie vor seiner Gläser-Fachkompetenz den Hut ziehen werden.«

Bel grinste von einem Ohr zum anderen und Samy fragte sich, ob sie die kurzen Locken gefärbt hatte. Sie wirkten dunkler als sonst. Doch sie kam nicht dazu, danach zu fragen, denn die Freundin wechselte das Thema und kam verschwörerisch näher.

Einer vorbeigehenden Kellnerin entriss sie ein Glas Champagner und trank es in einem Zug aus. Ihre Manieren waren eine weitere Komponente ihres Daseins, das ihre Eltern das Grauen lehrten. Doch Bel war ein Haudegen und ein geziemtes Verhalten hätte noch weniger zu ihr gepasst, davon war Samy, die immer noch an ihrem ersten Glas nippte, überzeugt.

Bel war eine unglaubliche Klatschbase und setzte eindeutig dazu an, die Freundin mit neuestem Tratsch zu versorgen. Immer wieder verblüffte sie Samy, über welche Interna der Windsor Society sie verfügte. Sie selbst war ein verschwiegener Mensch und kannte neunzig Prozent der Menschen, von denen ihre Freundin erzählte, nicht. Das hinderte sie jedoch nicht daran, von vielem peinlich berührt zu sein.

Heute kam ihr das Gerede jedoch gelegen, denn auf diese Art erfuhr sie etwas über die schillernden Gastgeber und Gäste. Sie standen inmitten einer Kakofonie und so musste Bel nicht einmal die Stimme senken, als sie über die Burtons berichtete.

Beide waren erfolgreich und ein Dreh- und Angelpunkt der Gesellschaft. Er war Investmentbanker in der City und ihr lagen Künstler und Sammler zu Füßen. Während Bel dies berichtete, zeigte sie zu dem Paar, das inmitten einer Traube nahe der Bar stand. Emily trug ein asymmetrisches Taftkleid in Lila, das eine Schulter komplett freiließ, während auf der anderen eine gigantische Schleife prangte. Ihre blonden Locken waren kunstvoll hochgetürmt und sie wackelte auf ihren Pumps, die schwindelerregenden hoch waren, hin und her. Dies ließ erahnen, dass sie schon einiges getrunken hatte.

Lesley, ihr Mann, hatte seinen linken Arm besitzergreifend um ihre Taille gelegt und hielt der Gruppe, die sie umringte, einen Vortrag. Samy hatte noch nie mit ihm gesprochen und mochte ihn bereits auf den ersten Blick nicht. Sein Gehabe wirkte großspurig und irgendwie anmaßend. Vielleicht war es nur seine Hand auf dem Rücken seiner Frau, die dieses Gefühl bei ihr auslöste, aber Samy konnte es nicht abschütteln. Aus ihrer Perspektive hatte er die Ausstrahlung eines Mannes, der bei jeder Gelegenheit erwähnte: *meine Frau, mein Haus, mein Auto.*

Interessiert lauschte sie Bels Schilderung darüber, dass diese Party das Highlight der Weihnachtssaison war, denn das Ehepaar Burton lieferte sich jedes Jahr vor allen Anwesenden den gleichen Streit.

»Böse Zungen behaupten, dass die Sache inzwischen nur noch Inszenierung ist, nachdem sie ein paarmal das Gesprächsthema schlechthin wurden.«

Samy beäugte die beiden und versuchte sich vorzustellen, was ihre Freundin so detailreich beschrieb. Angeblich tranken beide gerne zu viel, was bei ihr dazu führte, dass sie hemmungslos flirtete und laut ihrem Mann auch nicht abgeneigt war, eine Grenze zu überschreiten. Er wurde unter Alkoholeinfluss laut und fing gerne Streit an. Seine

Frau bezeichnete ihn in solchen Momenten öffentlich als vulgär und jammerte darüber, dass dies passiere, wenn man unter seinem Stand heiratete.

Samy konnte erahnen, wie explosiv die Kombination war, und laut Bel waren die Burtons zuverlässig. Seit Jahren liefen Wetten darauf, wer von beiden auf der alljährlichen Party das Haus zuerst verlassen würde. Einmal war aber ihr Streit sogar derart eskaliert, dass beide alle Gäste rausgeschmissen und sie als Schmarotzer bezeichnet hatten.

»Trotzdem kommen alle noch hier her?«, wollte Samy fassungslos wissen. Sie konnte sich nicht vorstellen, sich noch einladen zu lassen, wenn man sie zuvor beleidigt hätte.

»Aber ja doch!«, versicherte Bel. »Das ist ein Mordsspaß, den niemand verpassen möchte. Warte es nur ab!«

Zufrieden blickte sie sich in dem Raum um, der bis auf den Flügel leer geräumt worden war, und hielt Ausschau nach weiteren Klatschobjekten. Bei einem Mann in mittleren Jahren, der nur wenige Meter entfernt stand, verharrte sie.

»Das ist der widerliche Theo Leicester. Kennst du ihn?«

Samy glaubte zwar, den Namen schon gehört zu haben, doch sicher war sie sich nicht. Anabels Informationen zu ihm lösten keine Begeisterung aus und sie hegte nicht den Wunsch, seine Bekanntschaft zu machen. Der rotgesichtige Mann, der unglaublich zu schwitzen schien, wirkte bereits auf den ersten Blick boshaft. Seine Augen, die dunkel wie zwei Kohlestücke aussahen, blickten im Saal herum. Samy glaubte Bel aufs Wort, als diese behauptete, alle hätten Angst vor dem Kerl.

»Er schreibt für den *Guardian* und ist beinahe so gefährlich wie Piers Morgan«, erklärte Anabel. »Seine Kolumne ist gefürchtet. Niemand will ihm eine Angriffsfläche bieten, weil eine Erwähnung von ihm ein Leben zerstören kann. Er ist wie ein Trüffelschwein, das alles aufspürt, egal, wie tief es vergraben ist.«

Ihr Bericht war schockierend, denn sie erzählte von Menschen, die gezwungen gewesen waren, das Land zu verlassen, nachdem Theo ihr Privatleben an die Öffentlichkeit gezerrt hatte. Eine Frau aus Slough hatte sich das Leben genommen, weil er sie des Diebstahls bezichtigt hatte. Eine andere musste ihren Mann nach vierzig Ehejahren verlassen, weil er angeblich Beziehungen zu Prostituierten unterhielt.

Samy war angewidert und fassungslos. Beim genauen Betrachten glaubte sie, die Angst in den Gesichtern der Menschen zu sehen, wenn Theo sie ansprach.

»Warum lädt man ihn ein, wenn alle Angst vor ihm haben?«

»Das tut niemand, er erscheint einfach. Alle rätseln seit Jahren darüber, denn er ist offensichtlich mit irgendwem eng verbandelt, der ihn wissen lässt, wo etwas stattfindet. Leider weiß keiner, wer sein Maulwurf ist. Seit Jahren wird versucht, durch gezieltes Nichteinladen einzelner Personen herauszufinden, wer ihm Informationen zuträgt, bisher erfolglos. Zu Beginn jeder Party halten alle die Luft an und warten darauf, ob er auftaucht oder nicht. Einmal ist er erst kurz vor Ende erschienen, doch dieser verbleibende Moment hatte ihm gereicht. Der Gastgeber, ein angesehener Bankier, wurde als Looser durch die Presse gejagt und konnte zusehen, wie sein kleines Imperium sich in Lichtgeschwindigkeit in Luft auflöste.«

Samy versuchte, den furchteinflößenden Mann unauffällig zu beobachten. Auf keinen Fall wollte sie seine Aufmerksamkeit auf sich ziehen. Er war nicht besonders groß, hatte jedoch einen enormen Bauch. Die verdeckte Knopfleiste seines Smokinghemdes war zum Zerreißen gespannt, seine Fliege saß schief. Das schüttere Haar war grau und streng zurückgegelt. Alles in allem wirkte der Kerl schmierig und ein wenig heruntergekommen. Dennoch umgab ihn eine Aura von Macht, was wohl einzig an der Angst lag, die man vor ihm verspürte. Samy riss den Blick erst von ihm los, als Bel sich dem nächsten Objekt zuwandte.

»Aber hey, es gibt auch erfreulichere Typen hier!« Sie zeigte auf eine Gruppe junger Männer, die lauthals grölend zu einer der Terrassentüren hineinkam.

»Die zum Beispiel sind ganz süß. Ich könnte mich durchaus für einen von ihnen erwärmen«, seufzte sie mit schmachtendem Blick.

Während Samy die lärmenden Kerle betrachtete, von denen einer die Gastgeberin quer durch den Raum aufforderte, endlich die »Scheiß-Weihnachtsmusik« auszumachen und etwas »Vernünftiges laufen zu lassen«, informierte Anabel sie.

»Das ist Conrad, Emilys jüngerer Bruder. Er macht nichts, außer mit seinen Oxford Freunden rumzureisen und das Geld seines Vaters zu verprassen. Vor ein paar Jahren war er im britischen Olympiateam der Ruderer, wurde aber wegen mangelnder Disziplin rausgeschmissen. Trotzdem mag ich ihn«, schloss sie beinahe trotzig und fügte noch an: »Er ist nett und ich werde ihn dir vorstellen.«

Diese Ankündigung kam Samy beinahe wie eine Drohung vor. Conrad und seine Freunde lärmten herum und bedrängten den DJ, der hinter seinem Mischpult stand und dem Musikwunsch der jungen Männer scheinbar gern entsprechen wollte. Emily zeigte ihm einen Daumen hoch und die Meute begann zu feiern, bis im nächsten Moment laute Bassklänge den Raum erfüllten.

Die Dynamik der Party veränderte sich und plötzlich schienen sich alle zu bewegen. Es wurde getanzt und noch bevor Samy reagieren konnte, war Bel verschwunden. Das Nächste, was sie von ihr sah, war, dass sie am anderen Ende des Saals Conrad auf die Tanzfläche zerrte. Diese hatte sich wie durch Zauberhand in der Mitte des Raumes entwickelt und war innerhalb von Sekunden gefüllt.

Das ungleiche Paar hatte Spaß und das Lachen des großen attraktiven Kerls ließ Samy verstehen, warum Anabel so angetan von ihm war. Dankbar, dass sie nicht tanzen musste, griff sie nach einem weiteren Glas Champagner und kapitulierte innerlich – dieser Abend war definitiv nur mit viel Alkohol zu ertragen. Mit Weihnachten hatte das nichts zu tun und sie fragte sich, ob die nächsten Partys genauso werden würden. Seufzend schwor sie sich, in diesem Fall Cor allein loszuschicken. Am liebsten hätte sie ihm mitgeteilt, dass sie nicht vorhatte, lange zu bleiben. Doch gerade als sie Cornelius erblickt hatte, kam eine kleine Frau in einem dunklen Tweet-Kostüm auf sie zu und verstellte ihr den Weg.

Dieser Aufzug ist nicht weniger unpassend als Bels Reitoutfit, dachte Samy und stellte überrascht fest, dass die Dame sie ansprach.

»Ah, die junge Deutsche! Wie geht es Ihnen? Wir haben uns lange nicht gesehen.«

Samy, die es aufgegeben hatte, den Engländern zu erklären, dass sie zur Hälfte eine von ihnen war, starrte die Frau einen Moment an. Dann begriff sie, wen sie vor sich hatte – Dr. Anita Freshman. Sie hatte die Ärztin im Frühjahr unter widrigen Umständen kennengelernt, als die kompakte Frau nicht viel mehr als ein Saunatuch trug. Genau genommen war es sogar ausschließlich ein Saunatuch gewesen, das ihren massigen Körper umhüllt hatte.

Damals war Dr. Freshman mit klatschnassen Haaren aus der Sauna gerufen worden, weil Samy im angrenzenden Dampfbad ein Toter auf die Füße gefallen war. Sofort tauchten die verblassenden Tattoos an den Beinen der Ärztin wieder vor ihrem inneren Auge auf und Samy musste sich zusammenreißen. Sie hatte die ungewöhnliche Körperkunst fälschlicherweise für Krampfadern gehalten und versuchte nun, die Erinnerung zu verdrängen, schließlich war der Aufzug der Dame heute der britischste, den man sich vorstellen konnte.

»Oh, hallo, Dr. Freshman. Es tut mir leid, ich hatte sie nicht erkannt«, entschuldigte sie sich, doch Anita lachte und polterte: »Kein Wunder, bei unserem letzten Zusammentreffen waren wir beide beinahe nackt. Ich erinnere mich noch an ihren Turban!«

Dummerweise endete genau in diesem Moment Wham!s *Last Christmas* und so schlugen die letzten Worte »... waren wir beide beinahe nackt ...« wie eine Bombe ein. Samy wäre am liebsten im Boden versunken, als unzählige Augen sich ihr und der Ärztin zuwandten. Doch Anita, die mit dem Rücken zum Saal stand, bemerkte nichts und plauderte munter weiter, während Samys Wangen zu brennen begannen.

Glücklicherweise ebbte das Interesse schnell wieder ab und nach ein paar überraschten Blicken, setzte die Musik wieder ein.

Die Ärztin wollte wissen, wie es ihr in den vergangenen Monaten ergangen war und fragte, ob sie sich von dem Schrecken einigermaßen erholt hatte.

Ohne eine Antwort abzuwarten, nahm sie einen großen Schluck ihres Gins und verwies darauf, dass Samy sie gerne aufsuchen könne, wenn sie etwas zum Schlafen brauche. Ganz so, als sei es das Normalste auf der Welt, Antidepressiva oder Schlafmittel einzuwerfen. Sie erhob ihr Glas zum Gruß und verschwand wieder im Gewimmel der Tanzenden, während Bel erschien und kaum an sich halten konnte. Schließlich prustete sie lauthals los und Samy befürchtete die nächste Peinlichkeit.

»Das war urkomisch, Samantha!«

»Findest du?«, schnappte Samy und wollte sich beleidigt wegdrehen. Vorher wurde ihr aber bewusst, wie albern das Ganze war, und so stimmte sie Bel zu.

»Allerdings! Jetzt brauche ich noch einen Drink, sonst schreie ich gleich«, stellte sie fest und bemerkte, dass sie bisher noch keine drei Meter vom Flügel und dem Eingang fortgekommen war. Und so ließ sie sich von ihrer Freundin dankbar in Richtung Bar ziehen, wo sie den jungen Männern vorgestellt wurde, die nett, aber auch hoffnungslos betrunken waren.

Kaum hatte sie Samy mit ihnen bekanntgemacht, war Bel auch schon wieder verschwunden. Sie wollte Cornelius begrüßen, der inmitten einer Gruppe von älteren Frauen stand und diese augenscheinlich bestens unterhielt. Samy war nicht entgangen, wie die Damen förmlich an seinen Lippen hingen. Sie schienen sich um seine Gunst zu reißen. Samy wusste, dass er mit jeder tanzen würde. Gleichzeitig war ihr klar, dass er kein Verständnis für ihre eigene Feier-Lustlosigkeit haben würde.

Als sie beobachtete, wie er Anabel überschwänglich begrüßte, wusste sie tief in ihrem Inneren, dass es noch viele Stunden dauern würde, bis sie diesen Lärm hinter sich lassen konnte.

Erneut seufzend wandte sie sich der Oxford-Gruppe zu und ließ sich dazu hinreißen, mit einem von Conrads

Freunden zu tanzen. Diese Angelegenheit erforderte all ihre Aufmerksamkeit, denn der nach Sandelholz duftenden Beau war mehr eine Krake als ein Mann. Seine Finger waren überall und Samy hatte alle Hände voll damit zu tun, ihn in seine Schranken zu weisen.

Erleichtert vernahm sie die letzten Klänge des Tanzlieds und sah aus dem Augenwinkel, wie Cor mit Lucas durch eine der französischen Türen verschwand. Zu gerne wäre sie ihnen gefolgt, doch von Bel war nichts zu sehen und sie hätte es unhöflich gefunden, deren Freunde stehen zu lassen.

Kurz überlegte sie, ob die Freundin eventuell sogar ebenfalls in Cors Begleitung war, verwarf den Gedanken jedoch dann wieder, als sie erneut Hände auf ihrem Rücken spürte. Sie drehte sich um und warf dem jungen Mann einen derart empörten Blick zu, dass er sich schnell wegdrehte und sie hoffentlich endgültig in Ruhe ließ.

Sie spürte den Alkohol inzwischen deutlich und war froh, den Tanzpartner in die Flucht geschlagen zu haben. Erleichtert sah sie, wie er sich einer anderen Dame zuwandte und diese fortführte.

Viel Spaß, dachte Samy und schüttelte sich. Wenn sie nicht mutterseelenallein zurückbleiben wollte, hatte sie keine andere Wahl, als sich wieder zu den anderen zu gesellen. Überraschenderweise gelang es ihr sogar, sich mit einem der Oxford-Jungs passabel zu unterhalten. Er hatte Mathematik studiert – sogar zu Ende, was er voller Stolz betonte – und stand kurz davor, ins grauenvolle Berufsleben einzusteigen. Sie fand diese Erwartungshaltung übertrieben, konnte aber dennoch nicht umhin, für einen kurzen Augenblick die Tristesse ihres ehemaligen Berufsalltages zu verspüren. Gemessen an der Sinnlosigkeit einer derart oberflächlichen Party, kam er ihr allerdings für einen klitzekleinen Moment sehr reizvoll vor.

Zu gerne hätte sie dem jungen Kerl die Zukunft rosig ausgemalt. So weit schien sein Interesse aber nicht zu reichen, vielmehr wollte er das Hier und Jetzt in vollen Zügen auskosten. Das Gespräch endete abrupt und Samy kam sich erneut verloren vor. Dann entdeckte sie jedoch eine niedrige Kommode neben einem der Fenster, auf die irgendwer einen Mantel gelegt hatte. Dankbar ließ sie sich darauf nieder und wippte mit den Zehen, die in den wunderschönen Glitzerschuhen schmerzten.

Es war ein perfekter Beobachtungsposten. Sie saß unterhalb der Tanzenden und konnte zwischen ihren Beinen immer wieder den ein oder anderen Blick auf witzige oder auch peinliche Szenen erhaschen. Vom Alkohol angenehm benebelt, nahm sie das Wummern des Basses in sich auf und genoss den Moment.

Sie wurde Zeugin von Händen, die Körperstellen berührten, die eigentlich tabu waren und manches brachte sie in ihrem stillen Eckchen sogar zum Erröten. Eine Szene fesselte sie jedoch aus einem anderen Grund. Nur wenige Schritte entfernt stand ein Paar, das sie nicht kannte. Sie glaubte zwar, den Mann schon einmal gesehen zu haben, war sich jedoch nicht sicher, wo. Die Frau an seiner Seite war Mitte Dreißig, doch ihre Augen, die in tiefen Höhlen lagen, verliehen einem den Eindruck, uralt zu sein. Ihr exquisites Kleid, das eindeutig aus der aktuellen *Dior*-Kollektion stammte, verdeutlichte, in welcher Gesellschaft Samy sich befand. Mit der Garderobe und dem Schmuck der anwesenden Damen hätte man problemlos ein Haus kaufen können – und zwar in allerbester Lage.

Und dennoch sah dieses Paar, oder zumindest die Frau, nicht glücklich aus. Im Gegenteil, der Mann, den Samy auf vierzig schätzte, wirkte wütend, während seine Frau – Samy hatte die Eheringe der beiden bemerkt – gepeinigt aussah.

Während sie sich fragte, was sich dahinter verbarg, wurde sie Zeugin, wie die Frau ängstlich zusammenzuckte, als ihr Mann sich zu ihr beugte und ihr etwas zuflüsterte. In ihrem Gesicht stand blankes Entsetzen. Im nächsten Moment warf er seiner Partnerin einen abfälligen Blick zu und ließ sie einfach stehen. Die Frau wirkte plötzlich so zerbrechlich, dass Samy am liebsten zu ihr gegangen wäre. Interessiert konnte sie verfolgen, wie ein anderes Paar sich unmittelbar zu der *Dior*-Dame gesellte und deren Gesicht sich zu einem bemühten Lächeln verzog.

Samy wandte sich ab und wollte sich nicht vorstellen, wie anstrengend ein derartiges Leben sein musste. Eindeutig spielte diese Frau eine Scharade und war nicht willens, andere sehen zu lassen, wie es wirklich in ihr aussah.

Samy riss sich vom Anblick der Tanzenden los, denn Unaufrichtigkeit war ihr zuwider. Als sie zur Bar blickte, sah sie Cor. Er wirkte verändert und Samy überlegte, was diesen Eindruck auslöste. Als er sich Minuten später mit mehreren Cocktails wieder in die Menge stürzte, lag ein zufriedener Ausdruck auf seinem Gesicht und Samy beschloss, dass alles in Ordnung war.

Irgendwann begann sie zu frösteln. Wenn man sich nicht bewegte, war im Winter selbst ein Angora-Pullover zu kalt. Kurz überlegte sie, sich den Mantel, auf dem sie saß, überzulegen, entschied sich jedoch dagegen und stand auf. Sicherlich wäre es besser, sich ein wenig zu bewegen, außerdem wollte sie die Gelegenheit nutzen, sich umzusehen. Jedes dieser Häuser war ein Traum und bestimmt würde es niemandem auffallen, wenn sie durch den Flur schlenderte und in das ein oder andere Zimmer schaute. Schon bei anderen Einladungen war ihr aufgefallen, dass die Gastgeber ihre Häuser den Gästen für die Dauer eines Events nahezu komplett überließen. Zumindest die Räume des Erdgeschosses waren meist nicht tabu und Samy genoss es, so mehr über das Leben dieser Menschen zu erfahren. Sie waren ihr immer noch fremd, hatte sie selbst doch bis vor einem Jahr in normalen Verhältnissen, fernab von dieser Dekadenz, gelebt.

Es war schwieriger als gedacht, den großen Raum zu durchqueren, denn die Stimmung war ausgelassen und alle waren in Bewegung. Der Gedanke an Corona kam Samy in den Sinn und ein ungutes Gefühl beschlich sie. Die Party war ein Beispiel für die Unvernunft, wenn Alkohol in gigantischen Mengen floss – alle Hemmungen gingen verloren und niemand scherte sich um Vorsichtsmaßnahmen.

Die Sehnsucht nach Normalität war unbezwingbar. Dennoch war Samy sich sicher, dass derartige Sorglosigkeit noch zu früh war. Allerdings war sie sich auch im Klaren darüber, dass sie sich diese Gedanken besser im Vorfeld gemacht hätte. Nachdem sie Stunden in der Menge zugebracht hatte, war es im Moment besser, nicht in Panik zu geraten.

Vom anderen Ende des Raumes drangen trotz der Musik laute Wortfetzen zu ihr herüber. Samy sah, dass sich die beiden Gastgeber lauthals gegenüberstanden. Doch es war nicht ihre Art, sich am Streit anderer Menschen zu ergötzen, und so setzte sie ihren Weg aus dem Saal fort. Erst, als sie in dem langen Flur mit seinem edlen Schachbrettboden angekommen war, verweilte sie einen Moment.

Sie schlenderte von Bild zu Bild, das die langen Wände zierte und war begeistert von den Motiven, die allesamt Bühnenszenen darstellten. Manche erkannte sie und konnte die entsprechenden Opern zuordnen, andere waren ihr fremd, aber nicht minder beeindruckend. Die Stille im Gang war beruhigend, wurde jedoch immer wieder unterbrochen, wenn sich die Türe zur Party öffnete, was Samy weitestgehend zu ignorieren versuchte. Sie hatte gesehen, dass weiter vorne eine kleinere Diele vom Gang abging. Dort befanden sich die Garderobe und die Toilette. *Sich frischmachen wäre nicht die schlechteste Idee,* fand Samy. Allerdings war das Gästebad offensichtlich besetzt. Daher bezog sie in der Nische Stellung und wartete, während sie das Geschehen im Gang unbemerkt beobachten konnte.

Nacheinander wurde sie Zeugin von zwei unglaublichen Szenen. Langsam begann sie zu begreifen, warum diese Party als ein Highlight galt – wenn auch in ihren Augen nichts Niveau hatte.

Zunächst hörte sie hinter einer Tür gegenüber der Toilette laute Stimmen, was darin gipfelte, dass ein Mann hinausstürmte und im Weggehen rief: »Das wirst du bereuen!«

Er eilte zurück zu der Party, doch Samy sah ihn nur von hinten und konnte nicht erkennen, wer es war. Im nächsten Moment hörte sie eine verächtliche Beleidigung und sah, wie die Tür geschlossen wurde.

Das Ganze wirkte bizarr und erinnerte sie an einen Edgar-Wallace-Film, wo Türen und Fenster wie von Geisterhand bewegt wurden. Doch sie hatte nicht lange Zeit, sich darüber Gedanken zu machen, denn Sekunden später erfüllte lautes Gebrüll den Flur.

»Du bist solch ein Prolet, Lesley Burton. Ich verdamme den Tag, an dem ich dich geheiratet habe!«, drang die schrille Stimme der Gastgeberin in Samys Ecke.

Gleich darauf hörte sie eine tiefe Männerstimme erwidern: »Und du bist eine Schlampe, die sich für niemanden zu schade ist. Wahrscheinlich ist es weniger peinlich, ein Prolet zu sein als eine widerliche Tussi mit Geld …«

Samy hielt die Luft an und linste in den Gang. Dabei sah sie, wie Mr Burton mit schweren Schritten zur Treppe eilte, die wenige Meter entfernt nach oben führte. Sie zog sich noch tiefer in die dunkle Diele zurück und war peinlich berührt. Highlight hin oder her, wie konnte man sich so vergessen? Diese Leute hatten das Haus voller Gäste und benahmen sich peinlich. Wenn man Anabel glauben durfte, lag dem Ganzen sogar mehr ein PR-Gag zugrunde, sie hatte es als eine Scharade bezeichnet, um sich interessant zu halten. In Samys Augen musste man sehr tief gesunken sein, wenn man zu derartigen Mitteln griff. Doch ihre Gedanken wurden erneut unterbrochen.

Ein weiteres Mal schwoll der Lärm der Musik beim Öffnen der Saaltür an. Im nächsten Augenblick lief Emily Burton zusammen mit einem der Oxford-Kerle an Samys Nische vorbei in Richtung des Eingangs.

Mann oh Mann, dachte Samy und schüttelte den Kopf. Sie fragte sich, ob die Wettquoten vorausgesagt hatten, dass die Dame des Hauses ihre Party auf diese Art verlassen würde.

Dann kehrte Stille ein und Samy atmete ein paarmal tief durch. Sie schwor sich, Cor zu suchen und dieses Panoptikum zu verlassen, gleich, wenn sie fertig war. Dann wurde ihr bewusst, wie lange sie bereits vor der Toilettentür stand, ohne dass sie dahinter auch nur einen Mucks gehört hatte. Schließlich fragte sie sich, ob sie überhaupt besetzt war, denn sie hatte nicht geprüft, ob die Tür verschlossen war. Lediglich die Toilettenspülung, die sie vernommen hatte, als sie den Gang entlanggekommen war, hatte sie glauben lassen, das WC sei besetzt.

Sie löste sich von der Wand der kleinen Nische, in der sie ausgeharrt hatte, und drehte den schweren Messingknauf, dabei stellte sie überrascht fest, dass der Zugang aufschwang und das Bad vor ihr im Dunkeln lag. Da bereits aus der Richtung der Party wieder Lärm ertönte, schloss sie zügig die Tür. Sie legte den altmodischen Riegel vor, ohne das Licht anzuschalten, die Dunkelheit beruhigte sie. Nach ein paar Sekunden Durchatmen hatte sie beinahe das Gefühl, es gleich noch einmal mit der Party aufnehmen zu können. Sie tastete an der Wand nach dem Lichtschalter. Warmes Licht fiel von einer modernen Deckenlampe und die elegante Gästetoilette nahm Gestalt an, nachdem sie ihn gefunden hatte.

Im selben Moment wich Samy keuchend einen Schritt zurück und knallte unsanft gegen die Tür. Den Schmerz in ihrer rechten Schulter, die eine Wandlampe in der Form eines Löwenkopfes gestreift hatte, ignorierte sie. Zu schockierend war der Anblick, der sich ihr bot.

Ihr erster Impuls war wegzulaufen, doch gleichzeitig fesselte sie das Bild zu ihren Füßen. Dort lag der furchteinflößende Theo Leicester. Ein Blick in seine aufgerissenen Augen ließ keinen Zweifel daran, dass er niemanden mehr in Schrecken versetzen würde.

Samy erschauerte ein weiteres Mal, als sie sah, dass sich eine dunkelrote Lache unter der linken Seite des Mannes ausbreitete. Sie konnte nicht erkennen, was für die Verletzung verantwortlich war. Gleichzeitig stellte sie fest, dass er – zumindest auf den ersten Blick – von vorne unversehrt war. Daraus schloss sie, dass ihn etwas von hinten durchbohrt haben musste. Sein gigantischer Bauch spannte auch im Liegen die Knopfleiste des weißen Hemdes, eine Verletzung auf dieser Seite seines Körpers wäre sofort ins Auge gefallen.

Dennoch erregte etwas anderes ihre Aufmerksamkeit noch viel mehr und versetzte sie sogleich in Schrecken. In der rechten Hand des Toten steckte Cors scharlachroter Seidenschal!

Eindeutig war er dort nicht drapiert worden, denn die Faust umfing ihn und war fest geschlossen. In Samys Kopf überschlugen sich die Gedanken und einen kurzen Moment war sie versucht, das Teil herauszuziehen. Egal, was hier passiert war, sie wollte nicht, dass ihr Freund damit in Verbindung gebracht wurde. Doch sie widerstand diesem Drang, denn ihr war klar, dass sie nichts berühren durfte.

Sie musste die Polizei rufen und den Hausherrn oder jemanden, der mit der Situation umzugehen wusste. Aber bevor sie den Raum verließ, ließ sie ihren Blick umherschweifen. Leider hatte die Vergangenheit sie gelehrt, dass es nicht schaden konnte, sich die Details an einem Tatort genauer anzuschauen.

Sollte Cor wegen seinem Schal in Verdacht geraten, wäre es unerlässlich, so viele Informationen wie möglich zu besitzen. Sie selbst war bereits ins Visier der Polizei geraten und wusste, dass es gut war, zu wissen, womit man es zu tun hatte.

Sie befand sich im Angesicht mit einer Leiche, die, wie die sich zügig ausbreitende Blutlache vermuten ließ, noch nicht lange tot war – wieder einmal!

Kapitel 3

Déjà-vu

Nachdem sie mechanisch das Richtige getan hatte, machte sich Erschöpfung in ihr breit. Sie zitterte, obwohl sie sich ein Tuch von der Garderobe genommen und um die Schultern gelegt hatte. Auch der Whiskey, den Les Burton ihr gereicht und den sie in einem einzigen Schluck herunter gekippt hatte, wärmte sie nicht. Im Gegenteil, das kühle Glas in ihren Händen ließ sie schaudern.

Samy schloss die Augen und erinnerte sich daran, wie verdattert Burton gewesen war, als sie im Flur über ihn hergefallen war. Nachdem sie im Bad versucht hatte, alle Eindrücke zu verinnerlichen, war sie in den Flur getreten, um Hilfe zu holen. Dort war es, trotz des Partylärms, leer gewesen. Doch dann war der Gastgeber mit wutverzerrtem Gesicht durch die Eingangstür ins Haus gestürmt und Samy hatte ihn auf seinem Weg aufgehalten. Sein Gesichtsausdruck zeigte, dass er sie für verrückt hielt, als sie ihm schilderte, was sie in der Toilette vorgefunden hatte. Dennoch war er ihr gefolgt und hatte einen Blick in den Raum geworfen, der nun vollkommen erhellt war. Dafür hatte Samy gesorgt, der grauenhafte Anblick war nicht zu beschönigen, auch nicht mit gedämpfter Beleuchtung.

Les war im Türrahmen stehen geblieben und hatte »oh mein Gott« gestöhnt. Bevor er ein weiteres Wort von sich gab, war er hinausgestürmt und hatte eine weitere Tür in der kleinen Diele aufgerissen. Kalte Luft war hineingeströmt und Samy hatte verwundert festgestellt, dass sich neben dem WC eine kleine Abstellkammer befand, die eine Tür nach draußen hatte. Dorthin war Les gerannt und hatte im hohen Bogen alles herausgebracht, was er im Laufe des Abends zu sich genommen hatte. Zumindest war Samy sicher, dass es so gewesen war. Als er wieder zu ihr stieß, war er leichenblass und hatte sich mit einem Stofftaschentuch den Mund abgewischt.

Nachdem er sich wieder gefangen hatte, wollte er von Samy wissen, wer sie war. Sie nannte ihren Namen und wollte sich vorstellen, doch er fiel ihr ins Wort.

»Jetzt weiß ich, wer Sie sind. Charles hört nicht auf, sie überall anzupreisen.«

In seiner Stimme schwang eine gewisse Ablehnung mit und Samy konnte sie ihm nicht verdenken. Sie wusste selbst, wie es war, wenn man versuchte, jemanden bei anderen gut dastehen zu lassen und wünschte, Sir Charles würde aufhören, sie derart ins Gespräch zu bringen wie Glüh-Gin.

Dennoch fiel ihr keine passende Erwiderung ein und so war sie froh, als Les sie fragte, was sie tun sollten. Sie empfahl ihm, Dr. Freshman und ihren Freund Dr. Cornelius von Reeder zu holen. Gleichzeitig sollte er dafür sorgen, dass die Gäste nichts mitbekamen, damit keine unnötige Panik entstand.

Les war einverstanden und setzte sich sofort in Bewegung. Auch ihm war klar, dass niemand das Fest verlassen durfte, bevor die Polizei da war.

Innerhalb weniger Minuten war er mit Anita Freshman zurück und führte sie ins Bad. Von Cor war nichts zu sehen. Samy fragte sich selbst, wie Lesley ihn hätte finden sollen, schließlich hatte er nicht einmal gewusst, wer sie war.

Nach wenigen Minuten verließen beide das Gäste-WC und Samy sah, wie Les telefonierte. Seine Arroganz und Wortwahl ließen unschwer erkennen, dass die Polizei am anderen Ende der Leitung war.

Dr. Freshman ging ohne Umwege zu Samy und blickte zwischen ihr und der nun wieder geschlossenen Tür hin und her.

»Ich muss gestehen, Dr. Wilde, mir kommt das hier wie ein schlechtes Déjà-vu vor. Wieso stolpert eine nette junge Frau wie Sie ständig über Leichen? Das kann doch kein Hobby sein.«

Samy verstand die Ärztin und konnte sich vorstellen, dass ihr in Windsor inzwischen ein gewisser Ruf vorauseilte.

»Ich weiß es nicht«, murmelte sie, doch Dr. Freshman hatte scheinbar keine Antwort erwartet. Sie überließ Samy wieder sich selbst und verstellte stattdessen ein paar Gästen, die das Haus verlassen wollten, beherzt den Weg und bat sie, zur Party zurückzukehren. Erst, nachdem sie neutral berichtet hatte, es habe einen Unfall gegeben, waren diese ihrer Aufforderung gefolgt. Kompetent und offensichtlich daran gewöhnt, Ansagen zu machen, wies sie Les an, dafür zu sorgen, dass alle Türen im Haus geschlossen wurden. Auch ihr war der Verbleib aller Anwesenden wichtig.

In der nächsten Sekunde, als Samy über die ruppige Art der Ärztin nachdachte, sah sie Cor den Gang entlang auf sich zueilen. Auch ihn versuchte Anita aufzuhalten, allerdings war er ein anderes Kaliber, dem selbst Anita

Freshman nicht viel entgegenzusetzen hatte. Es gab ein kurzes Kräftemessen, das, wenn auch knapp, dennoch zu seinen Gunsten ausging. Es war seine Mission, Samy in allen Lebenslagen Beistand zu leisten. Davon konnte ihn niemand abhalten. Vielmehr konnte Samy verfolgen, wie Anita Freshman ihr Gespräch verfolgte und sich nach Cors höflicher Verbeugung, entspannte.

Er begrüßte sie mit »Frau Kollegin!« und hielt Dr. Freshmans prüfendem Blick stand. Sie beäugte ihn aufmerksam und Samy verwunderte wieder einmal, wie sich überall das Verhalten von Menschen änderte, sobald sie sich als medizinische Kollegen erkannt hatten.

Nachdem Cor sich formvollendet vorgestellt hatte, strahlte Anita über das ganze Gesicht und erwiderte den Gruß.

»Ah, Sie müssen der deutsche Kollege sein, der zusammen mit Dr. Wilde von sich reden macht!«

Sie donnerte die Worte nur so heraus und dennoch waren sie offensichtlich positiv gemeint. Immerhin nahm sie Cor sofort beiseite und sprach leise auf ihn ein. Doch bevor Samy sich erkundigen konnte, worum es ging, trafen ein paar Streifenpolizisten ein. Sie ließen sich erklären, was vorgefallen war, und sichteten das Bad. Allerdings kamen sie unmittelbar wieder heraus und begannen, die Diele mit Absperrband abzuriegeln. Dann informierten sie Les Burton, dass die Kollegen von der Kriminalpolizei unterwegs seien und einen Raum benötigen würden, wo sie ungestört Befragungen durchführen konnten.

Überrascht verfolgte Samy, wie er auf die gegenüberliegende Tür zeigte und ihnen mitteilte, dafür wäre die Bibliothek geeignet. Es handelte sich um den Raum, aus dem das wütende Gebrüll und der Unbekannte gekommen waren. Dr. Freshman und sie wurden aufgefordert, sich dort hineinzubegeben und auf die Kriminalbeamten zu warten, während Cor zurück zur Party geschickt wurde. Seine Reaktion spiegelte pure Empörung wieder und Samy konnte hören, wie er dem Polizisten von oben herab erklärte, er mache einen großen Fehler.

»Glauben Sie, mein Guter, Sie würden sich Ärger ersparen, wenn Sie mich zu den Frauen lassen. Meine Kenntnis der Dinge wird für die Polizei von erheblichem Interesse sein«, vernahm sie, bevor die Tür geschlossen wurde. Offensichtlich konnte Cor ihn nicht überzeugen, denn die Tür blieb zu und von ihm war nichts weiter zu hören.

Samy zuckte resigniert mit den Schultern und begann sich umzuschauen. Erstaunt stellte sie fest, wie klein das Zimmer mit den Büchern war – es Bibliothek zu nennen, war eine Übertreibung. Gemessen an dem riesigen Saal, in dem die Party stattfand, war dies hier eine Kammer. Sie wusste, dass diese Einschätzung nicht richtig war, denn das fensterlose Zimmer maß sicherlich zwanzig Quadratmeter. Allerdings war es düster und vollgestellt, sodass es kleiner wirkte, als es war.

Dr. Freshman ließ sich schwerfällig in einen Chesterfield-Sessel vor einem altmodischen Kamin fallen. Zwischen zwei Sesseln stand eine Stehlampe, die gelbliches Licht auf den einen Sessel warf. Es war nicht schmeichelhaft, sodass das Gesicht der Ärztin plötzlich fahl und müde aussah. Samy setzte sich in den anderen Sessel, der etwas außerhalb des Lichtkegels stand, und beäugte ihr Gegenüber aufmerksam.

Sie fragte die ältere Frau, ob sie Theo gut gekannt habe, und war überrascht, als ihrer Antwort ein schrilles Lachen vorausging.

»Wer hat ihn nicht gekannt?«, erwiderte sie frustriert und berichtete freimütig, was sie von ihm gehalten hatte. Dabei begriff Samy, dass es sich bei Anitas Abneigung um etwas Persönliches handelte.

Sie schilderte, wie sie sich dafür eingesetzt hatte, dass es in Windsor eine starke Vereinigung von Frauen gab. Sie und ein paar andere Damen hatten sich vor Jahren zusammengetan und letztlich sogar ein schönes Haus außerhalb von Old Windsor aufgetrieben, in dem sie einen Damenclub nach dem Vorbild der männlichen Pendants einrichteten. Eine Zeit lang war die Vereinigung gewachsen und hatte für Spaß gesorgt. Außerdem hatten sie viel für die Gesellschaft und die Bedürftigen geleistet. Dann war jedoch eine der Damen, die neben Anita im Vorstand waren, bei Theo in Ungnade gefallen, weil sie ihn kritisierte. Von diesem Moment an hatte der Widerling mit Schmähartikeln systematisch dafür gesorgt, dass die Damen in Misskredit gerieten, was viele – zum Teil dramatische – Konsequenzen hatte. Einige Mitglieder bekamen Schwierigkeiten bei ihren Geschäftstätigkeiten, andere wurden öffentlich verleumdet. Eine Ehe ging auseinander und schließlich erreichte alles seinen Höhepunkt, als den Damen der Mietvertrag gekündigt wurde. Die Frauenvereinigung hatte es nicht geschafft, eine Alternative zu finden. Egal wo sie anfragten, wurden sie abgelehnt. Immer wieder stießen sie auf Widerstand und schließlich setzte bei den Mitgliedern eine gewisse Resignation ein. Inzwischen gab es die Gesellschaft nur noch auf dem Papier.

Obwohl Dr. Freshman sich bemühte, eine nüchterne Schilderung der Ereignisse abzugeben, konnte Samy spüren, dass sie voller Wut auf den Verstorbenen war.

Als sie mit den Worten »mehr ist nicht mehr von uns übrig geblieben« schloss, schaute sie Samy in die Augen und diese erkannte, dass es der Frau schwerfiel, ihre Emotionen zu kontrollieren.

»Ich würde also lügen, wenn ich behauptete, dass mir sein Tod übermäßig leidtut«, gab sie freimütig zu, erklärte jedoch auch: »Dennoch schockiert es mich als Ärztin immer wieder, wenn ich sehe, dass ein Leben gewaltsam beendet wird.«

Samy versuchte, diese Aussagen in Einklang zu bringen, und bemühte sich, von Anita etwas mehr zu erfahren. Allerdings erfolglos, denn gerade als sie fragte: »Was hat zu seinem Tod geführt?«, wurde die Tür geöffnet und ein uniformierter Polizist steckte den Kopf herein. Er forderte Dr. Freshman auf, ihn zu begleiten.

Sie erhob sich schwerfällig und warf Samy einen verschwörerischen Blick zu. Dann deutete sie zu dem Schreibtisch aus dunklem Holz, der vor der Bücherwand gegenüber der Tür stand.

»Ich würde darauf wetten, dass hier ein Brieföffner fehlt.«

Verdutzt schaute Samy ihr hinterher. Als sich die Tür beinahe lautlos hinter der stämmigen Ärztin schloss, eilte sie zu dem Schreibtisch. Unsinnigerweise machte sie sich Gedanken darüber, dass das massive Möbelstück viel zu groß für den Raum war. Doch sie schob den Gedanken beiseite, denn ihr war klar, dass sie nicht viel Zeit haben würde, um Anitas Vermutung zu überprüfen. Die Tischplatte war beinahe leer. Zwischen ein paar Schriftstücken lagen lediglich ein *Montblanc*-Füller und ein altmodisches Lineal. Von einem Brieföffner fehlte in der Tat jede Spur – zumindest auf den ersten Blick.

Allerdings war ihre Suche nur oberflächlich. Zu den Schubladen kam sie erst gar nicht, denn bereits als sie Unterlagen zur Seite schieben wollte, schwang die Tür erneut auf. Herein kam eine junge Frau, die in einem viel zu großen und speckigen Winterparka steckte.

Als Samy sie erblickte, stöhnte sie innerlich auf, denn sie kannte Constable Becca Friendly. Es wäre eine Untertreibung gewesen, zu behaupten, sie seien keine Freundinnen. Schon bei ihrer ersten Begegnung hatte die Polizistin deutlich gezeigt, was sie von Samy hielt. Ihre Abneigung war nicht einmal persönlicher Natur. Vielmehr war es so, dass Constable Friendly Menschen mit Geld generell verabscheute.

In den vergangenen Monaten waren sie ein paarmal aneinandergeraten. Nach mehreren unschönen Auftritten hatte Sir Charles als Samys Anwalt, Becca schließlich in ihre Schranken gewiesen, da deren Verhalten unerhört war. Seitdem mieden die beiden Frauen sich. Doch leider hatte Samy schon mehr Berührung mit der Thames Valley Police gehabt, als ihr lieb war.

Glücklicherweise war jedoch ihr Verhältnis zu Beccas Vorgesetztem sehr gut. Inspector Nate Stone war nicht nur sympathisch, sondern auch äußerst attraktiv. Samy wünschte sich in diesem Moment sehnlichst, Nate sei statt Becca erschienen. Doch stattdessen musste sie erleben, wie die mausgesichtige Polizistin sich erneut so unversöhnlich gab, wie Samy sie kannte.

Ihre Stimme triefte vor Verachtung, als sie Samy aufforderte, Platz zu nehmen. Dabei war es nicht verwunderlich, dass sie auf den Sessel wies, der im direkten Licht der Lampe stand, die Anita vor wenigen Minuten so unvorteilhaft angestrahlt hatte.

»Wie ich sehe, schnüffeln Sie wieder in Dingen, die Sie nichts angehen!«, waren ihre ersten Worte, mit denen sie Samy in eine Abwehrhaltung brachte.

Die Beleidigungen der Polizistin trafen sie jedes Mal bis ins Mark und hinterließen ein Gefühl von Hilflosigkeit – eine Tatsache, die sie in ihrem Leben nicht mehr dulden wollte. Friendly war bekennender Brexit-Fan und machte keinen Hehl aus ihrer Abneigung gegen Ausländer. Samy verkörperte für sie darüber hinaus eine reiche Schmarotzerin. Es war offensichtlich, wie sehr sie es genoss, sie zu demütigen. Dies ging jedoch nur, wenn sie Samy ohne ihren Chef erwischte, denn Inspector Stone duldete ihre Frechheiten nicht.

Samy hoffte, dass er nicht im Urlaub war und früher oder später dazustoßen würde. Wenn sie so viel Glück nicht haben sollte, würde sie wohl oder übel auf Sir Charles zurückgreifen müssen. Sie hatte nicht vor, sich ein weiteres Mal von dieser Frau schikanieren zu lassen.

Ihr war klar, dass sie besser den Mund hielt, um Becca nicht weiter anzustacheln, dennoch konnte sie sich eine Erwiderung nicht verkneifen.

»Constable Friendly, genießen Sie Ihre Unverschämtheiten und leben Sie sich für einen Moment aus. Wir wissen beide, dass entweder Nate oder mein Anwalt Ihnen bald einen Riegel vorschieben wird – aber bis dahin – nur zu! Ich werde damit klarkommen.«

Ein Blick in Friendlys Gesicht zeigte ihr, dass sie ins Schwarze getroffen hatte. Wut blitzte in ihren Augen auf und im nächsten Moment wurde Samy vom Licht der Stehlampe geblendet. Sie kniff die Augen zusammen und wendete den Kopf zur Seite. Doch bevor sie protestieren konnte, erklang von der Tür eine bekannte Stimme.

»Constable, Sie werden Hollis und den anderen bei der Aufnahme aller Aussagen im großen Saal helfen!«

Samy hielt die Luft an, denn ihr war klar, dass Becca Friendly nicht so schnell nachgeben würde. Nicht selten hatte sie erlebt, wie die Polizistin ihrem Chef patzige Widerworte gab. Auch jetzt war ihr Frust spürbar, dennoch wandte sie sich um und ging zur Tür. Samy wusste aus Erfahrung, dass auch sie selbst gut daran tat, in diesem Moment zu schweigen. Inspector Nate Stone war die Verkörperung von Autorität und sie wusste, dass er seinen Constable zwar ausbremste, aber dennoch nicht dulden würden, wenn Samy triumphierte. Er war schon ein paarmal dazwischen gegangen, wenn sie und Friendly aufeinandergetroffen waren. Jedes Mal hatte er dafür gesorgt, dass keine von ihnen mit einem Gesichtsverlust aus der Sache herausging.

Mit diesem Wissen verharrte Samy still und versuchte lediglich, dem Lichtkegel auszuweichen, während sie stumm in ihrem Sessel verharrte. Sie verfolgte aufmerksam, wie die Polizisten leise miteinander sprachen, und richtete ihren Rock, der in einem starken Kontrast zu dem maskulinen Möbelstück stand. Als die junge Frau schließlich verschwand, kam Nate zu ihr und drehte den Lampenschirm beiseite, damit sie nicht länger geblendet wurde.

»Danke«, murmelte Samy erleichtert, was der große Polizist mit einem Nicken quittierte.

»Wie geht es dir?«, wollte er wissen und ließ sich in dem anderen Sessel nieder. Nachdem ihre Wege sich immer wieder gekreuzt hatten und Samy ihm mehrmals bei einer Mordermittlung geholfen hatte, waren sie befreundet. Hin und wieder trafen sie sich im *Horse & Groom* und tranken ein Pint zusammen, doch Samy ging durch den Kopf, wie rar er sich in den letzten Wochen gemacht hatte.

Sie fragte sich, ob es berufliche Gründe gab oder ob er wohl möglich eine Freundin hatte. Dieser Gedanke versetzte ihr einen Stich. Auch wenn sie sich einredete, weder von ihm noch von einem anderen Mann etwas zu wollen, mochte sie die Vorstellung, dass Nate eine Freundin hatte, nicht. Und doch wäre es gar nicht abwegig. Immerhin wusste sie, dass er seit ein paar Jahren geschieden war.

Sie musste sich zusammenreißen und diese Überlegungen beiseiteschieben, denn er wollte wissen, wie es ihr ging. Die Antwort fiel ihr schwer, denn sie konnte sich und ihre Gefühle momentan nicht richtig einordnen. Nicht nur auf Dr. Freshman wirkten ihre Leichenfunde wie Déjà-vus.

Schließlich rang sie sich zu »Abgesehen davon, dass ich immer wieder über Tote stolpere, gut« durch.

Ein Lächeln glitt über Nates ernstes Gesicht und plötzlich überkam Samy eine Woge von Verzweiflung.

»Was hat es mit dieser Gegend hier auf sich, dass die Menschen sich bei jeder Gelegenheit gegenseitig umbringen?«, wollte sie wissen. Sein Blick wurde wieder ernst, seine Erwiderung war ernüchternd.

»Es hat nichts mit der Gegend zu tun. Es ist leider eine Tatsache, dass innerhalb eines bestimmten Zeitrahmens eine gewisse Anzahl derartiger Verbrechen verübt werden. Natürlich gibt es regionale Unterschiede, aber ich kann dir versichern, dass hier kein Hotspot ist, sondern sich alles im Rahmen der Statistik bewegt.«

»Das ist eine bescheidene Statistik, wenn du mich fragst«, schniefte sie in das Taschentuch, das er ihr gereicht hatte, als ihre Augen feucht wurden.

»Da stimme ich dir zu. Jedes Verbrechen ist eines zu viel. Was mich jedoch viel mehr beschäftigt, ist die Tatsache, dass du immer wieder diejenige bist, die ich an Tatorten antreffe.«

Samy wollte protestieren, doch er hinderte sie daran.

»Das ist kein Vorwurf, verstehe mich nicht falsch. Auch wenn man es kaum glauben mag, selbst dafür gibt es eine Statistik. So wie es Menschen gibt, die immer bestohlen werden, die häufiger stolpern oder mehr Unfälle bauen als der Durchschnitt, gibt es in der Tat auch diejenigen, die mehrfach dort sind, wo ein Verbrechen geschehen ist.«

Sie lauschte seinen Erklärungen und schaute ihn ungläubig an.

»Wirklich?«

»Leider ja«, antwortete er und lächelte sie dabei an, dann schloss er aufmunternd: »Dennoch fände ich es wesentlich besser, wenn du nicht in eine dieser Statistiken gehören würdest.«

»Ich auch, es ist grausam. Ich hatte niemals einen Toten gesehen. Seit ich hier lebe, passiert es mir ständig. Dabei stelle ich fest, dass ich die Dinge inzwischen schon mit anderen Augen betrachte und selbst darauf achte, wie ein Tatort aussieht.«

»Samy, vergiss es!«, herrschte er sie an.

Seine Ansage war zu erwarten gewesen, dennoch ließ sie sich nicht beirren und teilte ihre Beobachtungen mit.

»Unter ihm breitete sich eine Blutlache aus, als ich ihn fand. Das bedeutet, dass er noch nicht lange tot war und genau dort starb, nicht wahr?«

Nate raufte sich die Haare, was ihn immer besonders attraktiv wirken ließ. Dann schaute er sie resigniert an. Doch in diesem Moment berührte sie vielmehr, wie erschöpft er aussah. Diese Müdigkeit kam sicherlich nicht allein von der Uhrzeit und zum wiederholten Male fragte Samy sich, wie man damit zurechtkam, einen Alltag zu haben, der mit Verbrechen gespickt war.

Nate war Ende dreißig, durchtrainiert und sicherlich nicht vorzeitig gealtert, dennoch lag in seinen Augen eine Müdigkeit, die sie bedrückte. Wahrscheinlich rührte sie von all den Menschen, die er schon als Opfer von Gewalttaten gesehen hatte.

Sie fragte sich oft, wenn sie an ihn dachte, wie es sein musste, immer in menschliche Abgründe zu schauen. Einen entsprechenden Kommentar verkniff sie sich allerdings. Sie wusste, dass er ihn beiseiteschieben würde. Stattdessen beschloss sie, ihrer Mitteilsamkeit freien Lauf zu lassen, egal, ob er es wollte oder nicht.

Minutiös beschrieb sie, was ihr in den Sinn kam und wiederholte geduldig immer wieder, wen sie wann und wo gesehen hatte. Nur von Cors Schal sprach sie nicht. Sie brachte es nicht über sich, ihn zu erwähnen, da sie keine Erklärung für sein Auftauchen am Tatort hatte.

Vielleicht täusche ich mich auch und es war nicht seiner, versuchte sie sich einzureden. Dabei war sie sicher, das geschwungene C von Cors Initialen gesehen zu haben. Dennoch wollte sie Nate nicht darauf stoßen. Daher erwähnte sie nicht einmal, dass Cor sie zur Party begleitete. Das würde er selbst herausfinden.

Als sie fertig waren, rief er ein Taxi und versprach, sich am nächsten Tag zu melden. Von Cor war weit und breit nichts zu sehen und man forderte sie auf, das Haus zu verlassen. Nachdem sie ein paar Minuten ratlos in der Kälte gestanden hatte, kam ihr das herbeigerufene Taxi als einzige Lösung vor.

Es würde den Polizisten bei den Burtons und auf ihrem Gelände nicht verborgen bleiben, wenn sie herumlungerte. Daher stieg sie seufzend ein und ließ sich nach Hause chauffieren.

Kapitel 4

Bei Asif

Es war beinahe Mittag, als Samy das Croissant in ihren Fingern zerbröselte, statt es zu essen. Auch den Lärmpegel in Asifs Café registrierte sie kaum. Nur wenn ein Kind brüllte oder ein Hund bellte, sah sie sich erschrocken im *Esquires* um.

Es war ein typischer Samstagmorgen in Windsor. Das Wetter war ungemütlich, die Straßen glänzten im feinen Dauerregen und dennoch waren unzählige Menschen unterwegs.

Auf ihrem Weg hatte Samy gesehen, wie die Verkaufsstände in der Peascod Street unter den opulenten Weihnachtsdekorationen von Kunden belagert wurden. Vegane Kuchen, fettige Würstchen, Landbrote mit dicken Krusten und jede Menge Handwerkszeug lockten die Leute an jedem Wochenende an. Daran änderte auch der Dauerregen nichts. Im Gegenteil, denn der Regen gehörte zur DNA der Engländer dazu.

Sie saß an einem kleinen Wandtisch mit dem Rücken zur Straße. Doch hin und wieder, wenn sie einen Blick über die Schulter warf, sah sie den Strom von Menschen, die vor dem Café in beide Richtungen unterwegs waren. Gleich neben dem Bistro war ein Laden von TK MAXX, den Samy zunächst unterschätzt hatte. Die Front des Geschäfts war nichtssagend. Sie hatte sich gewundert, dass die Kette, die in vielen Städten riesige Outlets unterhielt, hier in einem verhältnismäßig kleinen Laden untergekommen war. TK MAXX verkaufte weltweit die Überhänge von Designmarken und nahm immer viel Raum ein. Auf den ersten Blick passte das Windsor Outlet nicht ins Bild. Auf der Suche nach einer robusten Reisetasche hatte man Samy jedoch dort hingeschickt und sie war aus dem Staunen nicht mehr herausgekommen. Beim Betreten konnte sie feststellen, dass das Geschäft sich wie ein Schlauch fünfzig Meter in die Tiefe erstreckte. Doch das allein war nicht der Grund für ihre Überraschung. Vielmehr schickte man sie auf ihrer Suche ins Untergeschoss, welches über eine Rolltreppe zu erreichen war. Am Fuße dieser Treppe angelangt, war ihr die Kinnlade runtergefallen. Die Fläche des Kellers war beinahe doppelt so groß und man gewann den Eindruck, dass halb Windsor unterkellert war. Überall in den Straßen sah man große Einkaufstüten mit dem Logo und auch hier, in Asifs Café, standen sie neben Stühlen und Tischen zu Füßen der Gäste.

Asifs Café war bei Touristen beliebt. Doch an den Wochenendtagen kamen viele Einheimische, die in Gruppen beieinanderhockten und sich leise unterhielten. Sie trugen meist klassische *Babour*-Jacken, karierte Mützen oder Hüte und nicht selten lagen Hunde zu ihren Füßen. Es waren überwiegend Männer, sie gehörten nicht zur wirklich feinen Gesellschaft um Sir Charles und seinen Kindern. Es waren viel mehr Zugezogene, die in der City arbeiteten und sich für das Landleben entschieden hatten. Sie wirkten wohlhabend und beinahe verzweifelt bemüht, dem Bild der Landbevölkerung zu entsprechen, was ihnen eine gewisse Uniformität verlieh.

Während Samy ihren Blick über die Gäste schweifen ließ, fragte sie sich, ob der Tod des Klatschkolumnisten bereits ein Gesprächsthema war. Zweifelsohne war der Mord eine Schlagzeile in den einschlägigen Onlineportalen. Asif, der in jeder Minute, in der er nicht seine Kaffeemaschine bediente, sein Smartphone in der Hand hielt, war wie immer bestens informiert. Er hatte sie mit den Worten »Auf euren Partys geht es hoch her« begrüßt. Dabei entging ihr nicht, dass er sie immer wieder beobachtete, und sie wusste, dass es nicht lange dauern würde, bis er sie ausfragen würde.

Sie mochte den großen Mann mit den grauen Haaren. Seine verwaschenen Band-T-Shirts, die ihm einen fantastischen Musikgeschmack bescheinigten, und die Lesebrille, die an einer Kette um seinen Hals hing, waren Konstanten, die sie schätzte. Asif war in England geboren, doch seine pakistanischen Eltern und sein orientalisches Aussehen hinderten ihn daran, sich wie ein Brite zu fühlen. Dies hatte er mehrmals betont.

»Die einen sehen in mir den Orientalen, der einem Engländer den Job wegnimmt, und die anderen einen Briten, der zu den kolonialistischen Ausbeutern gehört. Es ist ein Fluch, anders als ihr Europäer auszusehen. Obwohl ich in Slough geboren wurde und einen britischen Pass besitze, bin ich der Paki vom *Esquires* Café. In ihren Augen bin ich ein Gastarbeiter, der ihnen ein paar Sandwiches reichen darf ...«

Samy wusste, wie sehr er unter all dem litt, und fühlte mit ihm, denn auch sie war für viele nur die Deutsche, obwohl ihr Vater Engländer gewesen war. Lediglich Sir Charles' Bemühungen, Kontakte für sie zu knüpfen, hatten ihr Bekanntschaften beschert. Allerdings war ihr bewusst, dass Asif aufgrund seines Namens und arabischen Aussehens dieses Glück niemals hold sein würde.

Bei diesem Gedanken musste sie seufzen. Die Welt konnte sich um noch so viel Diversität bemühen, sie blieb ein gespaltener Planet, auf dem nicht alle dieselben Chancen hatten.

Sie schob die Reste ihres Croissants zusammen und versuchte erneut, Cor anzurufen, landete aber – wie bereits unzählige Male zuvor – nur auf seiner Mailbox. Vom Verlassen des Burton Hauses an hatte sie versucht, ihn an die Strippe zu bekommen. Scheinbar war sein Telefon ausgeschaltet, oder er wollte nicht mit ihr sprechen. Er konnte nachtragend sein und sie war gestern ohne ihn aufgebrochen.

Enttäuscht legte sie ihr Telefon weg, doch allmählich beschlich sie Nervosität. Sie begann sich zu fragen, ob er vielleicht nicht telefonieren konnte, weil er in Gewahrsam bei der Polizei war. Vielleicht hatten sie den Schal in den Händen des Toten ihm zugeordnet und die schreckliche Becca hatte ihn verhaftet. Bei der Vorstellung wurde ihr übel.

Hoffnung keimte in ihr auf, als sie sich versicherte, dass sie davon bereits gehört hätte. Allerdings wusste sie auch, dass Nate in einer laufenden Ermittlung nichts mit ihr teilen durfte. In der Vergangenheit hatten sie allerdings immer einen Weg gefunden, sich auf dem Laufenden zu halten. Besonders wenn Samy der Polizei helfen konnte.

Schließlich fasste sie den Entschluss, zum Castle Hotel zu gehen und sich zu versichern, dass Cornelius friedlich in seinem Bett schlummerte. Während sie ihre Sachen zusammensuchte, bemerkte sie, wie Asif mit ungläubigem Gesichtsausdruck ein Telefonat beendete und hinter dem Tresen hervorkam.

»Kann es sein, dass dein Freund wieder im Castle Hotel abgestiegen ist? Gerade wurde mir eine Bestellung über zwei Pastrami-Sandwiches übermittelt.«

Samy lachte erleichtert auf und legte ihre Tasche wieder beiseite, während Asif sie ansah.

»Wer tut denn so etwas?«, wollte er wissen. »Ich meine, die haben dort das edelste Frühstück, mit allem, was man sich vorstellen kann. Warum sollte irgendwer bei diesem Luxus ein Sandwich bei mir bestellen? Aus irgendeinem Grund kommt mir nur dein merkwürdiger Freund in den Sinn.«

Doch kaum waren die Worte raus, konnte Samy ihm ansehen, dass er sie bedauerte. Asif war der höflichste Mensch, den sie kannte. Daher war ihr klar, wie gerne er das Prädikat *merkwürdig* zurückgenommen hätte, was seine folgenden Worte bestätigten.

»Bitte entschuldige, ich wollte nicht respektlos sein. Er ist dein Freund und es tut mir leid. Er ist sicherlich ein feiner Mensch, es ist nur …«

Verzweifelt suchte er nach den passenden Worten und Samy legte ihm beruhigend eine Hand auf den Arm.

»Kein Problem, Asif, du hast nicht Schlimmes gesagt. Cor ist im Castle Hotel abstiegen.« Mit einem Augenzwinkern fügte sie hinzu: »Und du hast Recht, er ist merkwürdig, das wissen wir beide.«

Offensichtlich war er erleichtert, ihre Gefühle nicht verletzt zu haben, doch schon im nächsten Moment verdüsterte sich sein Blick erneut. Er schaute zum Fenster hinaus und raunte ihr zu: »Ich glaube, du bekommst Gesellschaft!«

Noch ehe sie fragen konnte, was er meinte, war er wieder hinter seinem Tresen verschwunden und Samy sah aus dem Augenwinkel, wie Nate das Café betrat. Er und Asif würden nie Freunde werden. Dabei glaubte sie nicht einmal, dass jemals etwas zwischen den beiden vorgefallen war. Vielmehr war es so, dass Asif eine verwurzelte Ablehnung gegen die englischen Gesetzeshüter in sich verankert hatte. So viel sie wusste, fühlte er sich von der Polizei im Stich gelassen, seit er als junger Mann überfallen worden war und man ihn wegen Unruhestiftung in Gewahrsam genommen hatte.

Nate kannte diese Geschichte und verhielt sich stets vorbildlich, Asif ließ es dennoch auf nichts ankommen und wahrte eine Distanz, die Samy sonst nicht von ihm kannte. Auch jetzt nickten die Männer sich nur förmlich zu, bevor Nate sich zu ihr gesellte.

Er ließ sich ihr gegenüber nieder und eröffnete das Gespräch mit derselben Frage wie am Vortag.

»Wie geht es dir?« Er wirkte sichtlich besorgt und Samy wusste, wie tief ihre Augenringe nach der schlaflosen Nacht waren.

»Was soll ich dir auf diese Frage antworten?«, erwiderte sie resigniert. »Du siehst, wie ich aussehe und weißt wahrscheinlich besser als jeder andere, dass man den Anblick eines Toten nicht so schnell vergisst.«

Nate war ebenfalls blass und sie konnte sich ausmalen, wie wenig Schlaf er bekommen hatte.

Nach einem Moment des Schweigens ließ er resigniert die Schultern sinken und antwortete ihr offener als jemals zuvor.

»Damit hast du Recht und wie ich dir vor Monaten bereits sagte, man gewöhnt sich nicht an dieses Grauen. Man lernt, damit umzugehen und es mit mehr Distanz zu betrachten, aber Gewohnheit wird es nicht und das ist auch gut so.«

Er schaute sie aufgewühlt an.

»Was würde es über uns aussagen, wenn der Anblick eines gewaltsam getöteten Menschen uns nicht mehr berühren würde?«

In seiner Stimme schwang Bedauern mit. Gleichzeitig glaubte Samy auch, so etwas wie unterdrückte Wut herauszuhören. Allerdings gab er ihr keine Gelegenheit, sich zu erkundigen, wieso er diesen Job freiwillig machte. Stattdessen richtete er sich auf, sodass sich unter seiner Lederjacke kräftige Muskeln abzeichneten, die selbst ein Rollkragenpullover aus grobem Strick nicht verbergen konnten.

Sie wusste, dass er viel trainierte. An einem Abend im Horse, an dem vielleicht zu viel Alkohol geflossen war, hatte er erwähnt, dass es seine einzige Möglichkeit war, mit dem Stress und den Bildern von Tatorten umzugehen. Andernfalls brannten sie sich in sein Gehirn ein und raubten ihm den Schlaf.

Samy hatte sich vor ihrem Umzug nach Windsor niemals Gedanken über Polizisten und ihre Arbeit gemacht. Erst die Konfrontation mit Morden und Ermittlern wie Nate hatte ihr vor Augen geführt, dass sich hinter ihnen mehr als ein stupider Bobby verbarg. Nate hatte in Oxford Psychologie studiert und war zufällig bei der Mordkommission gelandet. In einigen Gesprächen hatte sie zwischen den Zeilen hören können, dass er alles andere als sicher war, diesen Job ewig machen zu können.

Besonders schockiert war Samy gewesen, als er von einer Frau berichtet hatte, die ihm immer noch Albträume bereitete. Sie war immer bei der Polizei gewesen und hatte um Hilfe gebeten. Sie hatte Angst vor ihrem Ehemann gehabt, jedoch nichts Konkretes gegen den Kerl vorbringen können. So hatten die Kollegen sie immer wieder wegschicken müssen – bis Nate in ihr Haus gerufen worden war. Dort lag sie mit eingeschlagenem Kopf und die Obduktion hatte ergeben, dass sie über Jahre hinweg brutal misshandelt worden war.

Die Akten seiner Kollegen waren voll von ihren Hilferufen gewesen, doch niemand hatte sie gehört.

Als er das gesamte Ausmaß des Leids der Frau begriffen hatte, waren ihm beinahe alle Sicherungen durchgebrannt und er hatte sich geschworen, immer genau hinzusehen und nachzufragen. Er hatte nicht eher geruht, bis er den Scheißkerl überführt hatte, weil es das Einzige war, was er noch für die Frau tun konnte. Dafür musste er seine Emotionen ausschalten und in eine Art Autopilotfunktion wechseln. Anders hätte er nach den Bildern, die er in ihrer Wohnung gesehen hatte, nicht funktionieren können.

Er hatte Samy erklärt, dass diese Art der Abkapslung ein Schutzmechanismus war, den man brauchte, um vieles im Alltag zu bewältigen. Doch er hatte ihr auch gesagt, dass bei dieser Sache etwas in ihm zerbrochen war und er manches nicht ignorieren konnte. Seit diesem Mord überkamen ihn regelmäßig Gedanken an das Aufhören und Samy hätte schwören können, dass sie ihn auch in diesen Stunden heimgesucht hatten.

Sie wollte ihm seine Arbeit nicht schwerer machen, als sie war. Daher bemühte sie sich um Neutralität und hoffte, ihn mit einem lockeren Spruch aufzumuntern.

»Na ja, ich werde dennoch darüber hinwegkommen, also mach dir keine Gedanken um mich.«

Sie rang sich ein Lächeln ab und dankbar nahm er die Brücke an, die sie ihm damit baute.

Ohne weiteres Rumgeplänkel kam er zur Sache.

»Leider werde ich dich erneut um Hilfe bitten müssen. Es ist, wie im Sommer, als die Yoga-Frau ermordet wurde. Für uns ist es immer schwierig, wenn wir in der Oberschicht ermitteln müssen. Diese Leute fühlen sich überlegen und behandeln uns mit kaum zu ertragender Arroganz. Wir müssen uns abfällige Bemerkungen anhören, aber damit kann ich umgehen, das habe ich in Oxford gelernt. Problematisch ist das, was sie uns sagen. Keiner will eine Aussage machen und selbst wenn manche notgedrungen bereit sind, sind ihre Worte beinahe sinnfrei. Niemand anderen belasten. Es ist ihnen wichtiger, was sie voneinander denken, als der Polizei zu helfen.«

Samy beobachtete ihn aufmerksam und verstand seine Not. Bevor sie ihre App verkauft hatte, war sie als Angestellte der Universität im Strom der Gesellschaft mitgeschwommen. Nun, nachdem sie zu Geld gekommen und durch das Erbe hier gelandet war, hatte sie Anschluss an eine Welt bekommen, die ihr fremd gewesen war. Niemals hätte sie sich vorstellen können, nach welchen Regeln die Oberschicht lebte, geschweige denn die Gelegenheit zu erhalten, dazuzugehören. Die Unverschämtheiten einiger Menschen aus den besten Kreisen schockierten sie und nicht selten verspürte sie das Bedürfnis einzuschreiten.

Doch sie wusste, dass sie damit schneller wieder aus diesem erlesenen Zirkel ausgeschlossen würde, als sie *hier* sagen konnte. Damit wäre auch für Nate eine wichtige Tür geschlossen worden.

»Mit wem soll ich sprechen?«

Die Schlichtheit ihrer Erwiderung schien ihm zu gefallen, denn der frustrierte Gesichtsausdruck wich Zuversicht und er antwortete genauso simple.

»Mit allen!«

Samy ließ sich gegen die Rückenlehne ihres Stuhls sinken und konnte sich ein Lachen nicht verkneifen.

»Ich muss schon sagen, wenn man dir den kleinen Finger reicht, greifst du nach nicht weniger als dem ganzen Arm.«

Er schaute sie entwaffnend an und zuckte die Schultern, als wäre damit alles gesagt. Doch dann schilderte er ihr sein Dilemma.

»Ich habe mehr als sechzig Aussagen. Niemand hat etwas bemerkt. Jeder ist mit irgendwem zusammen gewesen, womit alle ein Alibi haben, keines davon kann überprüft werden, da die Gesellschaft sich gegenseitig deckt. Leider können wir nicht das Gegenteil beweisen, solange keine groben Widersprüche auftauchen, und selbst dann ist es schwer für uns. Um das alles noch zu toppen, versichert nahezu jeder, wie schockiert er über den Tod des armen Theo ist.«

Er raufte sich das dunkle Haar, was wie immer ein kleines bisschen zu lang war, und schaute Samy verzweifelt an.

»Ich bitte dich – der Kerl war einer der meistgehassten Menschen in unseren Gefilden. Alle hatten Angst vor ihm und seinen Kolumnen, besonders die Reichen und Schönen. Er hat unzählige Leben zerstört – auch in Windsor – und dennoch behaupten alle, die die letzten Stunden seines Lebens mit ihm verbracht haben, dass sie bestürzt über sein Ableben sind?«

Sie konnte sich vorstellen, wie die Sache abgelaufen war. So war es im Sommer auch gewesen, als die vermögende Besitzerin des Yogastudios, in dem Samy und nahezu alle Damen aus Windsor trainierten, zu Tode gekommen war.

Damals war ihr nicht verborgen geblieben, dass selbst Sir Charles Bolman-Whitecliff und seine Familie alles andere als kooperativ waren. Zunächst war sie davon ausgegangen, es läge an seiner Vergangenheit als knallharter Strafverteidiger. Doch inzwischen war sie vielen Mitgliedern der Society begegnet und hatte diese Illusion aufgegeben.

Zusätzlich hatte ihr Gerechtigkeitsbedürfnis sie immer zu Nates Gunsten handeln lassen. Sie kannte das Destruktive aus dem Universitätsleben zu gut und es war ihr zuwider. Allzu oft hatte sie erlebt, dass dieser Zusammenhalt aus niederen Beweggründen zu nichts Gutem führte.

»Was hast du bisher?«, wollte sie wissen, irgendwo musste man schließlich anfangen.

»Ich bin mir sicher, dass ich das eine oder andere Alibi bestätigen könnte. Zumindest könntest du so ein paar von deiner Liste streichen.«

»Es war ein ständiges Kommen und Gehen«, entgegnete sie, bevor er nachhaken konnte.

»Alle Terrassentüren standen offen und auch der Ausgang zum Flur war meist nicht geschlossen. Ich kenne nicht alle Gäste, dennoch bin ich sicher, dass ich mich an das eine oder andere Hilfreiche erinnern kann, da bin ich sicher. Du musst mir nur etwas Konkretes an die Hand geben«, bot sie ihm an und nach kurzem Zögern ging er darauf ein.

Er schilderte ihr die Grundaussagen, die in der Nacht immer wieder zu Protokoll gegeben worden waren. Es verschlug ihr die Sprache, welche dreisten Lügen der Polizei aufgetischt worden waren.

So hatte man den Beamten zum Beispiel vorgemacht, dass es sich um eine gesittete Christmasparty mit gedämpfter Musik und angeregten Gesprächen gehandelt habe. Außerdem fand der Streit zwischen den Gastgebern niemals Erwähnung und mehr als eine Person hatte angegeben, sich gut mit dem Ermordeten unterhalten zu haben. Merkwürdigerweise war es mehreren Gästen wichtig gewesen, sich diese Aussage gegenseitig zu bestätigen.

Samy konnte sich auf vieles keinen Reim machen und schrieb anderes der puren Angst vor negativer Berichterstattung zu. Doch, als sie Nate ihre Erlebnisse und Wahrnehmungen schildern wollte, klingelte sein Handy und er erhob sich. Die Frustration war in sein Gesicht zurückgekehrt.

»Ich muss los«, entschuldigte er sich und schob den Stuhl an den Tisch zurück – eine Geste, die Samy rührte. Sie zeigte, wie selbstverständlich ihm gute Manieren waren. Eine Gewohnheit, die den meisten Menschen, die sie aus der Oberschicht kennengelernt hatte, fremd war.

»Die Gerichtsmedizin, der schlimmste Teil von allem«, seufzte er und fügte hinzu: »Wenn ich irgendwie Einfluss darauf habe, wird mein Sohn nicht Medizin studieren.«

Als er schon beinahe bei der Tür angekommen war, signalisierte er ihr mit einer Geste, dass er sie anrufen würde, und Samy blieb allein mit ihren Gedanken zurück.

Sie sinnierte über Nate, der mit seiner Ex-Frau einen achtjährigen Sohn hatte, von dem er hin und wieder erzählte. Sie gingen zusammen Campen oder besuchte seine Eltern in Cornwall. Mehr wusste sie nicht, denn diese Informationen hatte er lediglich am Rande bei gemeinsamen Pub-Besuchen erwähnt. Allerdings war dabei der Eindruck bei ihr entstanden, dass die ehemalige Mrs Stone Nate nicht allzu viel Einfluss auf die Entwicklung des gemeinsamen Sprösslings zugestand.

Diese Erwähnung versetzte sie jedoch in Aufregung.

Cornelius!

Schlagartig fiel ihr wieder ein, dass sie ihn sprechen musste. Während sie versuchte, ihn zu erreichen, wurde ihr bewusst, dass Nate ihn mit keiner Silbe erwähnt hatte, und für einen kurzen Moment dachte sie, dass er eventuell gar nichts von Cors Anwesenheit wusste.

Doch den Gedanken verwarf sie jedoch gleich wieder, denn er hatte von über sechzig Aussagen gesprochen. Wie sie ihn kannte, hatte er sich jede einzelne davon angeschaut und ohne Zweifel hatte er Cors Namen gesehen.

Ihr schlechtes Gewissen meldete sich, denn sie wusste, dass sie Cor und den Schal hätte erwähnen müssen. Doch so gerne sie Nate helfen wollte, sie würde Cornelius niemals verraten oder in eine unangenehme Situation bringen.

Er war die einzige Konstante in ihrem Leben und sie konnte sich seit ihrer Schulzeit auf ihn verlassen. Nicht weniger würde sie für ihn tun. Ihre Freundschaft zu gefährden oder zu belasten, war vollkommen unvorstellbar. Trotzig versuchte sie sich einzureden, dass es eine einfache Erklärung für das Halstuch gab. Sie hätte schließlich gewusst, wenn Cornelius den Toten gekannt hätte. Auch wenn alle Menschen sich zu spontaner Handlung hinreißen ließen, konnte sie bei all seiner Exzentrik ausschließen, dass er sich den Abend durch eine widerliche Tat wie Mord verderben würde.

Als habe er ihren verzweifelten Wunsch, mit ihm zu reden, aus der Entfernung gespürt, nahm er bei ihrem erneuten Versuch, ihn zu erreichen, den Anruf nach dem ersten Läuten an.

Allerdings war nicht zu überhören, dass er beleidigt war.

Er tat Samys Besorgnis ab und maulte herum.

»Wenn dich mein Verbleib so sehr kümmert, hättest du gestern Abend auf mich warten sollen. Aber nein, du bist abgerauscht und hast mich den Wölfen zum Fraß vorgeworfen.«

Samy stöhnte auf. Er übertrieb maßlos, nichtsdestotrotz hatte er natürlich recht. Sie hätte auf ihn warten sollen. Doch alles war so schnell gegangen und eigentlich hatte sie auch keine Wahl gehabt. Nate hatte veranlasst, dass ein Taxi sie nach Hause brachte, und es war ihr als Bestes erschienen, Cor nicht zu erwähnen. Allerdings kam ihr diese Erklärung nun derart lahm vor, dass sie darauf verzichtete, sie anzubringen.

Cor lamentierte am anderen Ende der Leitung weiter und sie ließ es über sich ergehen. Er ereiferte sich darüber, wie die Polizei alle Gäste bis in die frühen Morgenstunden festgehalten hatte. Dabei sparte er nicht mit Details, die sich haarsträubend anhörten. Doch schließlich ging ihm die Luft aus und er erkundigte sich, wo Samy sei. Als er hörte, dass sie im *Esquires* Café war, wies er sie an, dort zu warten und beendete das Telefonat. Anschließend dauerte es nur Minuten, bis die Eingangstür aufschwang und Cornelius mit wehendem Haar und seinem imposanten *Gucci*-Mantel hereinmarschiert kam.

Sein Auftritt war majestätisch wie immer, die Haltung vorbildlich und seine ausladende Figur nicht wirklich für ein derartiges Kleidungsstück geeignet.

Der beinahe bodenlange Mantel im Militärstil hatte sie viele Nerven gekostet, doch Samy erinnerte sich gerne an seine Anschaffung. Sie waren von Paris nach Mailand und zurück an die Seine gereist, um ein Exemplar in seiner Größe zu ergattern. Selbst *Gucci* schneiderte nicht für viele Männer seines Formats. Er war dunkelblau und im Redingote-Style gehalten, die unzähligen goldenen Knöpfe auf Hochglanz poliert und hinzu kamen noch blutrote Schulterklappen und Ärmelaufschläge.

Als Cor erhobenen Hauptes an Asifs Theke schritt, folgten ihm sämtliche Blicke. Auch Samy starrte ihm gebannt hinterher. Sie hörte zwar nicht, was er sprach, sah jedoch an der Reaktion des Cafébesitzers, dass es schmeichelhaft sein musste. Asif strahlte über das ganze Gesicht und verbeugte sich in Cors Richtung, ganz eindeutig als Zeichen des Dankes für ein Lob. Doch plötzlich zeichnete sich Überraschung auf seinem Gesicht ab und er begann, sich an der Kaffeemaschine zu schaffen zu machen. Cornelius wandte sich ab, hielt nach Samy Ausschau und eilte heran.

Schwungvoll zog er den Stuhl hervor, auf dem noch vor wenigen Minuten Nate gesessen hatte. Als er sich niederließ, ertönte ein leises Ächzen des Holzes.

»So, so! Der schnittige Polizist war also schon hier!«, begann er das Gespräch. Noch bevor Samy sich wundern konnte, fügte er hinzu: »Bin ihm vor dem Hotel begegnet. Er war schlecht gelaunt, aber ich habe ihm klar gemacht, dass meine Befindlichkeit nicht besser ist. Schließlich haben seine Leute mir die ganze Nacht gestohlen.«

Er drehte sich zu Asif um und hielt seine Hand mit zwei Fingern hoch, woraufhin dieser Samy ungläubig anblickte. Da sie nicht wusste, worum es ging, zuckte sie nur mit den Schultern.

Minuten später kam er an ihren Tisch und Samy verstand seinen Unglauben, denn er stellte ein Tablett mit zwei Pastrami-Sandwiches vor Cor ab. Dazu einen Miniatur-Espresso, denn auf Milch verzichtete er aus Gesundheitsgründen prinzipiell.

»Hattest du nicht schon genau das zum Frühstück?«, wollte sie wissen, denn immerhin wusste sie von der Bestellung bei Asif. Eine Antwort erhielt sie erst, als er den ersten Bissen vertilgt hatte.

»Schau dir diese kleinen Dinger an, davon kann ein Mann kaum satt werden.«

Nachdem das erste Sandwich verschwunden war, merkte er mit einem Blick in Richtung Theke an, dass Samys orientalischer Freund wohl weniger diskret war, als es für sein Geschäft gut sei.

»Dann werde ich zukünftig wohl doch wieder beim Zimmerservice bestellen«, gab er beleidigt von sich und Samy nahm Asif in Schutz. Allerdings brachte das nicht viel und so versuchte sie es mit Ablenkung.

»Wie kommt es, dass du nicht im Hotel frühstückst?«

Er nahm sich Zeit, kippte den Espresso hinab und wischte sich akribisch die Hände ab. Erst dann beantwortete er ihre Frage.

»Ich habe mich gestern Morgen dort geärgert. Gerade, als mein vorzügliches Frühstück serviert wurde, fiel eine Horde Touristen in den Speisesaal ein und übernahm lauthals den Raum. Sie haben auf niemanden Rücksicht genommen. Darauf angesprochen, hat der Manager nur mit den Schultern gezuckt und bei mir den Eindruck erweckt, man sei bei zahlenden Gästen willens, über alles hinweg zu sehen. Nun, du kennst mich – eine derartige Rückgratlosigkeit kann ich nicht gutheißen – tadellose Manieren sind das A und O einer funktionierenden Gesellschaft. Wenn wir die nicht pflegen, unterscheidet uns bald nichts mehr von den Barbaren. Nimmt ein First-Class-Hotel diese Dinge nicht ernst, haben wir die Schlacht verloren.«

Er liebte militärische Vergleiche und war stolz auf die Historie seiner Familie, die jedem von Reeder abverlangte, sich vor dem Berufseinstieg in die Hierarchien des Soldatenlebens einzufügen. So sehr er sich auch von seinem Vater und seinen Brüdern, alles angesehene Chirurgen, abgrenzen wollte, in dieser Beziehung hatte er die an ihn gestellten Erwartungen erfüllt. Zusammen mit einer rigiden Familientradition hatte der Militärdienst dafür gesorgt, dass Cornelius ein Verfechter von Befehlsketten und geschliffenen Umgangsformen war.

Samy konnte sich vorstellen, wie ihm die lauten Gäste gegen den Strich gegangen waren. Sie selbst mied das Hotel zu bestimmten Zeiten ebenfalls, obwohl sie dort gerne nachmittags einen Tee oder abends in der Bar einen Cocktail trank. Wenn es jedoch ausgebucht war, wurde es von wohlhabenden Amerikanern frequentiert. Diese hatten die Angewohnheit, ihre Befindlichkeiten lauthals mit allen zu teilen. Ganz anders als die Chinesen, die auch gerne in dem Hotel abstiegen. Allerdings durften sie aufgrund von Corona immer noch nicht wieder reisen und waren somit momentan auf Windsors Straßen kaum zu sehen.

Sie kannte Cors Konsequenz. Daher hätte es sie nicht gewundert, wenn er zukünftig auf eine andere Bleibe umstieg. Dafür bewunderte sie ihn, denn er machte immer Nägel mit Köpfen. Wenn er sich ärgerte, änderte er die betreffende Sache oder brachte sie zu einem Ende. Endlose Ärgernisse gab es für ihn nicht.

Allerdings hatten sie heute keine Zeit, sich über seine Unterkunft Gedanken zu machen. Viel dringlicher war die Frage, wie sein Schal in die Hände des Toten gelangt war.

»Cor, ich mache mir Sorgen. Wieso hatte Theo Leicester deinen Schal in der Hand? Nate hat nichts davon erwähnt und ich natürlich auch nicht. Aber ich habe das eingestickte C gesehen und bin sicher, die Polizei wird nicht lange brauchen, es ebenfalls mit dir in Verbindung zu bringen.«

Er pfiff die Luft aus und lehnte sich zurück. Ausnahmsweise wirkte er sprachlos, was Samy noch mehr beunruhigte. Dann schob er sich die langen Haare hinter die Ohren und schüttelte den Kopf. Dabei murmelte er: »Das war es also.«

Samy beschlich Panik.

»Wie meist du das?«

»Ich habe das Teil gestern Abend überall gesucht, vergeblich. Kein Wunder, wenn es stimmt, was du sagst.«

Sein Blick schweifte in die Ferne und Samys Puls beschleunigte sich.

»Was ist los, Cor?«, wollte sie wissen. Sie kam nicht umhin, festzustellen, dass ihre Stimme schrill wurde, was immer passierte, wenn sie nervös war.

»Sag mir, dass du mit all dem nichts zu tun hast – bitte!«

Ihr Ton war beinahe flehentlich und wahrscheinlich war es genau das, was zu ihm durchdrang, denn er richtete sich auf und starrte sie verdutzt an.

»Wovon redest du?«, wollte er wissen und begriff dann, was sie meinte. »Du glaubst doch nicht ernsthaft, dass ich etwas mit dem Mord zu tun habe!«

Empört fixierte er sie, dann folgte ein Beleidigtes: »Also ehrlich!«

Er wandte sich ab und schlug die Beine übereinander.

»Cor, bitte!«, flehte Samy. »Natürlich glaube ich nicht, dass du ihn ermordet hast.«

»Ach nein?«, blaffte er sie sarkastisch an.

»Du kanntest ihn doch gar nicht«, beschwichtigte Samy und wusste, dass diese Antwort falsch war und Cor noch mehr erzürnen würde.

»Frau Doktor glaubt also, dass ich durchaus in der Lage bin, jemanden zu meucheln, wenn ich ihn kenne. So bin ich jedoch über jeden Zweifel erhaben, weil der Tote mir fremd war. Wie reizend!«

Er war sichtlich aufgebracht und schlug mit der Hand auf den Tisch, um seiner Empörung Ausdruck zu verleihen. Das hatte zur Folge, dass sämtliche Gäste sich erneut zu ihnen wandten und seine nächsten Worte hörten – wenn auch nicht verstanden.

»Ich haben den Eid des Hippokrates geschworen! Das bedeutet, dass ich Leben rette, nicht, dass ich es nehme!«

Samy hatte ihn selten derart aufgebracht erlebt und ihr wurde klar, dass sie ihn in seiner Ehre getroffen hatte. Sie bemühte sich nach Kräften, ihn zu beruhigen, und entschuldigte sich unzählige Male, bis er wieder zugänglicher wurde.

»Wie du schon sagst, ich kannte den Kerl nicht. Ich weiß bis heute nur das, was ich mitbekam, während wir zusammengepfercht wie die Tiere, ausharrten und auf die polizeiliche Befragung warten mussten. Das, was ich gehört habe, war allerdings nicht schmeichelhaft. Ich kann sehr gut verstehen, dass der Kerl das Zeitliche derart abrupt gesegnet hat – ganz ohne mein Zutun, was ich hier noch einmal betonen möchte!«

»Ich weiß«, beteuerte Samy zum wiederholten Male. Mehr brauchte sie nicht zu sagen, denn Cornelius fing nun an, die Nacht aus seiner Sicht zu schildern.

Nachdem die Polizei Samy und Dr. Freshman in die Bibliothek verfrachtet hatte, war Cor zurück zur Party begleitet worden. Man hatte ihn sehr eindringlich aufgefordert, nicht über das zu sprechen, was sich im Flur ereignet hatte.

Irgendjemand hatte die Musik ausgemacht und so dafür gesorgt, dass die Stimmung schnell auf dem Nullpunkt war. Ohne eine Information, was eigentlich los war, verhielten sich die meist angetrunkenen Partygäste unflätig und äußerten der Reihe nach hanebüchene Vermutungen. Es wurden sogar Wetten abgeschlossen. Die meisten glaubten, dass Les seine Frau im Rausch erwürgt oder sie ihm eins übergebraten hatte.

»Von den beiden hat kaum einer eine hohe Meinung. Wenn man den Geschichten Glauben schenken darf, die gestern ans Licht gezerrt wurden, traue selbst ich diesem Ehepaar alles zu.«

Samy schüttelte ungläubig den Kopf und lauschte seinen Schilderungen. Die Fantasie der Leute hatte Blumen getrieben. Den Burtons war nahezu alles angedichtet worden, bis irgendwann aufgefallen war, dass von Theo Leicester jede Spur fehlte.

Cor hatte die Aufregung nicht verstanden, dann aber hatte Bel sich zu ihm gesellt und ihm erläutert, was es mit Theo Leicester auf sich hat. Unter dem Siegel der Verschwiegenheit hatte er ihr anvertraut, dass Samy die Leiche dieses Widerlings gefunden hatte, und konnte anschließend erleben, wie die Sache einer stillen Post gleichkommend die Runde machte.

Samy lachte und erklärte dem erstaunten Cor, dass er sich niemand Schlechterem als Bel hätte anvertrauen können.

»Ich mag sie. Sie ist lustig und eine gute Freundin. Aber wenn Bel eines nicht kann, dann ist es, etwas für sich behalten. Sie ist genau der Typ Mensch, dem du ein Geheimnis erzählen solltest, wenn du möchtest, dass es die Runde macht.«

Cor war erneut eingeschnappt und bezeichnete Bels Verhalten als Impertinenz. Allerdings beruhigte er sich schnell wieder und brachte am Ende sogar Verständnis für Sir Charles' Tochter auf. Zurecht mutmaßte er, dass ein Teil ihres medialen Erfolges wohl dieser Geschwätzigkeit geschuldet sein musste. Schließlich liebten die Menschen jede Art von Tratsch und als Influencer war es ein Muss, die Tratsch-Sucht anderer zu befriedigen.

Um des lieben Friedens willens ließ Samy diese Vermutung stehen, ohne sie zu kommentieren. Sie selbst glaubte, dass Bel schlicht und einfach eine Tratschtante war. Wie dem nun auch sei, nach dem Bekanntwerden vom Tod des Kolumnisten, war die Stimmung besser geworden und Cor hatte schockiert die eine oder andere Geschmacklosigkeit über den Toten vernommen.

Man hatte alle zwar eingesperrt, aber die Getränke hatte man ihnen nicht genommen. So war der Alkoholkonsum unverändert hoch geblieben. Er mutmaßte, dass dies auch der Grund war, warum jede Befragung unglaublich lange gedauert hatte.

Bevor er endete, schüttelte Cornelius erneut den Kopf und äußerte eine Vermutung.

»Jetzt verstehe ich, warum die Beamten mich in die Mangel genommen haben, allen voran übrigens deine widerliche Becca!«

Man hatte ihm nicht gesagt, dass sein Schal bei dem Toten gefunden worden war. Er hatte ihn bereits lange vorher vermisst und dies auch bei den Damen, mit denen er getanzt hatte, erwähnt. Dank dieser Tatsache konnte er sich nicht vorstellen, dass es ein Problem darstellen würde, seine Unschuld zu beweisen.

Auch Samy war beruhigt, erkundigte sich dennoch, wann er das Fehlen bemerkt hatte.

Er musste nicht lange überlegen, denn schließlich hatte er an diesem Abend, als die Party noch im vollen Gange war, bereits danach gesucht.

»Ich denke, dass ich ihn noch getragen hatte, als ich mit Lucas und …« An dieser Stelle räusperte er sich und versuchte etwas zurückzuhalten. Dann entschied er sich jedoch anders und fuhr fort: »Ach was solls? Bel war auch dabei. Wie dem auch sein, sie hat uns begleitet, als wir uns in den Garten zurückgezogen haben, um ein wenig Gras zu rauchen.«

Samy glaubte, ihren Ohren nicht zu trauen. Diesmal war ihr Aufschrei der Grund dafür, dass die anderen Gäste zu ihnen sahen.

»Das ist nicht dein Ernst!«

»Nun beruhige dich mal wieder, Frau Doktor!«, wiegelte er ab. »Aus therapeutischen Gründen ist das vertretbar.«

»Aus therapeutischen Gründen? Willst du mich veräppeln?«

»Natürlich nicht. Und du hast ja auch vollkommen recht, ich sehe es nicht anders. Aber es stört mich nicht, wenn andere es tun. Ich käme nicht auf die Idee, mir den exquisiten Geschmack von gutem Champagner oder einem alten Whiskey dadurch verderben zu lassen, aber ich genieße es, danebenzustehen, wenn andere einen Joint kreisen lassen.«

Samy schaute ihn sprachlos an und machte keinen Hehl aus ihrer Ablehnung für dieses Verhalten. Cor fuhr unbeirrt weiter, wie er den Schal draußen enger um den

Hals gelegt hatte, weil ihm kalt war. Schließlich vergaß sie ihre Einwände, denn seine Schilderungen waren zu spannend.

Er berichtete von einem Gedränge vor den Terrassentüren, als er, Lucas und Bel wieder ins Haus kamen und vermutete, dass ihm das Tuch in diesem Getümmel unbemerkt herabgerutscht war.

»Irgendwer wird ihn aufgehoben und bei nächster Gelegenheit abgelegt haben«, murmelte Samy und dachte an den Mantel auf der Kiste nahe der Terrasse, auf der sie sich niedergelassen hatte.

»So ist es wohl«, bestätigte Cor und spann den Faden weiter.

»Der Mörder hat ihn wahrscheinlich aufgegriffen und sich überlegt, dass er eine gute Gelegenheit darstellte, einen falschen Verdacht zu säen.«

Schweigend sinnierten sie darüber, bis Cor seine Aussage wiederholte.

»Unter diesen Umständen verstehe ich sogar, warum die penetrante Becca mich gefragt hat, was ich im vorderen Teil des Hauses wollte und wie ich zu dem Toten stand. Für mein Empfinden hatte ich beide Fragen bereits beim ersten Mal ausreichend beantwortet. Aber sie hielt sich daran fest und hat mich sozusagen in eine Dauerschleife gezerrt. Sie ist ein Terrier und sicherlich war ihr das C auf dem Schal nicht entgangen. Wie ich sie einschätze, hat sie sofort kombiniert, als sie mich sah.«

All dem konnte Samy nur zustimmen. Letztlich war sie aber froh, dass Cor überhaupt ins Hotel zurückkehren durfte. Constable Friendly wäre in Anbetracht dieser Tatsachen zuzutrauen gewesen, ihn in einer Zelle übernachten zu lassen.

Sie hörte nur mit halbem Ohr zu, als Cor darüber klagte, wie sehr er das edle Seidentuch vermissen würde. Schließlich hatte er es sich vor Jahren eigens als Accessoire für die Weihnachtssaison angeschafft. Über Dinge, die seine Garderobe betrafen, konnte er stundenlang referieren, doch irgendwann wurde es Samy einfach zu viel.

»Ich muss das erst einmal verarbeiten und gehe laufen«, sagte sie, während sie sich erhob, und fragte rhetorisch: »Sicherlich möchtest du mich nicht begleiten, oder?«

»Gott bewahre, natürlich nicht!«, schmollte er. »Kannst du dir mich beim Joggen vorstellen?«

Nein, das kann ich wirklich nicht, dachte Samy und versprach ihm, sich später zu melden. Doch Cor hielt sie zurück und warnte sie.

»Das wird ein schwieriges Unterfangen, meine Liebe. Ich beabsichtige, nach London zu fahren. Eventuell werde ich dort übernachten. Deine Schilderungen über das Ritz haben mir sehr gut gefallen. Nach den Strapazen der letzten Nacht täte mir eine kleine Abwechslung wohl sehr gut.«

Samy war innerlich erleichtert, denn sie war mit ihrem Onkel verabredet und hatte bereits überlegt, wie sie verhindern konnte, dass Cornelius dieses Treffen dominieren würde.

Um nicht Gefahr zu laufen, dass er es sich anders überlegte, erwähnte sie Thomas nicht. Cor war dabei gewesen, als Samy ihren Onkel kennengelernt hatte. Es war ihm zuzutrauen, seine Pläne zu ändern, um ihm erneut zu begegnen.

»Kein Problem«, beruhigte sie ihn und fügte hinzu: »Wenn du den Abend in der Stadt verbringen möchtest, ist das okay. Denk nur bitte daran, dass unsere morgige Einladung für einen Weihnachtsbrunch ist. Wir sollten spätestens um zwölf Uhr aufbrechen.«

Kapitel 5

Verwandte und andere Ungereimtheiten

Samy stand in ihrer Küche und überlegte, wie sie mit der Einladung ihres Onkels umgehen sollte. Sie nippte an dem Weinglas und schaute aus dem kleinen Fenster zum Castle herüber. Auf der Mauer des Schlossturms tanzten munter die Lichter der Schneeflocken Animation und aus der Ferne war leise Musik zu hören. Nicht weit entfernt, am Ufer der Themse, war ein Weihnachtsdorf aufgebaut, wo verschiedene Fahrgeschäfte und eine Eisbahn die Leute bei Wind und Wetter mit weihnachtlichen Klängen beschalten.

So sehr Samy diese Zeit in Windsor mochte, manchmal wünschte sie sich, einen Stecker ziehen und alles zum Verstummen bringen zu können. Von allen Seiten wurde man zugedröhnt und ihr Apartment im Herzen Windsors lag im Epizentrum der Kakofonie. Nicht selten hatte sie in den letzten Wochen erst gegen Mitternacht ein Fenster geöffnet, um der Stille zu lauschen. Nur nachts war man sicher vor den Klassikern von Wham! oder Bing Crosby, die aus sämtlichen Geschäften drangen.

An diesem Samstagabend war es besonders laut. Es waren nur noch wenige Tage bis zum Fest und in der kleinen Stadt herrschte eine Atmosphäre, als gäbe es kein Morgen. Nichts erinnerte an Corona und die damit verbundenen

Einschränkungen. Die Restaurants waren voll, Pubs hatten Hochkonjunktur und in den Festsälen der Hotels wurden unzählige Christmaspartys großer Unternehmen gefeiert.

Nun war Samy dankbar, nicht mitten in diesem Getümmel zu stecken. Sie hatte sich daran gewöhnt, unterwegs zu sein und darauf eingestellt, nicht viel Ruhe zu bekommen, solange Cor zu Besuch war. Doch seine Fahrt nach London hatte ihr eine kleine Verschnaufpause geschenkt, die sie gut gebrauchen konnte, um über den Vorschlag ihres Onkels nachzudenken.

Bis zum Frühjahr hatte sie nicht einmal gewusst, dass es Thomas Lovejoy gab, geschweige denn, eine ganze Familie. Erst durch die Spurensuche hatte Samy erfahren, dass es sie alle gab.

Seit diesem Zeitpunkt war sie ihrem Onkel ein paarmal begegnet und versuchte, regelmäßig mit ihm zu skypen. Zunächst hatte die Tatsache, eine Familie zu besitzen, sie aus dem Konzept gebracht. Doch inzwischen war mit Thomas eine Vertrautheit entstanden, die sie um keinen Preis mehr missen wollte. Sicherlich war es für ihre Beziehung auch förderlich, dass sie beide Mathematik und Informatik studiert hatten. Samy traf nicht oft Menschen, die verstanden, dass die Welt der Zahlen ihr vertrauter war als die meisten zwischenmenschlichen Befindlichkeiten. In diesem Kosmos war sie ein Ass und dort fühlte sie sich sicher. Keiner konnte ihr etwas vormachen und sie hatte nie das Gefühl, unterlegen zu sein.

Ganz anders sah es in den anderen Bereichen ihres Lebens aus. Sie war ein unsicherer und vorsichtiger Mensch, was auf ihre Kindheit zurückging. Man hatte ihr eingetrichtert, ein uneheliches Kind, wie sie es war, wäre eine Schande und müsse sich unauffällig verhalten. Erst in den letzten Jahren war ihr bewusst geworden, wie verrückt dieses Lebenskonzept war, denn letztlich sollte es ihrer Mutter helfen, einen eigenen Fehltritt zu vergessen.

Klaudia Wilde war eine furchteinflößende Frau, die Samy niemals verziehen hatte, ihre Lebensplanung durcheinandergebracht zu haben. Dabei war sie selbst dafür verantwortlich, dass sie als Studentin schwanger wurde und mit ihren Eltern beschlossen hatte, das Kind allein und ohne das Wissen des Vaters großzuziehen. Sie hatte Samy die Möglichkeit genommen, ihren Vater kennenzulernen. Er war totgeschwiegen worden und Samy hatte geglaubt, dass er nicht einmal von ihrer Existenz wusste.

Nachdem er bei einem Autounfall ums Leben gekommen war, hatte sie über eine Anwaltskanzlei erfahren, dass er ihr dieses wunderbare Apartment vermacht hatte. Monate später war er im Zusammenhang mit einem Mordfall auf Samys Radar erschienen und sie hatte herausgefunden, dass sein Bruder das Familienunternehmen weiterführte. Thomas Lovejoy hatte sie darüber informiert, dass ihr Vater Roderick ihren Weg verfolgt hatte. Anders als ihre Mutter behauptet hatte, hatte er versucht, Kontakt aufzunehmen.

Dieses Wissen war etwas, was Samy ihrer Mutter nur schwer verzeihen konnte. Ihr Verhältnis zu der kaltherzigen Frau war immer schwierig gewesen. Aber die Tatsache, dass sie ihr vorgemacht hatte, ihr Vater habe kein Interesse an ihr, war kaum zu ertragen. Sie hatte beiden die Chance genommen, sich kennenzulernen.

Doch nun stand ihr Leben erneut Kopf. Es war eine Herausforderung gewesen, mit der Existenz ihres Onkels klarzukommen, denn sie hatte sich immer als einsames Einzelkind ohne Familie wahrgenommen. Thomas Lovejoy sah ihr ähnlich und konnte so vieles von ihrem Vater berichten, dass er beinahe lebendig wurde. Zum ersten Mal fühlte sie sich irgendwo zugehörig, nachdem ihr von ihrer Mutter signalisiert worden war, wie ungewollt sie war.

Die Beziehung zu ihrem Onkel war eine kleine Pflanze und sie wollte sie pflegen. Über Thomas hatte sie erfahren, dass diese Familie jüngere Halbgeschwister, einen Großvater und eine weitere Tante nebst Familie umfasste. Bisher hatte Samy es jedoch nicht über sich gebracht, auch sie zu treffen. Zu groß waren ihre eigenen Unsicherheiten und die Angst, auf Ablehnung zu stoßen. Es hatte ihr gereicht, zu wissen, dass es diese Menschen gab.

Jedoch sahen das nicht alle wie sie. In den letzten Wochen hatte Thomas durchblicken lassen, dass ihr Großvater den Wunsch hatte, sie endlich kennenzulernen.

Samy hatte immer Ausflüchte erfunden. Doch heute hatte Thomas sie mit einer konkreten Einladung konfrontiert. Ihr Großvater, der 8. Earl von Strain, George Lovejoy, ließ ihr übermitteln, dass er sich freuen würde, wenn sie das Weihnachtsfest mit ihm und seiner Schwester Viola verbringen würde.

Automatisch hatte sie ablehnen wollen, doch Thomas hatte ihr abgerungen, wenigstens darüber nachzudenken, denn ihr Großvater war nicht mehr der Jüngste. Er hatte sie daran erinnert, wie sehr es sie schmerzte, ihren Vater vor dessen Tod nicht getroffen zu haben.

Um diese Worte kreisten ihre Gedanken nun seit Stunden und sie überlegte fieberhaft, wie sie sich verhalten sollte.

Auch ohne diese Einladung war Weihnachten ein heikles Thema. Normalerweise verbrachte sie das Fest mit ihrer Mutter und ihren Großeltern. Dies tat sie nicht aus Überzeugung, sondern aus Gewohnheit. Allerdings hatte sie beschlossen, dieses Jahr nicht hinzugehen. Nachdem ihr der emotionale Betrug ihrer Mutter bewusst geworden war, verspürte sie keine Bereitschaft, sich deren toxischem Naturell auszusetzen. Daher hatte sie sich darauf eingestellt, die Feiertage allein zu verbringen, eingeigelt mit einem guten Wein und vielen Liebesfilmen, die ihr die Zeit vertreiben sollten.

Diese Vorstellung gefiel ihr – auch wenn sie immer von einem Familienfest geträumt hatte, war ihr bewusst gewesen, dass es bei der Vorstellung bleiben würde. Wenn es nach ihrem Onkel oder dessen Vater ging, sollte sie ihre Idee der Weihnachtsidylle verwerfen und sich ihnen anschließen. Diese Vorstellung bescherte ihr Schnappatmung, denn sie wusste nicht, was man von ihr erwarten würde – ein Familienfest auf einem englischen Herrensitz, noch dazu mit Adligen, die sie nicht kannte, obwohl sie mit ihnen verwandt war.

Wie waren diese Menschen? Nett wie Thomas, oder eher zugeknöpft und steif wie einige der Oberschicht-Schnösel, die sie auf den vielen Empfängen kennengelernt hatte.

Gerade, als sie sich zum wiederholten Male mit dieser Frage beschäftigen wollte, klopfte es an ihrer Wohnungstür und sie zuckte zusammen. Seit ihre ehemalige Nachbarin Mrs Williams-Turner versucht hatte, sie zu erwürgen, war sie schreckhaft und alarmiert, wenn jemand vor ihrer Tür stand.

Als Samy jedoch durch den Spion schaute und ihren jungen Mieter Joe aus dem Souterrain sah, entspannte sie sich wieder.

»Was willst du, Joe?«, fragte sie ein wenig zu schroff, als sie die Tür öffnete.

Sie mochte den Studenten, doch er machte keinen Hehl aus seinem Wunsch, Samy näher kennenzulernen und hatte sich angewöhnt, zu jeder Tages- und Nachtzeit bei ihr aufzuschlagen und sie zu belagern.

Wie immer schaffte er es mit seinem Dackelblick, sie schnell für sich einzunehmen. Es war auch nicht so, dass er nicht reizvoll war, wie er in seiner zerrissenen Jeans und weißem T-Shirt lasziv an ihrem Türrahmen lehnte. Seine langen Locken hatte er hinter die Ohren geschoben. So wirkte er wie eine Kopie von Jim Morrison, was beinahe schon ausreichte, Samy schwach werden zu lassen.

Doch sie hatte sich geschworen, sich auf keinen Kerl mehr einzulassen, von dem sie nicht annehmen konnte, dass er ihr guttat. Mit Joe konnte man viel Spaß haben, doch die Vorstellung, mehr von ihm zu erwarten, war absurd. Samy wollte sich nicht noch einmal die Finger verbrennen und hielt den jungen Mann auf Abstand, was Joe jedoch nicht davon abhielt, es zu versuchen.

Er zwinkerte ihr zu und begann in der üblichen Manier.

»Da wir an einem Samstagabend zuhause sind, sollten wir die Zeit gemeinsam vertun, was meinst du?«, schlug er augenzwinkernd vor und ruderte gleich zurück, als er Samys tadelnden Blick sah.

»Okay, okay. Du lässt dich nicht erweichen, aber ich gebe nicht auf. Ehrlich gesagt wollte ich mir nur eine Flasche Wein borgen. Ich habe Besuch von einem Kumpel und irgendwie haben wir die Zeit aus den Augen verloren. Jetzt ist alles zu und wir sitzen auf dem Trockenen. Da dachte ich …«

Samy, die froh war, dass er sie nicht belästigen, sondern sie nur anpumpen wollte, öffnete die Tür weiter und sagte: »Komm rein!«

Sie ging in die Küche und öffnete die Glastür des Weinschranks. Dann griff sie nach einer Flasche auf dem untersten Regalboden und nahm einen guten, aber nicht allzu teuren Wein heraus. Joes Augen waren bereits glasig und Samy konnte sich vorstellen, dass es nicht das erste war, was er und sein Freund tranken. Es bestand also keine Notwendigkeit, Perlen vor die Säue zu werfen und einen ihrer Schätze herauszurücken.

Als sie sich umdrehte und ihm die Flasche übergab, wirkte der Student aber wieder nüchtern und seine Augen lagen wachsam auf ihr.

Statt sich zu bedanken, fragte er, ob es ihr gut gehe.

»Ich habe gehört, dass du auf der Party der Burtons warst und über eine Leiche gestolpert bist.«

»Woher weißt du das?«, wollte Samy verblüfft wissen, denn sie konnte sich nicht vorstellen, dass derartige Details in den Medien zu lesen gewesen waren.

»Ich war heute Morgen mit ein paar ehemaligen Kommilitonen Rugby spielen, da fiel dein Name.«

Nun war Samy wirklich neugierig und forderte ihn auf, mehr zu berichten. Joe lehnte sich an die Rückseite des Sofas, schlug die nackten Füße übereinander und begann zu berichten.

»Du hast gestern Abend Matthew kennengelernt. Wir waren zusammen in Eton und später auch in Oxford, zumindest, bis ich die heiligen Hallen verlassen habe.«

Auf Samys Gesicht musste sich Verwirrung abgezeichnet haben, denn Joe erläuterte ihr, von wem er sprach.

»Matthew ist in der Oxford-Clique von Conrad, dem Bruder von Emily. Ich muss sagen, du hast mächtig Eindruck auf ihn gemacht.«

Allmählich dämmerte Samy es, von wem er sprach und sie fragte sich, ob es der junge Mathematiker gewesen war, mit dem sie sich gut unterhalten hatte. Die Anzüglichkeit in Joes Ton ignorierend bohrte sie nach.

»Emily? Das hört sich ja so an, als würdest du sie kennen.«

»Klar kenne ich sie. Genauso, wie alle anderen. Auch wenn es nicht so scheint, die Gesellschaft ist nicht so groß, wie man glauben mag. Meine Familie gehört dazu, wenn auch nicht wirklich zu der Generation der Burtons. Dennoch gibt es immer wieder Schnittstellen, wo man aufeinandertrifft.«

Samy wurde hellhörig. Niemals hätte sie gedacht, in Joe eine Informationsquelle zu finden. Andererseits wusste sie von seiner Abstammung, denn schließlich war sein Vater es, der das Apartment in ihrem Haus gemietet hatte.

Sie wollte diese Gelegenheit nicht verstreichen lassen und holte ein Glas für Joe aus der Küche. Dann schenkte sie ihm aus der Flasche ein, die sie für sich selbst geöffnet hatte. Er ließ sich nicht zweimal bitten und redete munter weiter.

»Ich selbst habe die Burtons schon ewig nicht mehr gesehen. Aber im letzten Jahr hat meine Mutter von einem Eklat berichtet, wo Les Burton und der Tote aneinandergeraten sind.«

Samy traute ihren Ohren kaum und drängte Joe, ihr mehr zu erzählen. Er genoss seinen Wein und auch ihr Interesse und zog die Schilderung in die Länge. Letztlich erfuhr sie, dass seine Eltern auf einem Fest gewesen waren, wo die Burtons auf Theo Leicester trafen. Es hatte wohl eine lautstarke Auseinandersetzung gegeben, die darin gegipfelt hatte, dass der Kolumnist die Beherrschung verloren hatte. Bevor er abrauschte, hatte er Les für alle hörbar angedroht: »Ich mache dich fertig! Glaub mir Burton, das war zu viel. Ich werde nicht mehr ruhen, bis ich etwas gefunden habe, womit ich dich zerstören kann. Ich werde Tag und Nacht in deiner Vergangenheit graben und du wirst nicht mehr ruhig schlafen. Du kennst mich und wirst immer befürchten, dass ich dich demaskiere – nur wirst du nicht wissen, wann es passieren wird.«

Samy starrte ihn an und fragte sich, ob er übertrieb. Darauf angesprochen bot Joe an, seine Mutter anzurufen, doch Samy lehnte ab, da es beinahe Mitternacht war. Vielleicht stimmte die Wortwahl nicht, aber im Großen und Ganzen musste es diese oder eine ähnliche Auseinandersetzung gegeben haben. Diese Tatsache reichte aus, sich vorzustellen, dass die Burtons alles andere als begeistert gewesen waren, als Theo aufgetaucht war.

Nachdem sie Joe hinauskomplimentiert hatte, ging Samy den Moment, als sie Les Burton die Leiche gezeigt hatte, in Gedanken wieder und wieder durch. Sie versuchte, die Szene vor ihrem inneren Auge wieder heraufzubeschwören, und kam zu dem Schluss, dass ihr nichts ungewöhnlich vorgekommen war.

Im Gegenteil, er war hinausgestürmt und hatte sich übergeben. Hätte er das getan, wenn er gewusst hätte, dass der Tote in seinem Gäste-Bad lag?

Samy war sich sicher, dass er in diesem Fall gefasster reagiert hätte, nahm sich aber vor, am nächsten Morgen Nate von der Sache zu berichten. Immerhin hatte Les damit eindeutig ein Mordmotiv.

Aber sie machte sich nichts vor. Wahrscheinlich traf dies auf mindestens fünfzig Prozent der Gäste zu, immerhin hatte Theo sich die gesamte Grafschaft zum Feind gemacht. Auf diesen Gedanken herumkauend schlief sie auf ihrem Sofa ein und wusste bereits beim Einschlafen, dass sie sowohl das letzte Glas Wein als auch die unbequeme Haltung auf der Couch am nächsten Tag bereuen würde.

KAPITEL 6

Eine feine Gesellschaft

Samy stöhnte auf, als sie sich in die weichen Lederpolster des mondänen Wagens sinken ließ. Ihr Kopf dröhnte vom Wein und die Nacht auf dem Sofa steckte ihr in den Knochen. Sie kuschelte sich in ihren molligen Mantel aus Kunstfell und war dankbar für den Luxus, den Sir Charles ihr gönnte. Er hatte sie am Morgen informiert, dass Lady Helen und er im Haus seiner Tochter angekommen waren und er ihr den Bentley schicken wollte, um sie und Cornelius für den Brunch abzuholen.

Die Fahrt nach Virginia Water, wo Valerie und Richard Chering-Smyth lebten, dauerte nicht einmal zwanzig Minuten, dennoch war es schöner, in der Luxuskarosse dahin zu schnurren, als in Fawards Limousine zu fahren. Auch war es angemessener für die elitäre Gegend, durch die der Fahrer sie kutschierte, besonders, da Cor ohne Punkt und Komma redete. Ihm gefiel die Gegend gut und er wollte alles wissen, was Samy ihm berichten konnte.

Sie verstand ihn gut, denn auch sie war immer sprachlos, wenn sie diesen Flecken Erde besuchte. Unweit von Windsor und dennoch bereits in einer anderen Grafschaft, nämlich Surrey, lag die waldreiche Gemeinde Runnymede, zu der auch Virgina Water gehörte. Die Gegend zeichnete sich durch luxuriöse Golfplätze, teure Schulen und unerschwingliche Häuser aus. Hier lagen hinter hohen Mauern oder Hecken aus uraltem Baumbestand Anwesen, die normale Menschen sich nicht einmal vorstellen konnten.

Dabei war Fort Belvedere, wo einst der abgedankte König Edward, Onkel der Queen, mit seiner späteren Frau Wallis Simpson gelebt hatte, nur eines von vielen.

Samy lief manchmal zu Fuß zum *Fox & Hounds*, einem ihrer Lieblingsrestaurants, das man erreichte, wenn man den Long Walk über seine gesamte Länge von beinahe fünf Kilometern absolvierte. So durchquerte man einen Teil des Windsor Great Parks, der sich hinter dem Schloss erstreckte, und kam in der angrenzenden Grafschaft Surrey an. Unweit der Royal Lodge, wo Prinz Andrew lebte und die Queen gerne zur Sonntagsmesse ging, lag das wunderschöne Pub, an dem sogar Pferde mit frischem Heu versorgt wurden, während Reiter und auch Gäste ohne Pferde sich an tollen Köstlichkeiten gütlich tun konnten.

Hin und wieder marschierte sie von da aus über Old Windsor zurück nach Hause. Dann führte ihr Weg sie durch diese Straßen, die nur erahnen ließen, was sich hinter den Mauern, die sie säumten, verbarg.

Manchmal glitt beinahe geräuschlos eines der Tore auf und man erhaschte einen Blick auf die Parkanlagen oder Dächer von gigantischen Häusern, was dazu führte, dass man sich sogar als wohlhabender Mensch armselig fühlte.

Hier wohnten Menschen, die über Vermögen verfügten, die man kaum beziffern konnte. Man sah sie nicht, man hörte sie nicht und war geneigt zu vergessen, dass es sie überhaupt gab.

Die einzigen Geräusche stammten von zwitschernden Vögeln und Rasenmäher-Traktoren, die im Dauereinsatz waren. Manchmal sah man Handwerker, die Zäune reparierten oder Alarmanlagen überprüften – mehr Leben fand hier für Außenstehende nicht statt.

Doch Samy hatte bereits hinter einen der Zäune geblickt und wusste, was sie erwartete. Im Herbst, kurz bevor die Weihnachtssaison Fahrt aufnahm, war sie von Valerie, Sir Charles ältester Tochter, zu einer Charity-Veranstaltung eingeladen worden. Val, die eine Professur in Oxford bekleidete, war mit einem Investmentbanker verheiratet, der sich in Sphären bewegte, die den beiden und ihren Kindern ermöglichte, in Virgina Water mitzuhalten. Trotz all des Luxus waren Valerie und Richard angenehme Menschen, sodass Samy sich über die Einladung zu ihrem Weihnachtsbrunch gefreut hatte. Inzwischen sah sie der Sache jedoch mit gemischten Gefühlen entgegen. Sie verstand die Strukturen der Gesellschaft immer besser und konnte sich gut vorstellen, dass nahezu alle Gäste, auf die sie treffen würde, auch bei den Burtons gewesen waren.

Daraus würde sie für Nate Kapital schlagen können. Sie selbst fühlte sich jedoch unwohl bei dem Gedanken, dass unter ihnen eventuell ein Mörder war.

Sie versuchte, den Gedanken zu verscheuchen, und erklärte stattdessen Cor en détail, was ihn erwartete und was die Borough Runnymede ansonsten hergab.

Er nickte anerkennend und zeigt hin und wieder aus dem Fenster auf einen der atemberaubenden Golfplätze.

»Hier würde ich gerne einmal spielen. Vielleicht sollte ich Charles mal fragen, ob er etwas arrangieren kann.«

Das war etwas, was Samy ihm nicht ausreden konnte. Sowohl Cor als auch sie waren gute Golfer. Allerdings hatte sie nicht mehr gespielt, seit sie hierhergezogen war. Überrascht fragte sie sich, warum ihr das komplett entfallen war, denn ein Blick aus dem Fenster genügte, um sie daran zu erinnern, dass Golf hier wirklich an allen Ecken möglich war. Wenn auch sicherlich nicht in einem dieser elitären Clubs.

»Weißt du noch, als wir an dem Turnier auf Malta teilgenommen haben?«, wollte Cor wissen und sie fingen gleichzeitig an zu lachen.

»Das kann man kaum vergessen«, erwiderte Samy und erinnerte ihn an seine Schmach.

»Du hattest den gesamten Course unter Par gespielt und warst nicht mehr einzuholen, als dir am letzten Grün die Hose geplatzt ist.«

Wieder lachte sie lauthals los und erntete dafür einen tadelnden Blick vom Chauffeur, der es sicherlich nicht gewöhnt war, von lärmenden Fahrgästen belästigt zu werden.

Sie zwinkerte Cor zu und fügte leiser hinzu: »Ich sehe immer noch dein fassungsloses Gesicht und deine rosablau gestreifte Unterhose, die deinen Hintern zierte, als du dich erschrocken umgedreht hat.«

»Haha, sehr amüsant. Aber so ist das immer, wer den Schaden hat, braucht für den Spott nicht zu sorgen.«

Samy prustete los und verkniff sich einen Blick auf den Fahrer.

»Es war ein Bild für die Götter. Ich weiß noch, wie du dich echauffiert und über den Schneider geschimpft hast.«

»Während du mir einen Vortrag über zu enge Golfhosen gehalten hast.«

»Die du nur getragen hast, um die anderen Spieler zu beeindrucken. Das war die gerechte Strafe, statt sich einfach auf das Turnier zu konzentrieren, musstest du eine Show abziehen.«

»Papperlapapp. Das stimmt so gar nicht und es ist nichts Verwerfliches daran, sich bei sportlichen Aktivitäten um eine angemessene Garderobe zu bemühen.«

»Angemessen!«, rief sie aus, lachte erneut und ließ ihn wissen, dass genau dies das Problem war. Sportbekleidung sollte funktional sein, nicht jedoch so eng, dass sie bei der kleinsten Bewegung riss.

»Immerhin haben wir trotzdem gewonnen«, erinnerte er und schloss versöhnlich: »Aber insgesamt ist es von Vorteil, Erinnerungen zu haben, über die man gemeinsam lachen kann.«

Sie genossen diese kurze Ablenkung, die endete, als der Bentley in eine der spektakulären Einfahrten einbog und ein elektrisches Tor vor ihnen aufglitt. Im selben Moment war Samys Anspannung zurück und auch Cor setzte sich kerzengerade auf, um nichts zu verpassen.

Nachdem sie einen Park durchquert hatten, kam das moderne Haus der Chering-Smyth in Sicht. Cor hielt eine Sekunde lang die Luft an. Auf den ersten Blick war dieses Gebäude alles andere, als man es hier erwartet hatte. Es war weder ein Landhaus noch traditionell, wie die Engländer es mochten. Vielmehr war es ein zwei-geschossiges Bauhaus mit den Ausmaßen eines kleinen Hotels. Samy hatte bereits bei ihrem ersten Besuch gemutmaßt, dass ihre Wohnung mehr als zehnmal darin Platz finden würde. Ein neuer Blick verdeutlichte ihr, dass sie sich verschätzt hatte. Sicherlich war es eher fünfzehn Mal, denn ganz sicher hatte dieses Haus mehr als tausend Quadratmeter Wohnfläche.

Auch schon früher hatte sie vermögende Menschen gekannt, Cors Familie war nur ein Beispiel dafür. Das Anwesen der von Reeders war repräsentativ und elegant, doch mit nichts in Virgina Water zu vergleichen.

Die Ausmaße dieser Anlagen sprengten alles, was Samy sich jemals hätte vorstellen können. Cor schien es ähnlich zu gehen, er war für seine Verhältnisse extrem still, als sie sich dem Eingangsportal näherten.

Die Weihnachtsdekoration sah hier anders aus. Passend zum nüchternen Bauhausstil gab es vereinzelte geometrische Lichtobjekte, die moderne Varianten von Tannenbäumen oder Sternen darstellen sollten. An der Tür hing ein grüner Kranz aus Buchsbaum, der mit einer schwarzen Schleife befestigt war. Auf der matt-grauen Tür wirkte das Ganze dennoch edel und festlich.

Als die breite Pforte sich öffnete, empfing sie, anders als erwartet, eine heimelige und weihnachtliche Stimmung. Das Haus war von Zimt-Duft und Kinderlachen erfüllt, im Hintergrund lief altmodische Weihnachtsmusik und in der Halle stand eine riesige Tanne, die mit Tausenden von Lichtern beleuchtet war. Obwohl sonst auf Schmuck verzichtet worden war, war der Baum wunderschön.

Im hinteren Teil des Entrees war eine breite Flügeltür geöffnet und Samy erkannte, dass sich der Empfang dort abspielte. Sie sah Erwachsene und mehrere Kinder unterschiedlichen Alters und erklärte Cor, dass Valerie und ihr Mann drei kleine Töchter und einen Sohn hatten, alle unter zehn. Was andere vielleicht verschreckt hätte, löste bei Cor Interesse aus. Er hatte unzählige Nichten und Neffen und konnte wider Erwarten gut mit Kindern umgehen. Diese Tatsache entspannte sie ein wenig, denn damit war sichergestellt, dass das Eis schnell gebrochen sein würde.

Im nächsten Moment wurde ihr jedoch bewusst, dass ihre Befürchtungen ohnehin überflüssig gewesen waren. Sobald ihr Eintreffen bemerkt wurde, kamen Valerie und ihr Mann in die Halle, um sie willkommen zu heißen.

Besonders Richard nahm sich Zeit, Cors lobende Worte für die Architektur des Hauses zu würdigen.

»Ich habe in meinem Leben viel zu viel Zeit in zugigen Landsitzen, uralten Schulen und modrigen Studentenhäusern verbracht. Daher war für mich immer klar, dass ich mir ein anderes Zuhause zulegen würde.«

Cornelius stimmte ihm zu und berichtete von seinem Besuch in Eton. Die Abneigung war ihm deutlich anzusehen und er verspürte augenscheinlich kein Interesse, sich mit diesem Thema weiter zu beschäftigen. Stattdessen winkte er den Kindern zu, die im Türrahmen standen, und ihn mit großen Augen beäugten.

Es dauerte nur Sekunden, bis er es mit irgendwelchen Faxen geschafft hatte, sie in seinen Bann zu ziehen. Schon hingen sie an seinem Rockzipfel, als sei er der Rattenfänger von Hameln.

Währenddessen machte Samy die Runde und begrüßte die anwesenden Gäste. Sie stellte sich zu Sir Charles und bedankte sich für den Wagen, was er mit einer wegwerfenden Geste abtat.

»Ich bitte Sie!«, spielte er die Angelegenheit herunter und war wie immer der Inbegriff des englischen Gentlemans. Seine Kleidung saß furchteinflößend perfekt und sein eisgrauer Schnurrbart schien täglich nachgeschnitten zu werden. Samy glaubte, ein Nachmessen würde immer exakt dieselbe Länge ergeben, auf den Millimeter genau.

»Wir sind bereits heute Morgen angekommen. Was soll der Wagen hier stehen, wenn ich weiß, dass Sie über kein Fahrzeug verfügen? Ich bin froh, Sie zu sehen, und würde Ihnen gerne später ein paar Details mit auf den Weg geben.«

Er kam ein kleines bisschen näher und fügte mit gedämpfter Stimme hinzu: »Ich habe Sie gestern mit Ihrem

Polizisten-Freund gesehen. Sicherlich ist diese Angelegenheit schwierig für ihn.«

Samy war überrascht, denn sie konnte sich beim besten Willen nicht vorstellen, wie Charles sie in Asifs Café gesehen haben sollte. Andererseits war es nicht das erste Mal, dass der alte Jurist Dinge wusste, von denen Samy sich nicht vorstellen konnte, wie sie den Weg in die Öffentlichkeit gefunden hatten.

Doch noch bevor sie sich erkundigen konnte, was er damit meine, wurden sie unterbrochen. Anabel gesellte sich dazu und griff forsch nach Samys Arm. Dann zog sie die Freundin mit sich fort, wobei sie ihrem Vater im Weggehen zuraunte: »Entschuldige uns, Dad!«

Bel führte Samy in einen angrenzenden Wintergarten, der bei den kleineren Gewächshäusern von Kew Gardens hätte mithalten können – sowohl von den Ausmaßen her als auch von der Auswahl an exotischen Pflanzen, die überall in modernen Arrangements herumstanden. Sie setzten sich unter ein Gebilde, dass einer Palme mit herabhängenden Lianen nahekam, und konnten durch die Blume in den großen Salon blicken, der zwar lichtdurchflutet, aber in eine weihnachtliche Atmosphäre getaucht war.

Samy ließ alles auf sich wirken und schaute zu ihrer Freundin, die in ein unvorteilhaftes Taftkleid gezwängt war. Spontan hätte Samy gesagt, dass selbst ihr lächerliches Ensemble, welches sie auf der Party der Burtons getragen hatte, besser gewesen war. Doch gleichzeitig rief sie sich zur Ordnung, denn es ging sie nichts an, was Bel anzog. Ihr schien es ohnehin egal zu sein, denn sie wirkte in allem gleich entspannt und schien sich nie Gedanken um solche Dinge zu machen. Um diese Gelassenheit beneidete Samy sie, die ein feines Wollkleid von Victoria Beckham trug und lange überlegt hatte, ob es für einen Brunch unpassend war, Stiefel zu tragen. Letztlich hatte sie sich für Pumps entschieden und hätte schon jetzt alles für Bels flache Ballerinas gegeben. Sicherlich spürte sie am Abend ihre Füße nicht mehr.

»Warum bist du gestern nicht zum Training gekommen? Ich habe ewig gewartet, bis ich angefangen habe.«

Siedend heiß wurde Samy bewusst, dass sie das Treffen mit Anabel vergessen hatte. Sie wollte eigentlich am Samstagmorgen zu dem Reiterhof fahren, den Bel vor ein paar Wochen außerhalb von Windsor gekauft hatte, um dort ein paar Aufnahmen für ihre Freundin zu machen. Da sie normalerweise ihre Follower bei YouTube und Instagram mit aktuellen Beiträgen bei Laune hielte, unterstützte sie für Aufnahmen normalerweise ein Team von Leuten, die das hauptberuflich machten. Nun wollte sie jedoch Fotos für ein Dating Portal machen und hatte Samy gebeten, sie zu fotografieren. Schließlich musste nicht das gesamte Web um ihren Beziehungsstatus wissen.

»Oh Mist, Bel. Asche auf mein Haupt«, jammerte sie los und versuchte, sich zu erklären. »Es tut mir so leid, ich habe kaum geschlafen und bin wie mit Autopilot zu Asif gelaufen. Kaum saß ich da, kam Nate dazu.«

Bel wiegelte ab und machte eine wegwerfende Handbewegung.

»Kein Ding. War auch nicht so wichtig. Ehrlich gesagt bin ich nicht sicher, ob dieses Dating-Zeug überhaupt etwas für mich ist.«

Verdutzt hörte Samy ihr zu und sah, wie Bel sich den Hals verrenkte, um den angrenzenden Salon zu beobachten. Ihr entging nicht, dass Bel versuchte, Cornelius im Auge zu behalten.

Aha, dachte Samy, *daher weht der Wind*. Obwohl sie sich die beiden zusammen vorstellen konnte, war sie nicht sicher, ob Cor einen reellen Partner für Bel ersetzen würde. Immerhin war er nur hin und wieder zwischendurch vor Ort und sie konnte sich nicht vorstellen, dass dies Bel reichte. Außerdem war sie überzeugt, dass Cor auch an Lucas, dem Barmann des Castle Hotels, interessiert war. Andererseits sprach er weder über Bel noch den jungen Mann und so war letztendlich alles möglich.

Während sie darüber nachdachte, redete Bel bereits wie ein Wasserfall. Wie immer war es eine bunte Mischung aus allem. Es lag ständig beim Zuhörer, die Quintessenz herauszufiltern. Ihre Monologe waren geprägt von Sätzen, die mittendrin abbrachen, oder inhaltlich in eine andere Richtung wechselten. Bels Gehirn arbeitete so schnell, dass man ihr kaum folgen konnte. Es kam nicht selten vor, dass entscheidende Informationen fehlten. Auf Nachfragen reagierte sie überrascht. Ihre Gedanken waren bereits einen Schritt weiter und sie davon ausgegangen, alle anderen könnten ihr folgen.

Ihre Sätze purzelten in die weihnachtliche Stimmung und Samy begriff erst, dass sie besser zuhörte, als das Wort Mord fiel. Schlagartig war sie anwesend und fragte nach.

»Was hast du gesagt?«

»Ach komm schon, das ist ja kein Geheimnis«, versuchte Bel ihre Taktik zu ändern. Sie hatte nicht mitbekommen, dass Samy ihr nicht zugehört hatte.

»Uns ist doch allen klar, dass Theo es verdient hatte und sicherlich nicht der erste Mord in unseren erlesenen Kreisen war, der ein schönes Fest beendet hat.«

»Was willst du damit sagen?«, erkundigte Samy sich verwirrt und überlegte, ob sie etwas verpasst hatte oder ob Bel einfach nur wieder kryptisch unterwegs war.

Was sie dann zu hören bekam, ließ sie jedoch innerlich erstarren.

Bel schilderte drei Feierlichkeiten, die in den letzten Jahren mit einer Leiche geendet hatten. Zweimal hatte es so ausgesehen, als wären es Unfälle gewesen, woran Bel jedoch zweifelte, weil beide Opfer mit Ehe- oder Geschäftspartnern auf das Übelste zerstritten gewesen waren. Ein weiteres Mal hatte es sich allerdings offiziell um einen Mord gehandelt. Auf Nachfrage räumte Bel ein, dass der Mörder schon seit Jahren psychische Problem hatte und eigentlich in einer Anstalt untergebracht war. Er hatte die Gelegenheit genutzt, als man ihn zu einem Familienfest herausgelassen hatte, seinen verhassten Vater zu erwürgen.

»Du machst Witze!«, hatte Samy Bel an den Kopf geworfen, doch die Freundin musste betrübt antworten: »Leider nein. Dabei war Raymond, der Mann, der umgebracht wurde, ein netter Kerl.«

Sie dachte nach und fügte noch hinzu: »Sein Sohn eigentlich auch, nur eben verrückt. Er hat geglaubt, seine Familie trachte ihm nach dem Leben und dem wollte er zuvorkommen.«

»Ich weiß nicht, was ich sagen soll«, antwortete Samy, die nicht sicher war, ob Bel nicht scherzte. Andererseits hatte diese sich bereits einem anderen Thema zugewendet, was dafürsprach, dass die Sache stimmte, denn im anderen Fall würde sie auf Samys Reaktion warten.

Anabel zeigte zu einer Gruppe im Salon und flüsterte: »Ich bin mir ziemlich sicher, dass der Mörder von Theo unter ihnen ist.«

Samy folgte ihrem Blick und fragte erschrocken: »Wie kommst du darauf?«

Dabei versuchte sie auszumachen, wer die Leute waren, auf die Bel zeigte. Auf Anhieb sah sie ihren Schwager Richard, seinen Assistenten, der einer der Oxford-Jungs war, die Burtons, Dr. Freshman und das Ehepaar, von dem Samy vermutete, dass er seine Frau misshandelte.

Die Frauen, die dabeistanden, kannte sie nicht. Alle anderen nahm sie genauer unter die Lupe und lauschte Bel, die jeden kommentierte. Zwar sagte sie über niemand etwas, was ihn für den Mord verdächtig machte, allerdings reichten die allgemeinen Beschreibungen der Leute, sowie Bels Interpretationen, um jeden abzuschrecken.

Es kamen Geschichten über Betrug, Affären und Peinlichkeiten zutage und Samy musste mehr als einmal betreten wegschauen. Letztlich konnte Anabel jedoch nichts wirklich Interessantes beisteuern, eigentlich versuchte sie auf Umwegen herauszufinden, was Samy wusste.

Nach einer Weile stand sie auf und zwinkerte der Freundin zu.

»Ich weiß nichts, was du nicht auch wüsstest, und ganz ehrlich Bel, selbst wenn, würde ich es gerade dir nicht erzählen!«

Als die Freundin sie beleidigt anschaute, schob sie eine Erklärung hinterher, die es jedoch für Bel nicht besser machte.

»Mir läge ganz sicher nicht daran, es in deinem Blog zu lesen. Komm, lass uns zu den anderen gehen. Vielleicht habe ich ja Gelegenheit, etwas von dem köstlichen Buffet zu ergattern.«

Anabel zog eine beleidigte Schnute, folgte Samy jedoch und begleitete sie zu den Köstlichkeiten, die auf einer kunstvoll dekorierten Tafel angeboten wurden.

Zwischen Suppe und Häppchen konnten sie beobachten, dass die Burtons wieder ein Herz und eine Seele waren. Als Gastgeber hatten sie sich auf ihrer eigenen Party zu gegenseitigen Beleidigungen hinreißen lassen, diese schienen in ihrer Beziehung allerdings keine sichtbaren Spuren hinterlassen zu haben. Bei Penelope und Arthur Harrington, die Samy bereits aufgefallen waren, weil er seine Frau eindeutig schlecht behandelte, sah die Sache anders aus.

Sie wirkte wieder wie ein verängstigtes Reh und Samy war sicher, dass auf ihrem Handgelenk Blutergüsse zu sehen waren. Als die Frau bemerkte, dass sie beobachtet wurde, zog sie die Ärmel ihrer Bluse weiter über die Hände, was es nicht besser machte.

Ihr Mann dahingegen hielt lauthals Reden. Es wunderte Samy nicht, als Bel ihr erklärte, dass Arthur ein aufstrebender Politiker war. Man munkelte, er wolle sich für das Amt des Bürgermeisters von London bewerben.

»Was ihm niemals gelingt, wenn du mich fragst. Ich kann mir nicht vorstellen, dass seine Partei-Kollegen nicht mitbekommen, wie viel er säuft. Die arme Pen tut mir jedenfalls leid. Aber manchmal habe ich den Eindruck, sie will es nicht anders.«

»Schlägt er sie?«, wollte Samy wissen und Anabel nickte eifrig.

»Wenn du mich fragst – ja. Mit dieser Meinung bin ich nicht allein. Allerdings hat sie es noch nie zugegeben. Sie erscheint regelmäßig mit überschminkten Veilchen und verschwindet zwischendurch für mehrere Wochen. Dennoch hat sie sich nie darüber geäußert. Verrückt! Ich würde den Kerl anzeigen, allerdings erst, nachdem ich ihn selbst vermöbelt hätte.«

Daran zweifelte Samy keine Sekunde und insgeheim hätte sie es Arthur auch gegönnt. Er hatte ein Glas in der Hand und spukte große Töne. Wie die anderen Herren war er in eine Kombination gekleidet, die jeder *Ralph-Lauren*-Reklame alle Ehre gemacht hätte – dunkle Samt-Sakkos und weihnachtliche Karokombinationen waren beliebt und sahen edel aus.

Lediglich Cor und Sir Charles trugen dunkle Anzüge und wirkten damit overdressed in diesem zur Schau gestellten Landhausidyll. Allerdings milderten ihre dunkelgrün- beziehungsweise rotgemusterten Krawatten den Eindruck.

Der Einzige, der aus dem Rahmen fiel, war Arthur. Auch wenn sein Kleidungsstil ins Bild passte, wirkte er seltsam derangiert. Samy begriff erst nach einiger Zeit, dass es daran lag, dass seine Krawatte gelockert war und schief saß. Außerdem fiel ihm eine Strähne ins gerötete Gesicht und er griff immer wieder nach einem Stofftaschentuch, mit dem er sich den Mund abwischte – eine Geste, wie man sie bei Alkoholikern häufiger sah.

Irgendwann durchmischten sich die Gästegruppen erneut und Samy bemerkte, dass die Stimmung entspannter war, weil der Widerling Harrington verschwunden war. Als sie Bel danach fragte, meinte sie gelangweilt: »Was weiß ich? Wahrscheinlich ist er zum Rauchen rausgegangen oder belästigt eine Kellnerin.«

Cor, der sich mit Sir Charles und Lady Helen unterhalten hatte, erschien mit den Kindern und teilte Samy mit, dass er eine Runde Verstecken spielen müsse.

Sie verstand das Zwinkern und wusste, dass er die Gelegenheit nutzen würde, das Haus in Augenschein zu nehmen. Sir Charles blickte ihm hinterher und sie hatte den

Eindruck, dass auch er wusste, was Cor vorhatte. Dennoch hinderte er ihn nicht daran. Vielmehr nickte er Samy zu, bevor er sich an die anderen Gäste wandte.

Inzwischen war es Nachmittag geworden und Samy glaubte, mit jedem Gast gesprochen zu haben. Anders als bei den Burtons herrschte eine festliche Stimmung, obwohl immer wieder der Mord erwähnt wurde. Allerdings erfuhr Samy dabei nichts Neues. Dr. Freshman hielt sich bedeckt und alle anderen erzählten die Geschichten, in denen er Karrieren, Ehen und Menschen zerstört hatte. Die meisten davon hatte Samy bereits mehrfach gehört, als Cor wieder auftauchte.

Etwa gleichzeitig betrat auch Arthur Harrington wieder den Salon. Samy, die neben seiner Frau stand, bemerkte, wie sie sich versteifte. Gleichzeitig bekam sie mit, wie Dr. Freshman der Frau zuraunte: »Melde dich, wenn du Hilfe brauchst, meine Liebe!« Dann wandte sie sich ab, als wolle sie Arthur aus dem Weg gehen.

Samy hatte feine Antennen und spürte, wie die Stimmung sich änderte. Beinahe wirkte es so, als wären alle auf der Hut, was für Samy keinen Sinn ergab, zumindest nicht, bevor der unangenehme Mann wieder ankam. Er verlangte nach weiterem Glüh-Gin, der im Laufe des Brunches unermüdlich ausgeschenkt wurde.

Samy hatte sich zurückgehalten, denn sie wollte keinen weiteren Kater riskieren, daher konnte sie alles mit einer gewissen Distanz betrachten.

Ihr entging nicht, dass die beiden Frauen, die ihr von Valerie als Künstlerinnen und Ehepaar vorgestellt worden waren, sich leise stritten. Auf dem Gesicht der größeren Frau waren hektische Flecken zu sehen, während ihre Gesprächspartnerin unpässlich aussah. Vielleicht lag es aber nur daran, dass ihr Make-up verschmiert zu sein schien.

Elena, die größere, redete auf sie ein. Sie schien aufgebracht zu sein, während die andere, deren Namen Samy sich nicht gemerkt hatte, immer wieder den Kopf schüttelte und sich nicht einschüchtern ließ.

Leider sprachen sie so leise, dass Samy nicht verstand, worum es ging. Einzig die Worte *Du hattest es mir versprochen,* kamen bei ihr an. Allerdings konnte sie sich darauf keinen Reim machen. Lange hatte sie jedoch keine Gelegenheit, die beiden zu belauschen, denn plötzlich erweckte etwas anderes ihre Neugierde.

Arthur hatte sich zu Les und Emily Burton gesellt und palaverte viel zu laut. Dabei hielt er seine Frau fest am Arm. Es wirkte nicht so, als habe Penelope etwas mit der Diskussion zu tun, sondern so, als wollte er verhindern, dass sie verschwand.

Irgendwann fiel Theos Name und die drei steckten die Köpfe zusammen. Samy versuchte, sich näher an sie zu schleichen, doch Sir Charles stellte sich ihr in den Weg und verwickelte sie in ein Gespräch.

Verdutzt schaute sie ihn an und er schüttelte kaum merklich den Kopf. Gerade so, dass sie es bemerkte und ihn fragend anblickte. Daraufhin ließ er kryptisch in ihr Gespräch einfließen, dass Interesse immer lobenswert aber manchmal zu gefährlich wäre.

Samy wertete seine Worte so, als wolle er sie warnen. Nur verstand sie nicht, vor wem. Irritiert fragte sie sich, ob der alte Jurist etwas verbergen wollte, verwarf diesen Gedanken jedoch.

Sir Charles verkörperte die Wahrung aller guten Werte. Es war undenkbar, dass er sich in etwas verstricken ließ. Selbst als sein Sohn vor ein paar Monaten unter Mordverdacht geraten war, hatte Charles sich Neutralität bewahrt.

Es konnte also nur sein, dass er Samy beschützen wollte. Sollte sie etwas nicht hören, oder gab es etwas, was ihr entgangen war?

Während sie diese Fragen beschäftigten, wurde die Diskussion der Burtons und Arthurs lauter und letztlich spuckte Harrington Gift und Galle.

»Wenn einer es verdient, dann dieser eklige Wurm. Und es widert mich an, wie alle versuchen, das Ganze als eine Tragödie darzustellen. Die Ratte hat in so viel Dreck gewühlt, dass sie kaum noch was sehen konnte. Und nun ist er einfach daran erstickt.«

Emily Burton war das Gebrüll peinlich. Sie versuchte, ihn zu besänftigen, und sagte immer wieder: »Beruhige dich! Es hilft keinem, wenn du solch eine Welle machst.« Doch das schien den Politiker noch mehr zu erregen. Er fuchtelte wild mit den Armen herum und zerrte seine Frau hin und her. Auf ihrem Gesicht zeichnete sich Angst ab, die in Panik umzuschlagen schien.

»Man hätte das Schwein viel früher aus dem Weg räumen müssen, aber dazu fehlte euch allen der Mumm.«

Weiter kam Arthur nicht, denn mit wenigen Schritten war der Gastgeber bei ihm. Er packte ihn im Nacken und Samy sah, dass die Finger seiner anderen Hand sich wie ein Schraubstock um das Handgelenk legten, mit dem Arthur seine Frau malträtierte. Auf diese Art war er gezwungen, sie loszulassen, und wurde von Richard aus dem Zimmer geführt.

Samy hörte, wie der ihn anfuhr: »Auf ein Wort, Art!«

Seine Stimme duldete keinen Widerspruch und die Anwesenden konnten verfolgen, wie Arthur sich ohne Murren abführen ließ. Die beiden verschwanden durch eine Tür, die offensichtlich in eine Bibliothek führte, denn Samy sah durch einen Türspalt Bücherregale, die vom Boden bis zur Decke reichten.

Als die Tür sich hinter den Männern geschlossen hatte, nahmen alle wieder ihre Gespräche auf, doch Samy spürte, dass der Zauber des Festes gebrochen war. Penelope schluchzte leise und wurde von Lady Helen getröstet, während Valerie versuchte, die Stimmung wieder anzuheben. Sie rief nach einer weiteren Runde Getränke, doch die ersten Gäste nahmen den Bruch als Anlass, sich zu verabschieden.

Cor, der sich zu Samy gesellt hatte, raunte ihr zu, sie solle sich die beiden Künstlerinnen genauer anschauen. Dann verschwand er am Buffet und ließ sie grübelnd zurück. Nach ein paar Minuten kam Richard zurück und teilte Pen mit, ihr Mann würde im Auto warten.

Richard versuchte, die Situation herabzuspielen, indem er anmerkte: »Der gute Art hatte einen Glüh-Gin zu viel.«

Dennoch konnten die Gastgeber nicht verhindern, dass die Feier zu Ende war. Innerhalb weniger Minuten verlangten alle nach ihren Mänteln, bedankten sich für das großartige Fest und erinnerten sich an die Highlights, die sie im Laufe der Woche erneut zusammenbringen würden.

»Liebe Samantha, ich hoffe, dass wir am Donnerstagabend bei Emilys Vernissage Gelegenheit haben werden, uns zu unterhalten«, meinte Richard, als er sich verabschiedete. »Ich habe Ihren Vater gut gekannt und manchmal mit ihm in der City gegessen. Ein feiner Kerl, und Ihren Onkel kenne ich auch.«

Samy, die von dieser Verbindung nichts gewusst hatte, bedankte sich und drückte ebenfalls die Hoffnung aus, sich mit Richard austauschen zu können.

»Auf jeden Fall! Spätestens am Samstag werden wir uns unterhalten«, erwiderte sie. Er lachte und brachte sie schnell auf den Boden der Tatsachen zurück.

»Als Gastgeberin werden Sie ganz sicher keine Zeit dazu haben, meine Liebe!« Schlagartig überkam Samy Panik, die sie bis zu diesem Moment erfolgreich zurückgedrängt hatte.

Kapitel 7

Feste und Panik

Inzwischen hatte Samy den Vorsatz, keinen Alkohol zu trinken, über Bord geworfen und nippte an ihrem zweiten Whiskey Mac. Glüh-Gin konnte sie nicht mehr riechen, geschweige denn trinken – ihr Maß war mehr als voll.

Zusammen mit Cor hockte sie in einer Ecke des *Carpenters Arms* und erwartete Nate. Obwohl ihre Nerven flatterten, hatten sie beschlossen, dass ein Austausch mit dem Polizisten richtig wäre. Zumindest sollte er alles erfahren, was sie im Laufe der letzten vierundzwanzig Stunden erfahren hatten. Dann konnte er selbst entscheiden, was von Bedeutung war.

Auch wenn viele dieser Details sie beschäftigten, war es etwas anderes, was sie zu einem Nervenbündel hatte mutieren lassen.

Nachdem Samy fast umgebracht worden war, hatte ihr Onkel veranlasst, dass sie das gesamte Haus erhält, indem sich ihre Wohnung befand. Dort hatten Mrs Williams-Turner und Major Bright-Leven seit Jahrzehnten die beiden großen Apartments 1A und 2B in der ersten und zweiten Etage bewohnt. Mrs Williams-Turner war, nachdem sie einen Mord begangen hatte, ins Gefängnis umgezogen und der Major aus Altersgründen zu seiner Tochter übergesiedelt.

Im Laufe des Jahres hatte Samy beide Wohnungen umbauen lassen und lange überlegt, was sie damit machen wollte. Beide waren doppelt so groß wie ihr Apartment, dennoch reizte sie ein Umzug nicht. An Mrs Williams-Turners Wohnung hingen viele schreckliche Erinnerungen, da sie dort beinahe den Tod gefunden hatte. Der Major hatte über dem Ladenlokal im Erdgeschoss gewohnt, was bedeutete, dass man einiges von dem Geschehen auf der High Street mitbekam. Außerdem war die andere Hälfte des Obergeschosses, in dem sie wohnte, niemals als Wohnraum genutzt worden und bot genug Raum für einen Ausbau, wenn sie sich wirklich vergrößern wollte. Momentan sah sie dazu jedoch keine Veranlassung, denn das Apartment ihres Vaters bot ausreichend Platz.

Nachdem die Wohnung von Mrs Williams-Turner fertig geworden war und in neuem Glanz erstrahlte, musste eine neue Verwendung für sie gefunden werden. Letztlich war Samys Entscheidung unkonventionell gewesen. Sie hatte es einer Londoner Location-Scouting-Agentur angeboten und vermietete sie tageweise für Film- und Fotoaufnahmen. Das Apartment war ideal für diese Zwecke – es hatte hohe Decken, fantastische Stuckverzierungen, Kronleuchter und Holzvertäfelungen, die Samy in Pastellfarben hatte lackieren lassen. Die darin eingelassenen großen Spiegel waren erneuert worden und verliehen allem einen sehr mondänen Touch. So herausgeputzt und wunderschön möbliert war es ein Schmuckstück, welches sie auch selbst nutzen wollte. Allerdings nicht, um dort zu wohnen. Sie hatte mehrere Wände entfernen lassen, um sicherzustellen, dass nichts mehr an die Küche von der alten Mörderin erinnerte und damit eine ideale Partylocation geschaffen. Als in den letzten Monaten immer mehr Einladungen bei ihr eintrafen, hatte sie beschlossen, in dem Apartment auch ein Fest zu veranstalten.

Bel hatte ihr zu verstehen gegeben, dass Gegeneinladungen erwartet wurden, und letztlich hatte Cor sie überzeugt, dass eine kleine Weihnachtssoiree – bei ihm musste alles einen besonderen Namen haben – genau das Richtige war. Er hatte ihr versichert, dass er sich um alles kümmern würde und selbst auch vor Ort sei.

Darauf hatte sie sich verlassen und dank seiner regelmäßigen Updates den Eindruck gehabt, dass er alles unter Kontrolle hatte. Am Nachmittag, unmittelbar vor ihrem Aufbruch bei Valerie, hatte er sie jedoch wissen lassen, dass es ein kleines Problem mit dem Caterer gab, und diese den Auftrag storniert hatten.

»Cor, ich habe mich auf dich verlassen!«

»Zu Recht, meine Liebe! Ich bin sehr versiert in der Planung von Festen.«

»Ach ja? Jetzt stehe ich sechs Tage vor meiner ersten Party ohne Bewirtung da? Wo bitte ist das versiert?«

Beleidigt sah Cor sie an und hielt ihr einen Vortrag, dass er aus der Ferne das Fest auf die Beine gestellt hatte – Einladungen, Dekoration, musikalische Begleitung, Concierge Service und, und, und.

»Das ist alles gut und schön und dafür bin ich dir auch dankbar, nur leider werden die Gäste nicht darüber hinwegsehen, wenn ihnen weder Essen noch Getränke angeboten werden. Das ist das Herzstück jeder Feier«, empörte Samy sich.

»Ich hatte einen exzellenten Caterer beauftragt, der mir empfohlen worden war. Ich bin kein Risiko eingegangen, sondern habe das erste Haus am Platz beauftragt. Du weißt selbst, dass wegen Corona alles nur virtuell begutachtet werden kann. Früher wäre man hingefahren und hätte sich die Leute angeschaut. Heute hält man Zoom-Konferenzen oder skyped.«

Seine Stimme hatte einen weinerlichen Ton angenommen, Samy wusste, wie gerne er mit Menschen schwadronierte. Schlagartig wurde ihr bewusst, dass die Kontaktreduktion der letzten zwei Jahre ihn immens getroffen hatte.

Sie wollte auch nicht allzu hart mit ihm ins Gericht gehen, denn es stimmte ja, er hatte aus der Ferne ihre Party organisiert. Nur, was sollte sie ohne einen Caterer anfangen?

»*London Party First* war mir von mehreren Seiten empfohlen worden und ich hatte in der Kommunikation einen sehr guten Eindruck. Umso mehr hat mich ihre Nachricht schockiert, dass sie Insolvenz anmelden mussten und daher leider alle Aufträge absagen müssen.«

Samy wusste nicht, was sie erwidern sollte. Das war alles denkbar, bescherte ihr jedoch ein gigantisches Problem, für das sie keine Lösung hatte. Sicherlich hätte sie Bel oder Sir Charles um Hilfe bitten können. Beide wären nicht um Lösungen verlegen, so viel stand fest. Doch wollte Samy nicht mit ihrer ersten Party versagen und den Leuten als die, die es allein nicht hinbekam, in Erinnerung bleiben.

Dabei bin ich genau das, dachte sie. *Alleine bekomme ich es wirklich nicht hin, sondern überlasse es einfach Cor.*

Ihre Stimmung war auf dem Nullpunkt angekommen, als Nate an ihren Tisch trat und erkannte, dass etwas im Argen war.

Betreten berichtete Cor ihm, was Sache war. Samy erwartete eine zynische oder gar belustigte Antwort. Doch wider Erwarten hatte Nate eine Idee und zückte sofort sein Telefon.

»Ich wüsste etwas für euch und bin mir ziemlich sicher, dass man euch dort gerne hilft.«

Er berichtete ihnen von einer jungen Frau aus Windsor, die einen Cateringservice mit dem schönen Namen *Windsor Kitchen* eröffnet hatte. Sie war die Schwester eines Kollegen und hatte die Gunst der Stunde genutzt, als aufgrund der Pandemie viele Anbieter vom Markt verschwunden waren und gleichzeitig wieder enormer Bedarf entstand, weil die Menschen in Feierlaune waren.

»Ich habe versprochen, jeden Interessenten zu ihnen zu schicken, und kann sofort abklären, ob sie Zeit haben und helfen können.«

Samy sah einen Lichtschimmer, während Cor keinen Hehl daraus machte, dass ihm anderes vorschwebte. Allerdings reichte ein Blick, ihn zum Schweigen zu bringen. Sie bat Nate, in Erfahrung zu bringen, ob *Windsor Kitchen* Kapazitäten frei hatte, um ihr Fest auszurichten, und hielt den Atem an, während er telefonierte.

Cors leises Gemaule ignorierte sie. Bis er sagte: »Beschwere dich nachher nicht bei mir, wenn man dich nie wieder einladen wird, weil du kalte Platten und Schinken-Schnittchen à la Oma Erna servieren lässt.«

An der Stelle platzte ihr der Kragen und sie beugte sich zu ihm hinüber, um Nates Gespräch nicht zu stören.

»Immerhin werden meine Gäste mit Schinken-Schnittchen nicht verhungern! Was willst du ihnen vorsetzen? Ein paar schöne Broschüren von deinen Schickimicki-Partnern, die leider nur Papier liefern können?«

Noch bevor er ihr darauf antworten konnte, beendete Nate sein Gespräch mit einer frohen Botschaft.

»Sie machen es. Ich sende dir die Kontaktdaten und sie würden dich gerne morgen Vormittag treffen, da die

Absprache schnell erfolgen muss. Aber mach dir keine Sorgen. Alles, was ich bisher gesehen habe, war super.« An Cor gewannt fügte er hinzu: »Vielleicht nicht das Niveau, was die Burtons und Konsorten erwarten, aber sicherlich auch nicht viel schlechter.«

Samy dankte ihm überschwänglich und ließ Cor keine Gelegenheit, sich weiter zu dem Thema zu äußern. Sie war froh, eine Lösung gefunden zu haben, und würde sich nicht weiter stressen lassen. Sollten Probleme auftreten oder Abstriche gemacht werden müssen, würde sie sich ab morgen damit beschäftigen. Für den Moment war sie einfach glücklich zu wissen, dass ihre Gäste am Samstag nicht auf dem Trockenen sitzen würden.

Kapitel 8

Was für ein Haufen

Nachdem Nate für alle Getränke geholt hatte, war auch Cornelius wieder zugänglicher. Samy wusste, dass er sich ihren Argumenten nicht verschließen konnte, und verstand dennoch, dass er für ihr erstes Fest das Allerbeste wollte. Manchmal musste man jedoch umdisponieren und das nehmen, was man bekommen konnte. Wer wusste schon, ob sich die *Windsor Kitchen* nicht als die bessere Wahl herausstellen würde?

Befreit von der Sorge um ihre Party versuchte Samy, Nate einen möglichst detaillierten Abriss all der Dinge zu geben, die sie seit ihrem letzten Treffen erlebt hatte. Dabei begann sie mit Joes Erzählungen über den Krach zwischen Les Burton und Theo. Ihr entging nicht, dass sowohl Nate als auch Cor das Gesicht verzogen, als sie den Studenten erwähnte.

Doch sie ignorierte diese Befindlichkeiten, die sie als Eifersucht einordnete, genau wissend, dass Joe keinem einen Grund dazu gegeben hatte. Bei Nate glaubte sie seit einiger Zeit zu spüren, dass er sie gerne näher kennenlernen wollte. Cor hingegen hielt einen Studenten für unwürdig und wünschte sich einen vernünftigen Partner für Samy.

Beim Gedanken an alle drei Männer stöhnte sie innerlich auf, denn ein Kerl war nach wie vor das Letzte, was auf ihrer Agenda stand. Bevor sie sich in eine Beziehung stürzen würde, musste sie sich Klarheit über ihr Leben verschaffen. Wenn sie auch nicht mehr aus finanziellen Gründen arbeiten musste, war es kein Zustand, nichts zu tun. Die Bauarbeiten an ihrem Haus waren beinahe abgeschlossen und das Buch, das sie während des ersten Lockdowns zum Thema Yoga und ayurvedische Lifehacks für Menschen im Westen zusammengestellt hatte, war von einem Verlag ins Programm genommen worden.

Vor ein paar Wochen war sie im Regal ihres Vaters auf ein Werk zum Thema Feng-Shui gestoßen und hatte Gefallen an dieser Thematik gefunden. Nachdem sie eine Weile recherchiert hatte, war sie jedoch hart mit sich ins Gericht gegangen, denn sie musste eine Entscheidung über ihre Zukunft treffen.

Als Mathematikerin und Informatikerin war sie eine Koryphäe. So war es auch nicht überraschend gewesen, als ihr im Sommer von der Universität Oxford eine Gastprofessur angeboten worden war. So sehr ihr dies schmeichelte, war sie noch nicht sicher, dass sie wirklich in den staubigen Hochschulalltag zurückkehren wollte. Sie hatte den Dekan gebeten, ihr etwas Zeit zu lassen, doch ihr war klar, dass man bald ein letztes Ultimatum an sie stellen würde. Nicht, dass sie diesen Lehrauftrag wirklich brauchte, aber manche Gelegenheiten kamen im Leben nur einmal und bevor man sie ablehnte, sollte man sich über die Konsequenzen im Klaren sein und eine Alternative haben.

Auch wenn sie keine Lust hatte, wieder mit zugeknöpften Kollegen über Veröffentlichungen zu streiten, war ihr bewusst, dass die Welt der Wissenschaft klein und gut vernetzt war. Sollte sie das Angebot aus Oxford ablehnen, wären viele Türen für immer zu. Daher musste sie sich sicher sein, ob sie dem Universitätszirkus komplett den Rücken kehren wollte.

Die Alternative wäre ein Leben rund um die schönen Dinge des Lebens, Charity-Arbeit und vieles andere. Alles war reizvoll, doch auch vollkommen unstrukturiert, und leider war sie ein Mensch, der immer an Strukturen festgehalten hatte. Daher fiel es ihr auch schwer, ihr altes Leben komplett loszulassen. Sie war nicht sicher, dass sie es schaffen würde, sich einen eigenen Rahmen für Aktivitäten geben zu können und wusste gleichzeitig, dass sie ihn brauchte, wenn sie ein befriedigendes Leben führen wollte.

Aber für Gedanken an einen Mann war momentan keine Zeit. Vielmehr ging es um die Vielzahl an Verdächtigen, denn Theo Leicester hatte ganze Arbeit geleistet – jeder in seinem Umfeld schien Gründe zu haben, ihm nach dem Leben zu trachten.

Nachdem sie alles geschildert hatte, erweiterte Cor das ganze um ein pikantes Detail. Beim Versteckspielen mit den Kindern war er über Arthur Harrington gestolpert. Er hatte den Widerling in einer Nische überrascht, wo er sich lautschmatzend, wie Cor betonte, über eine der beiden Künstlerinnen hergemacht hatte.

Samy war sprachlos und versicherte sich, dass sie ihn richtig verstanden hatte. Dann kam ihr der Streit zwischen den beiden Frauen in den Sinn und sie murmelte: »Darum ging es also.«

»Worum?«, wollten die beiden Männer gleichzeitig wissen. Nate machte sich eine Notiz in seinem Handy, als Samy ihnen schilderte, was sie gehört hatte.

»Ehrlich gesagt sehe ich keinen Zusammenhang zu Theo. Ich kann mich nicht daran erinnern, die beiden bei den Burtons gesehen zu haben.«

»Da bin ich mir nicht so sicher, meine Liebe«, widersprach Cor.

»Sie wurden mir heute vorgestellt. Die Größere der beiden erwähnte, dass wir uns bereits kennen. Ich glaubte auch nicht, einer von beiden jemals begegnet zu sein. Doch warum sollte sie das sagen, wenn es nicht stimmt?«

»Ich kläre das«, versicherte Nate und verwies auf die Protokolle der Mordnacht. Dann bat er Cor noch einmal, ganz detailliert zu beschreiben, wo er Arthur genau gesehen hatte.

»Die beiden waren in die Dunkelheit einer Nische gequetscht, er mit dem Rücken zum Flur. Seine Hände gegrapschten die Frau und sie jammerte, dass sie es hasse, wenn er so viel getrunken hat. Daraus würde ich persönlich schließen, dass es nicht das erste Mal war, dass sie intim miteinander waren.«

Samy verzog angewidert das Gesicht und dachte laut.

»Ich kann beim besten Willen nicht verstehen, was man an ihm findet. Seine Frau scheint in dieser Ehe gefangen zu sein. Doch warum sollte eine andere Frau ihn freiwillig wollen? Noch dazu eine, die offensichtlich nicht hetero ist?«

Ihr schwirrte der Kopf, doch Nate war abgeklärter.

»Meiner Erfahrung nach sind die meisten Menschen weniger festgelegt, als man glaubt. Und Politiker üben aus irgendeinem Grund einen unwiderstehlichen Reiz auf Frauen aus. Man braucht nur auf unsere Regierung zu schauen.«

»Wohl wahr, wohl wahr«, stimmte Cor ihm zu und Samy fragte sich, ob er sich auf den ersten oder zweiten Teil von Nates Behauptung bezog.

Ihr kam jedoch ein anderer Gedanke und sie teilte ihn mit.

»Auch wenn Joes Mutter alles richtig in Erinnerung hatte, kann Les Burton dennoch nicht der Mörder sein. Er ist mir im Flur begegnet und ich habe mindestens zehn Minuten vor der Tür der Toilette gestanden. Ich hätte mitbekommen, wenn er herausgekommen wäre. Dr. Freshman meinte, dass Theo erst wenigen Minuten tot war.«

»Das hat unser Pathologe bestätigt. Dennoch ist Les Burton nicht aus dem Schneider.«

Samy und Cor schauten ihn verdutzt an und waren sprachlos ob seiner Neuigkeiten.

»Die Spurensicherung hat den Raum auseinandergenommen. Zu unserem Glück haben wir ein paar ambitionierte junge Leute im Team, die sprichwörtlich jeden Stein umdrehen.« An dieser Stelle macht er eine Pause, um den Rest seiner Aussage noch wirkungsvoller zu gestalten.

Mit einem Mal konnte Samy den Lärm und die Hitze in dem alten Pub nicht mehr ertragen und sie drängte Nate, sie nicht weiter auf die Folter zu spannen.

»Hinter dem großen Spiegel, gleich neben dem Waschbecken, befindet sich eine Tür. Gut versteckt und auch nur sehr schmal, dennoch breit genug, um einen Mann passieren zu lassen. Nun ratet einmal, wohin sie führt?«

Cor glotze ihn dümmlich an und hatte keinen Schimmer, doch Samy, die erlebt hatte, wie der Hausherr durch die angrenzende Kammer nach draußen geeilt war, um sich dort zu übergeben, wusste sofort, worauf Nate hinauswollte.

»In den Hof!«

»Exakt!«

Samy ließ sich zurücksinken und zerrte an ihrem Schal. Entweder war der heimelige Schankraum wärmer als sonst, oder ihr waren die Cocktails zu Kopf gestiegen.

Das *Carpenters Arms* hatte viel Charme und war größer als das *Horse & Groom*, wo sie sich sonst trafen. Eben wegen seiner Größe war es anonymer und sie konnten sich besser unterhalten. Außerdem hatte es einen Vorder- und Hinterausgang, weil es von der Marketstreet bis zur Churchstreet reichte. Dadurch herrschte meist ein wenig Durchzug und das Raumklima war angenehmer. Doch heute war davon nichts zu spüren. Samy versuchte sich abzulenken, in dem sie die Weihnachtsdekoration über dem Kamin und entlang des Tresens betrachtete.

Normalerweise kam sie um diese Zeit allein deswegen her, denn der Wirt gab sich größte Mühe, das Pub ganz besonders herzurichten. Heute fiel es ihr schwer, sich darauf zu konzentrieren, denn ihre Gedanken rasten und sie resümierte ihre Erkenntnisse.

»Das bedeutet, Les Burton hatte nicht nur ein Motiv, sondern trotz meiner bisherigen Beschreibung der Chronologie vor der Badezimmertür auch die Gelegenheit, die Tat zu begehen.«

»Das trifft auf jeden zu, der diese Tür kannte«, warf Cor ein. »Nur kann ich mir nicht vorstellen, dass man Besucher von solch einem Ausgang in Kenntnis setzt.«

Nate stellte sein Glas ab und blickte in die Runde. Samy blieb nicht verborgen, dass er kurz zögerte, bevor er weitersprach. Sie verstand ihn, denn immerhin begab er sich auf sehr dünnes Eis, wenn er sie einweihte.

Andererseits blieb ihm nichts anderes übrig, denn er wollte, dass sie ihm Interna aus den erlauchten Kreisen besorgte und hatte begriffen, dass er diese nur bekam, wenn er sie im Gegenzug an seinen Erkenntnissen teilhaben ließ.

Manchmal hatte sie ein schlechtes Gewissen, wenn sie ihn in die Bredouille brachte. Doch dann hielt sie sich vor

Augen, wie wertvoll ihre Beiträge in der Vergangenheit gewesen waren. Immerhin hatten sie und Cor mehrfach geholfen, einen Mörder zu überführen. Damit lösten sich ihre Bedenken in Wohlgefallen auf und sie blickte ihn auffordernd an.

»Ihr gebt ja doch keine Ruhe«, seufzte er und ließ die nächste Bombe kommen.

»Die Burtons haben das Haus vor gut zehn Jahren gekauft, nachdem es eine Weile auf dem Markt war.«

»Nun bin ich gespannt, wem es vorher gehört hat!«, murmelte Samy aufgeregt und beugte sich zu Nate herüber, der seine Stimme bei den letzten Worten gesenkt hatte.

»Dr. Freshman! Das heißt, es hat ihrer Familie gehört. Sie hat dort mit ihren Eltern und Geschwistern gelebt. Die Eltern haben es vor elf oder zwölf Jahren aufgegeben, als sie in eine Seniorenresidenz gezogen sind.«

Samy war wie vor den Kopf geschlagen und versuchte sich das Verhalten der Ärztin beim Fund der Leiche vor Augen zu führen.

Als Anita den Toten begutachtete, war ihr nichts aufgefallen. Die Ärztin hatte zügig und professionell überprüft, ob Theo noch zu helfen war. Nichts hatte merkwürdig gewirkt.

Allerdings erinnerte Samy sich nun daran, was sie ihr über das zerrüttete Verhältnis zu dem Kolumnisten berichtet hatte. Sicherlich gab es viele Menschen, die wütend auf den Mann gewesen waren. Nun fragte Samy sich aber, wieso Fr. Freshman sie darauf aufmerksam gemacht hatte, dass auf dem Schreibtisch in Burtons Bibliothek wahrscheinlich ein Brieföffner fehlen würde.

Aufgeregt fragte sie Nate danach.

»Was war die Mordwaffe?«

»Das kann ich dir nicht sagen«, erwiderte er gequält und schob hinterher: »Wirklich, Samy, ich komme in Teufelsküche, mit all den Dingen, die ich preisgebe.«

Sie ignorierte seinen Einwand und schoss ins Blaue.

»War es ein Brieföffner?«

Nate sah sie verdattert an, zuckte die Schultern und meinte: »Warum wundere ich mich eigentlich noch?«

»Also ja!«, triumphierte Samy und berichtete ihm von ihrem Gespräch mit Dr. Freshman, bevor die Polizei sie zu einer Befragung abgeholt hatte. Als sie den Brieföffner erwähnte, stieß Cor einen anerkennenden Pfiff aus und Nate wollte wissen, warum sie ihm das nicht schon früher erzählt hätte.

Samy beachtete ihn nicht, sondern ließ den Ablauf erneut vor ihrem inneren Auge Revue passieren. Dabei murmelte sie vor sich hin, sie könne sich nicht erinnern, dass Anita die Leiche bewegt oder umgedreht hatte. Wie konnte sie wissen, womit er erstochen worden war?

»Sch…!«, presste Nate hervor, stand auf und griff nach seiner Jacke.

»Sorry, aber ich muss los.«

Noch ehe Samy oder Cor reagieren konnten, war er durch den hinteren Ausgang verschwunden und ließ die beiden verdattert zurück.

»Undenkbar!«

Cor hatte sich zuerst wieder gefasst und erläuterte seine Wahrnehmung und Einschätzung der Kollegin.

»Ehrlich gesagt glaube ich das nicht. Die Frau wirkt auf mich nicht wie eine Mörderin.«

»Haben wir das bei den anderen nicht auch gedacht?«

Er wiegte den Kopf hin und her und begann zu analysieren.

»Ich will das nicht miteinander vergleichen – andere Menschen, andere Situationen, andere Motivationen – du weißt, was ich meine.«

Eigentlich wusste Samy es nicht. War es nicht immer so, dass jede Situation separat betrachtet werden musste? Dennoch waren sie in der Vergangenheit mit Mördern in Kontakt gewesen, denen man so etwas Schreckliches nicht zugetraut hätte, oder viel schlimmer noch, die man gar nicht wirklich wahrgenommen hatte.

»Lass uns die wehrte Kollegin betrachten«, regte er an. Samy konnte sich des Verdachts nicht erwehren, dass Cornelius Anita Freshman bereits für unschuldig hielt, weil sie eine Kollegin war.

Ärzte unter sich, dachte sie, musste ihm aber bei seinen Erläuterungen zustimmen.

Cor beschrieb das Auftreten der Medizinerin präzise mit Attributen wie überlegt und intelligent. Seine Erläuterung über medizinische Fachkenntnisse und der daraus resultierenden Vermutung, dass Freshman wahrscheinlich anders gemordet hätte, ließ sie außer Acht. Aber die Argumente *Warum sollte sie so dumm sein und dich mit der Nase auf den Brieföffner stoßen* und *sie würde wissen, dass die Polizei sofort herausfand, dass sie das Haus und damit die geheime Tür in- und auswendig kannte,* waren entwaffnend.

»Du hast recht«, räumte sie ein und sinnierte über diese Details.

»Sie hätte es mir niemals gesagt, wenn sie selbst das Teil als Mordwaffe benutzt hätte.«

»Es hätte ihrem Ethos widerstrebt. Schließlich wollen wir Leben schützen …«

»… statt es zu nehmen«, vollendete Samy seinen Satz und fügte entnervt hinzu: »Cor, bitte! Ich möchte das nicht diskutieren. Wir wissen beide, dass es nicht so ist, als würden Ärzte prinzipiell niemals zu Mördern werden. Ich könnte dir unzählige Beispiele nennen.«

»Ach ja? Na, dann fang an!«, forderte er sie auf und Samy musste zurückrudern.

»Natürlich kenne ich keinen konkreten Fall, aber wir haben sicherlich mehr als einmal von einem Fall gehört oder gelesen, wo der Täter ein Arzt war. Es ist nun nicht so, als wäre dein Berufsstand per se über jeden Zweifel erhaben.«

Sie sah ihm an, dass er ihre Aussage ungern so stehen lassen wollte. Doch auch ihm schien die Abstrusität seiner Behauptung bewusst zu sein, denn er griff nach der Speisekarte.

»Sei es drum. Wir können das ein anderes Mal erörtern. Ich brauche zunächst eine Stärkung.«

Samy kannte ihn gut genug und wusste, dass er nachlegen würde, sobald sein Hunger gestillt war. Überrascht stellte sie fest, dass aber auch sie dringend etwas essen musste, denn dazu war sie bei den Chering-Smyth kaum gekommen.

Kapitel 9

Unter Freunden

Sie hatte sich in die Ecke ihres Sofas gekuschelt und war wieder unter die Decke gekrochen, obwohl Nate am anderen Ende der Couch saß. Gemeinsam waren sie bei der zweiten Kanne Tee angekommen und Samy hatte immer noch das Gefühl, innerlich zu erfrieren.

»Hoffentlich habe ich mich nicht erkältet«, jammerte sie und zog die Decke bis zum Hals. »Ich glaube, Cor würde toben, wenn ich krank werde, während er hier ist.«

»Wieso?«, wollte Nate wissen. »Er ist doch Arzt.«

»Eben drum. Er hasst kranke Menschen. Sie stehlen ihm die Zeit und könnten besser dran sein, wenn sie pfleglicher mit sich umgingen – ich zitiere nur«, ließ sie ihn wissen.

Nate zog die Augenbraue hoch und stand auf, um den elektrischen Kamin anzumachen.

»Ich muss das nicht verstehen, oder? Ehrlich gesagt sieht er für mich nicht so aus, als ginge er bestens mit sich um. Ein paar Kilo weniger täten ihm ganz gut.«

»Ja und nein. Rein objektiv hast du recht und zweifelsohne isst er viel zu viel. Wenn man seinen Lebenswandel aber genauer betrachtet, macht er vieles besser als andere. Er achtet penibel darauf, dass er eine ausgewogene Ernährung zu sich nimmt, die alle Nährstoffe enthält. Was nicht in seiner Nahrung zu finden ist, substituiert er. Entgegen seiner Figur ist er unglaublich sportlich. Zuhause geht er jeden Tag schwimmen und in die Sauna. Er spielt mit seinen Brüdern, die übrigens schlank sind, Tennis und mit seinem Vater Golf – alles wöchentlich. Bis vor einem Jahr ist er jeden Sonntag mit seiner Mutter ausgeritten. Seit die Dame sich die Schulter gebrochen hat, verzichten sie auf dieses Vergnügen.«

»Sein Pferd wird sich glücklich schätzen«, vermutete Nate mit einem Augenzwinkern, woraufhin Samy lachen musste.

»Ach, ich weiß nicht, ich hatte immer das Gefühl, dass der große Hengst im sehr zugetan war. Aber du hast schon Recht, wahrscheinlich hatte das Tier einen Stahlträger im Rücken. Spaß beiseite, im Winter reist seine Familie nach Davos und dort wedelt er mit einer Grazie die Pisten runter, die man nur bewundern kann. Natürlich hat er auch das Après-Ski zu einer hohen Kunst stilisiert und die Wirte sämtlicher Almhütten rufen Hurra, wenn er mit seinem Tross aufschlägt. Last but not least sollte ich erwähnen, dass er stets der erste und der letzte auf der Tanzfläche ist – egal, ob Standard oder Disco.«

Sie grinste, als Nate fassungslos den Kopf schüttelte.

»Mann oh Mann. Wo nimmt der Kerl die Energie her? Oder besser gesagt, die Zeit?«

»Ach, Zeit hat er genug. Solange ich Cor kenne, hat er es immer verstanden, eine Work-Life-Balance zu pflegen, von der andere nur träumen können. Er ist zwar nicht reich wie die Chering-Smyth, aber seiner Familie geht es sehr, sehr gut. Cornelius musste sich nie um schmutzige Wäsche oder den Abfall in der Küche kümmern. Außerdem hat er die wunderbare Eigenschaft, Dinge und Menschen, die ihm nicht guttun, einfach vorbeiziehen zu lassen. Insgesamt führt er ein entspannteres Leben als die meisten anderen und geht pfleglich mit sich und seinen Ressourcen um.«

»Den Eindruck gewinne ich nun auch.« Nate lächelte sie an und wurde wieder ernst.

»Dieser Fall bringt mich an meine Grenzen. Ich kann nicht gut mit der Oberflächlichkeit und Arroganz dieser Menschen umgehen.«

Samy wusste, was er meinte, auch wenn sich die meisten ihr gegenüber korrekt verhielten. Auch sie musste sich manchmal zusammenreißen, weil ihr die Verhaltensweisen von den Mitgliedern der sogenannten High Society gegen den Strich gingen.

»Das verstehe ich. Aber hättest du das nicht wissen müssen, als du dich für diesen Job entschieden hast? Leute wie die Burtons oder Harringtons sind bestimmt nichts Neues.«

»Ja und nein. Sicher, die gab es immer schon, aber ich bin aus Cornwall, meine Familie lebt da. Ehrlich gesagt, ist diese Art von Menschen dort nicht so vertreten. Zumindest hatte ich nichts mit ihnen zu tun.«

»Aber du warst in Oxford«, warf Samy ein.

»Das stimmt und sicherlich hätte mich das vorbereiten sollen. Aber das Gute an Oxford ist die Internationalität. Ich bin nur für den Master dorthin gegangen und hatte meine Ex-Frau schon kennengelernt. Sicherlich hatte ich einen Tunnelblick und war auf unser gemeinsames Leben fixiert, was verhindert hat, dass ich mich allzu sehr mit oberflächlichen Deppen beschäftigt habe. Als ich von der Polizei angeheuert wurde, bin ich noch ein paar Monate auf die Akademie und dann nach London gegangen. Südlondon, um genau zu sein. Dort hat man mit Bandenkriminalität, Clans und Drogendealern zu tun – richtige Kriminelle halt.«

»Ich kann mir nicht vorstellen, dass das besser ist.«

»Es geht nicht um besser oder schlechter, diese Frage stellt sich bei Verbrechen nicht. Aber manchmal ist es einfacher, wenn die Menschen, mit denen man es als Polizist zu tun hat, nicht erst vorgeben, etwa anderes als kriminell zu sein.«

Er erzählte ihr von seinen Jahren auf den Straßen der Hauptstadt und von Gräueltaten, die er dort hatte verarbeiten müssen. Samy wurde beim Zuhören schlecht und erneut fragte sie ihn, warum man solch einen Job freiwillig machte.

»Ich meine, du hast einen anderen Background, du könntest jederzeit etwa anderes machen. Mit einem Oxford-Abschluss in Psychologie gibt es bestimmt Möglichkeiten.«

Nate blickte lange in seinen Teebecher. Samy war sich sicher, dass er in dem Moment gerne etwas Stärkeres getrunken hätte. Sie selbst war jedoch zu erschöpft von den Ereignissen der letzten Tage und brachte nicht die Energie auf, ihm einen Drink zu machen, daher bot sie ihn gar nicht erst an. Außerdem hatte sie das Gefühl, dass alle viel zu oft Alkohol tranken, ein Sonntagabend mit Tee war sicherlich nicht verkehrt.

»Ob du es glaubst oder nicht, genau darüber denke ich im Moment nach.«

Nach dieser schlichten und ehrlichen Antwort schaute er sie erwartungsvoll an, als wäre ihre Reaktion von großer Bedeutung, was er im nächsten Satz bestätigte.

»Es tut gut, dass einmal auszusprechen. Besonders, da du objektiv bist. Meine Kollegen würden mich nicht verstehen, weil die wenigsten eine andere Ausbildung haben.«

Samy fühlte sich geschmeichelt, dass er sie ins Vertrauen zog, und versuchte, dem gerecht zu werden. Dennoch hakte sie nach.

»Wie bist du denn hier gelandet? Ich meine bei der Thames Valley Police und diesen Schnöseln.«

»Sich immer mit harten Jungs herumzuschlagen, verwahrloste Kinder in Bandenkriegen einzusammeln und hilflos zuzusehen, wie Frauen malträtiert werden, weil zwei rivalisierende Gangster ihr Revier neu abstecken, laugt einen aus. Mit der Zeit stumpft man ab, wenn man das zu lange macht, funktioniert man nur noch. Ich habe die ersten Anzeichen festgestellt und wollte kein emotionsloser Zombie werden. Als die Stelle ausgeschrieben wurde, habe ich es als Chance auf ein ruhigeres Leben gesehen, außerdem war es ein Karrieresprung mit Perspektiven. Der Comissioner wird seinen Job nicht mehr ewig machen und es gibt nicht viele, die ihm folgen könnten.«

»Und du willst diesen Posten?«, fragte Samy irritiert, denn sie konnte sich Nate beim besten Willen nicht in einem Büro vorstellen.

»Ich möchte ihn definitiv nicht. Aber ob du es glaubst oder nicht, als ich vor zwei Jahren hergewechselt bin, war das meine Intension. Ich hatte genug Horror in London für mehrere Leben erlebt und wollte mich fangen. Die Vorstellung, irgendwann in einem schönen Büro zu sitzen, erschien reizvoll. Allerdings hatte ich die Mentalität der Oberschicht unterschätzt. Und wenn man in einer elitären Gegend Dienst tut, pflastern nicht mehr die schweren Jungs deinen Weg, sondern die, die sich für etwas Besseres halten und unter dem Deckmantel der Überlegenheit glauben, mit allem davonzukommen.«

Er blickte erneut in seine Tasse. Samy bekam Mitleid, also rappelte sie sich hoch und schüttete ihm einen Whiskey ein, den er dankbar annahm.

»Ehrlicherweise war ich nicht davon ausgegangen, dass mich die Abgebrühtheit, vor allem aber dieser Snobismus, belasten würde. Beides ist der Grund, warum die Aussicht auf den Job des Comissioners jeden Reiz verloren hat. In dem Fall würde ich mich mit den Leuten im Rathaus auseinandersetzen müssen, an elenden Golfturnieren teilnehmen und die Beschwerden über unzumutbare Befragungen durch die Polizei bearbeiten müssen.«

Er kippte seinen Drink herunter und stellte die Tasse mit Nachdruck auf den Tisch. »Sorry, aber daran habe ich keinen Bedarf und dafür habe ich nicht Psychologie studiert.«

»Was schwebt dir alternativ vor?«, wollte Samy wissen, während ihr bewusst wurde, dass sie sich in einer ähnlichen Situation befand. Sie standen an einem Wendepunkt ihres Lebens und mussten sich entscheiden, wie sie ihre Zukunft gestalten wollten.

Plötzlich empfand sie großes Mitleid mit Nate, denn sie wusste, wie schwer einem diese Entscheidung fiel.

Während sie darüber nachdachte, war er zu dem aktuellen Fall zurückgekehrt und berichtete von seinem Gespräch mit Dr. Freshman. Er hatte sie, nachdem er das Carpenters Arm verlassen hatte, aufgesucht und mit dem Thema Brieföffner konfrontiert.

»Leider war das auch wieder eine Sackgasse. Sie hat mich mit medizinischen Details und Fachbegriffen zugetextet, die angeblich auf eine derartige Waffe hingedeutet haben. Das muss ich morgen mit unserem Pathologen abklären. Aber viel wichtiger ist die Tatsache, dass sie ein Alibi hat.«

Erstaunt sah Samy ihn an, denn sie wunderte sich, dass er dies nicht überprüft hatte. Zähneknirschend musste er eingestehen, dass Becca Friendly sich einen groben Schnitzer geliefert hatte.

»Keine Ahnung warum, aber in dem Protokoll ist minutiös aufgelistet, was Dr. Freshman zum Fund der Leiche mitteilen konnte, aber nicht, wo sie sich den Abend aufgehalten hat. Becca behauptet, das könne nicht sein, sie habe einen der Uniformierten mit diesem Teil der Befragung beauftragt, der wiederum bestreitet das. Egal, wie es war, es ist unglaublich. Sie hat mir glaubhaft versichert, dass sie dich begrüßt hat und anschließend den Abend mit dem Vater des Gastgebers getanzt hat. Friendly hat das überprüft, während ich noch bei Dr. Freshman war. Sie konnte ihn also nicht anrufen und um Bestätigung ihrer Aussage bitten. Natürlich kann ich weder bei ihr noch bei sonst wem ausschließen, dass sie sich abgesprochen haben, aber Fakt ist, ihr Alibi wurde bestätigt.«

»Ich muss gestehen, dass mich das beruhigt. Ich mag Dr. Freshman und ich möchte mir nicht vorstellen, dass sie so etwas tut.«

»Noch können wir sie nicht ausschließen. Nicht solange wir den Mörder nicht haben. Aber ich verstehe, was du meinst. Mir wäre auch lieber, wenn sie es nicht ist. Sie scheint ganz okay zu sein und es würde meinem Glauben in das Gute der Menschen ein weiteres Mal erschüttern.«

Zusammen gingen sie alles durch und kamen zu dem Schluss, dass sie nichts in Händen hatten, was auf jemanden konkret hindeuten würde. Verdächtig waren viele, doch die Beweislage war dürftig.

Als Nate sich verabschiedete, hätte sie ihn am liebsten umarmt, weil sie nun von den Dämonen wusste, die ihn quälten. Doch diese Intimität verkniff sie sich, weil sie kein falsches Signal aussenden wollte. Aus irgendeinem Grund war ihr klar, dass es besser war, wenn sie sich nicht allzu nahekamen.

Kapitel 10

Vorbereitungen

Die ersten Tage der Woche waren wie im Flug vergangen und Samy wurde langsam wieder nervös. Nachdem *Windsor Kitchen* die Planung ihrer Party übernommen hatte, waren ihre Befürchtungen verschwunden, doch je näher der Samstag kam, desto verzweifelter wurde sie.

Sie hatte noch nie etwas Größeres als einen Geburtstag gefeiert und allergrößten Respekt vor dem logistischen Aufwand, der mit ihrer Christmasparty einherging.

Die Leute des Partyservices waren sensationell und kompetent. Sie waren am Montagmorgen erschienen, hatten Apartment C, die ehemalige Williams-Turner Wohnung, in Augenschein genommen und die Rahmendaten erfragt. Wenige Stunden später hatte sie zusammen mit Cor eine vollständige Präsentation erhalten, die selbst Cor überzeugte.

Die Besitzerin von *Windsor Kitchen* war erfahren und hatte bereits spektakuläre Events ausgerichtet. Ihre Referenzen waren beeindruckend und die entwickelten Vorschläge umwerfend. Sie hatten nichts mit kalten Platten und Schinken-Schnittchen zu tun. Cornelius hatte sich gewunden, als Samy ihn zwischendurch mit hochgezogener Braue angeschaut hatte.

Aber Cor wäre nicht er selbst, wenn er nicht nach dem ersten Schock zugegeben hätte, dass die Leute einen fantastischen Job machten und ihm bessere Dinge in Aussicht stellten, als der exquisite Londoner Laden es getan hatte.

Sie hatten stundenlang gebrainstormt und Köstlichkeiten probiert, Weine verkostet und Dekorationen abgesprochen. Samy hatte sich geschlagen geben müssen, als sie den allgegenwärtigen Glüh-Gin für den Abend verbannen wollte. Cor konnte ihre Aversion nicht nachvollziehen und *Windsor Kitchen* hatte ein derart fulminantes Plädoyer für den Drink gehalten, dass Samy einsehen musste, dass er nicht fehlen durfte.

Kein englisches Weihnachten ohne Gin Tonic oder Glüh-Gin – so viel stand fest, und die Variante mit Zimt und Vanille hatte nichts mit dem Getränk zu tun, das Samy in den letzten Wochen an jeder Ecke getrunken hatte. Wenn nicht die bittere Gin-Note gewesen wäre, wäre er als eleganter New Yorker Cocktail durchgegangen.

Bei den Dekorationen durfte Samy sich zurücklehnen, denn Cor erläuterte, wen er für die Blumen und anderen Details beauftragt hatte, und erntete viel Lob dafür. Seine Wahl war auf etwas sehr Exquisites gefallen. Alles andere hätte Samy auch gewundert. Sie freute sich über jeden Haken, den sie gedanklich setzen konnte.

Auch nachdem am Abend alles umfassend geplant worden war und man ihr versichert hatte, dass sie entspannt dem Abend entgegensehen könne und am besten nicht mehr darüber nachdenken sollte, hatte sie genug zu bedenken.

Cor hatte sich als Ansprechpartner für alle Partybelange zur Verfügung gestellt und genoss die Aufgabe in vollen Zügen. Dies war eine weitere Sache, für die Samy dankbar war, denn sie bedeutete, dass er beschäftigt sein würde und nicht viel Zeit haben sollte, in der er unterhalten werden wollte.

Sie selbst fuhr nach London, um die passenden Accessoires zu dem Abendkleid zu besorgen, das sie für den Abend hatte anfertigen lassen. Bevor es geliefert worden war, hatte sie sich nicht entscheiden können, welcher Schmuck passte, oder ob sie darauf verzichten sollte. Der weichfließende Stoff, ein Goldlamé, wirkte elegant und nicht übertrieben, wie sie bei der Anprobe feststellen durfte, und Cornelius votierte für auffällige Accessoires, wenn sie nicht an einem Abend voller Pailletten und tiefer Ausschnitte untergehen wollte.

Damit hatte er recht, denn auch wenn sie sich für eine Robe in Gold entschieden hatte, konnte das Ensemble nicht mit den Party- und Cocktailkleidern mithalten, die bei den Burtons zur Schau gestellt worden waren. Aber genau das hatte Samy auch nicht vor. Es war ihr ein Gräuel, sich aufzudonnern.

Sie hatte den Nachmittag bei *Selfridge* genossen und war spontan in ein bekanntes Day Spa eingekehrt. Als sie es wieder verließ, war es bereits dunkel und die Stadt strahlte im Glanz der opulenten Weihnachtsdekorationen. Daher hatte sie noch eine Runde gedreht, denn sie war nicht sicher, ob sich in dieser Weihnachtssaison noch einmal die Gelegenheit ergab, unter den Beleuchtungen der Straßen zu flanieren.

Wie immer konnte sie sich nicht entscheiden, was ihr am besten gefiel. Sowohl die klassischen Engel über der Regent Street als auch das experimentelle Lichterensemble in der Carnaby Street waren spektakulär.

Dort wurden Themen umgesetzt, die man oft nicht mit Weihnachten in Verbindung brachte. Es gab zum Beispiel die Inszenierung einer Seewelt, in der alle Lichter sich in Seesternen, Quallen und Korallen aus recyceltem Plastik befanden. Was auf den ersten Blick schräg anmutete, wurde mit jedem Schritt schöner und führte in eine glitzernde Märchenwelt.

Samy liebte diese schrägen Dinge, denn sie waren anders als ihre geordnete Welt. In ihrer Vorstellung hatte es immer nur weiße Lichterketten und die üblichen Sterne und Glocken in Straßenbeleuchtungen gegeben.

An Windsor mit den riesigen bunten Reichsäpfeln und Kronen hatte sie sich gewöhnt, doch die Carnaby Street war immer noch eine Offenbarung. Die bunten Läden, die alles von Kosmetik bis Sportbekleidung und von günstig bis teuer anboten, gaben den unkonventionellen Dekorationen einen idealen Rahmen und Samy konnte sich dort nur schwer loseisen. Der Weg über die imposante Regent Street mit den Engelsflügeln, die sich seit mehr als sechzig Jahren über die Fahrbahn spannten, war eine Erholung für die Sinne. Die Ausstrahlung war hier erhaben und gediegen und eine ideale Überleitung zu den luxuriösen Installationen entlang der Dover Street, wo Geschäfte wie Victoria Beckham, Chanel und Burberry ihre Kunden mit unglaublicher Dekoration empfingen. Hier dominierten Opulenz und Eleganz, die bei Samy Schnappatmung auslösten. Als sie zum ersten Mal vor einem Shop gestanden hatte, an dem eine Schleife von den Ausmaßen eines Einfamilienhauses die Fassade verschönerte, war ihr die Spuke weggeblieben und sie hatte sich dabei ertappt, wie sie mit offenem Mund dagestanden und geglotzt hatte.

Heute ließ sie sich von diesen Dingen nicht mehr aus der Fassung bringen, denn sie hatte alles schon häufiger gesehen und eine Routine entwickelt. Nun konnte sie sie genießen und dabei ihren Gedanken nachhängen, so wie sie es den ganzen Tag gemacht hatte.

Statt gleich mittags zu Cor und den Vorbereitungen für die Party zurückzukehren, hatte sie sich treiben lassen und war gedanklich bei der Einladung ihres Onkels und dem Mord an Theo Leicester gewesen. Sie war dankbar, dass Thomas sich noch nicht gemeldet hatte, um ihre Antwort einzuholen. Aber ihr war klar, dass sie ihm spätestens Samstagabend eine Rückmeldung geben musste. Es fiel ihr schwer, sich vorzustellen, wie es sein mochte, auf ihren Großvater und andere Menschen zu treffen, mit denen sie verwandt war. Der bloße Gedanken machte ihr Angst. Sie schob ihn beiseite und war froh, sich stattdessen mit den Verdächtigen im Mordfall beschäftigen zu können.

Doch auch diese Angelegenheit wirkte wie eine Einbahnstraße. Samy ging immer wieder durch, was bisher bekannt war, abgesehen von der Tatsache, dass Theo nahezu jeden Menschen in Berkshire und wahrscheinlich darüber hinaus gegen sich aufgebracht hatte.

Wenn es um die Frage ging, ob der Ermordete Feinde gehabt hatte, hätte man lediglich einen Blick ins *Who is Who* werfen und Strichlisten anfertigen können. Allein unter den Partygästen schien es kaum jemanden zu geben, dem er nicht auf die Füße getreten war. Umso verständlicher war die Mauerhaltung der Anwesenden gegenüber der Polizei, den Theo war so etwas wie ein kollektiver Feind gewesen. Samy hatte gehofft, Nate zu helfen, indem sie zu den einzelnen Aussagen etwas beisteuerte. Doch es war ihr nicht gelungen, viel hinzuzufügen.

Es war so, wie Nate behauptete, die Gäste bildeten eine einheitliche Front und bestätigten sich gegenseitig, jede Minute des Mordabends in Gegenwart anderer Gäste verbracht zu haben. Obwohl sie die Aussagen mehrfach durchgegangen waren, hatten weder Samy noch Cor etwas entkräften können. Alle Protokolle wirkten schlüssig und waren so banal, dass sie keine Angriffsfläche boten, um als Lüge enttarnt zu werden. Die eine Hälfte hatte miteinander getanzt, während die andere Hälfte gemeinsam getrunken hatte. Dies war nur eine Vereinfachung der Kernaussagen, doch im Wesentlichen verdeutlichte es das Dilemma der Polizei.

Zusätzlich waren manche Gäste durch laute Wortgefechte allgemein und sogar Samy oder Cor aufgefallen, während andere so auffällig gekleidet gewesen waren, dass sie omnipräsent gewesen waren.

Dagegen etwas zu sagen oder das Gegenteil zu behaupten, war nahezu unmöglich und trieb Samy an den Rand der Verzweiflung. Doch sie wusste, dass zumindest eine Person log.

Auch als sie wieder auf dem Rückweg war, zermarterte sie sich das Hirn, weil sie es für undenkbar hielt, nicht wenigstens eine Aussage als falsch zu entlarven. Doch leider waren ihre Bemühungen bisher erfolglos geblieben.

Doch nicht nur die Party schien wasserdicht zu sein. Genauso verhielt es sich auch mit den Minuten, die Samy vor der Tür der Gästetoilette verbracht hatte. Sie fragte sich, ob der Mord geschehen war, während sie vor der Tür wartete, und Grauen überkam sie. Um sich zu beruhigen, redete sie sich ein, den Mord sicherlich um ein paar Minuten verpasst zu haben. Aber tief im Inneren wusste sie, dass es die Sache am Ende des Tages nicht besser machte. Also wendete sie sich den Erinnerungen an den Streit zu, den sie gehört hatte. Doch auch hier lag alles im Dunkeln. Sie konnte weder die gedämpften Stimmen zuordnen noch sicher sein, wer fortgeeilt war, nachdem die Tür sich kurz geöffnet hatte. Irgendwie hatten alle Männer gleich ausgesehen und jede Mutmaßung wäre haltlos gewesen.

Wenn sie versuchte sich auf den Abgang der Gastgeber und die Rückkehr von Les Burton nach ein paar Minuten zu konzentrieren, kam sie ebenfalls nicht weiter. Die Angelegenheit war so bizarr gewesen, dass sie keinen Anhaltspunkt bot.

Die Burtons hatten sich im Flur lauthals gestritten, Emily war die Treppe hinauf gepoltert, während ihr Mann durch den Flur Richtung Eingang gerannt und hinausgestürmt war. Kurz nachdem Samy die Leiche gefunden hatte, war er wieder hereingekommen.

Das alles war total verworren, denn niemand konnte genau sagen, wie lange Theo im Bad gelegen hatte. Der gesamte Zeitraum erstreckte sich nur über wenige Minuten, die sich unmöglich weiter eingrenzen ließen.

Auch wenn das Zeitfenster klein war und Samy vor der Tür gestanden hatte, bot es alle Möglichkeiten. Besonders, da angeblich keiner der Gäste die Gästetoilette aufgesucht hatte. Das war natürlich Nonsens, dennoch konnte man schwer das Gegenteil beweisen, weil alle dies zu Protokoll gegeben hatten.

Les Burton hatte nach allem, was sie inzwischen wussten, ein Motiv, und wahrscheinlich galt dasselbe für Emily. Sicherlich musste man herausfinden, was zwischen Les und Theo auf der Party vorgefallen war, von der Joes Mutter berichtet hatte. Doch es war nicht unwahrscheinlich, dass es auch für die Ehefrau Konsequenzen gehabt hätte. Das gleiche galt für Dr. Anita Freshman – auch sie hatte gute Gründe, den Toten zu hassen. Daraus hatte sie keinen Hehl gemacht. Mindestens sie und die Burtons wussten von der verborgenen Tür hinter dem Spiegel und hatten somit Gelegenheiten gehabt, den Raum wann auch immer unbemerkt zu verlassen.

Allerdings hatte Anita, wie Nate in Erfahrung gebracht hatte, mit dem Vater der Gastgeberin getanzt, als man sie zu dem Toten rief. Und Emilys Vater behauptete, dass er mindestens die letzten fünf Tänze mit der Ärztin absolviert hatte. Was konkret mindestens 15 Minuten bedeutete und ihr die Möglichkeit nahm, den Mord verübt zu haben.

Die Burtons gaben an, sich gegenseitig angebrüllt zu haben, womit auch sie aus dem Schneider waren, denn auch hier war nicht das Gegenteil zu beweisen. Samy musste zugeben, dass sie die Aufenthaltsorte der beiden zumindest ansatzweise bestätigen konnte.

Emily wollte ihren Mann vom Schlafzimmerfenster ausgesehen haben, als er herausstürmte. Sie hatte daraufhin das Fenster aufgerissen und ihn weiter angebrüllt. Er wiederum konnte sehr detailliert zu Protokoll gegeben, was seine Frau ihm an den Kopf geschmissen hatte.

Damit schloss sich auch diese Tür wieder, zumindest so lange, bis sich eventuell beweisen ließ, dass sie den guten Theo zusammen ins Jenseits befördert hatten – was sich aber auch nicht stimmig anfühlte.

Samy hätte die Hand dafür ins Feuer gelegt, dass die beiden logen. Doch ihr war bewusst, dass dies nicht nur auf die beiden zutraf und somit irrelevant war.

Sie sah kein Licht und konnte nur hoffen, dass sie oder Nate und seine Leute über irgendetwas stolpern würden, was den Mörder entlarvte.

Insgeheim beschlich sie jedoch seit dem Brunch bei Valerie und Richard Chering-Smyth das Gefühl, dass es gut möglich sein konnte, dass die Sache ungeklärt im Sande verlief.

Auch wenn ihr so etwas früher niemals in den Sinn gekommen wäre, hallten Bels Worte laut in ihr nach.

Immerhin hatte sie von mehreren Todesfällen gesprochen, die sich in den letzten Jahren auf Festen der feinen Gesellschaft ereignet hatten.

Langsam gewann sie den Eindruck, dass es auch hier eine Parallelwelt gab, die sie nicht kannte und wo sie begann, sich zu fragen, ob sie wirklich Teil davon sein wollte.

Kapitel 11

Ein Spaziergang

Der Abend mit Cor in der Bar seines Hotels war erheiternd, weil sie mit seinem Freund Lucas viel gelacht hatten. Für ein paar Stunden hatte sich nichts um den Mord gedreht. Als Bel zu vorgerückter Stunde zu ihnen gestoßen war, hatten sie sogar überlegt, in einen Nachtclub nach Reading zu fahren. Nach diversen Überlegungen waren sie sich jedoch einig gewesen, dass sie besser darauf verzichteten, weil die nächsten Tage anstrengend werden würden.

Bel hatte sie zwar als Langweiler bezeichnet, aber ihr schnelles Einlenken hatte vermuten lassen, dass sie auch nicht scharf auf einen nächtlichen Ausflug gewesen war.

Also machten sie es sich an Lucas Tresen bequem und ließen sich von ihm mit netten Anekdoten aus dem Hotelalltag unterhalten. Samy war dankbar für den unbeschwerten Moment und vergaß all die Ungereimtheiten. Fast hätte sie es geschafft, den Abend genauso zu schließen, doch als alle in Aufbruchsstimmung waren, zeichnete sich plötzlich auf Bels Gesicht Überraschung ab.

Samy hatte von den Anmachversuchen der Oxford-Jungs auf der Party der Burtons erzählt und mit Lucas darüber sinniert, wie wenig manche Menschen von der Arbeitswelt wussten, als Anabel still geworden war.

Zunächst war das keinem aufgefallen, doch irgendwann hatte Cor sie angesprochen und keine Antwort erhalten.

Sein Beleidigtes: »Dann eben nicht!«, hatte Samy aufgeschreckt und sie hatte Bels veränderten Gesichtsausdruck bemerkt.

»Was ist los?«, wollte sie wissen und musste ihre Frage wiederholen, weil die Freundin nicht reagierte.

»Du siehst aus, als hättest du ein Gespenst gesehen«, war Lucas Kommentar und Samy fand, dass er damit nicht falschlag.

Als Bel sich wieder fing, hätte Samy sich gewünscht, sie hätte es nicht getan, denn schon waren sie wieder bei dem Mord angekommen.

Innerhalb weniger Augenblicke war die festliche Atmosphäre in der Hotelbar gekippt und Samy begann zu frieren, als Bel berichtete, was ihr eingefallen war.

»Wo ihr gerade über Conrad und die anderen sprecht, ist mir bewusst geworden, dass ich am Sonntag bei Val ein paar Wortfetzen aufgeschnappt habe, die ich nicht beachtet hatte. Ehrlich gesagt weiß ich nicht, ob ich mich wirklich damit beschäftigen möchte. Es widert mich an, andere Leute in Misskredit zu bringen, besonders, wenn es auf der anderen Seite um eine Ratte wie Theo Leicester geht.«

Samy und Cor hatten sich alarmiert angeblickt und Bel gedrängt weiterzureden. Für einen Moment hatte es allerdings so ausgesehen, als wolle sie schweigen. Doch Samy hatte darauf beharrt, dass es nicht richtig war, ein Verbrechen nicht aufzuklären – egal an wem.

»Du hast keine Ahnung, was dieser Mann zerstört hat«, hatte sie wütend gekontert und Samy war das Herz in die Hose gerutscht.

Sie wollte sich nicht vorstellen, dass die Machenschaften des Toten bis in die Familie von Sir Charles gereicht hatten. Dies würde bedeuten, dass auch ihre Freunde Gründe gehabt hätten, ihm nach dem Leben zu trachten.

Doch Bel war nicht für ihre Argumente über Gerechtigkeit offen und hatte ein von Theo zerstörtes Leben nach dem nächsten geschildert. Lucas stimmte ihr zu und manchmal warf er noch weitere schockierende Details ein.

Samy und Cor waren bedrückt wegen all der Grausamkeiten, die der kleine Mann verbreitet hatte. Samy fragte sich laut, was einen Menschen zu derartigem Zerstörungswahn anstachelte.

»Bei manchen braucht es dafür nicht viel, meine Gute«, warf Cor ein und sprach über die Abgründe der menschlichen Seele.

»Und dennoch«, unterbrach Samy ihn, »sind wir nicht besser, wenn wir rechtfertigen, dass einer ihn einfach aus dem Weg räumt«, beharrte sie.

Danach trat Schweigen ein und Samy fragte ein paar Augenblicke später Bel erneut, was ihr einen Schrecken versetzt hatte. Daraufhin berichtete die Freundin, was sie zwischen Buffet und Glühpunsch gehört hatte. Dort war Matthew aus Conrads Clique, der junge Assistent von Richard, mit einem der anderen Gäste über Theo sehr direkt geworden – wenn auch flüsternd.

»Eigentlich habe ich gar nichts gehört« versuchte Bel es herunterzuspielen, gab bei Samys eindringlichen Blick aber nach und redete weiter.

»Fragt mich nicht, mit wem er gesprochen hat, ich weiß es nicht, den anderen habe ich nicht erkannt. Ich war ohnehin anderweitig beschäftigt, deswegen war mir das auch entfallen.«

»Bel!«, forderte Cor sie auf und dann redete sie wie ein Wasserfall.

»Ich habe gehört, wie Matthew den Tod von Theo gefeiert hat. Sicherlich hatte er zu viel getrunken und hat das alles nicht so gemeint. Aber nun ja, er hat behauptet, er habe sich in den letzten Jahren unzählige Male ausgemalt, den Scheißkerl zu töten, und es fühle sich befreiend an, zu wissen, dass er tot sei.«

Samy war schockiert, doch Cor kam ihr zuvor.

»Wie kommt es zu solch einer Aussage? Ist sie allgemeiner Natur oder hat der junge Mann einen expliziten Grund für diese Aussage?«

Bel sah ihn lange an. Schließlich war es Lucas, der etwas anmerkte, wenn es auch zunächst nur eine Frage an Sir Charles' Tochter war.

»Ich nehme an, du redest von Matthew Bollinger.«

Nachdem Bel genickt hatte, aber dennoch nicht weitersprach, war es Lucas, der die Bombe platzen ließ.

»Seine Mutter hat sich vor ein paar Jahren das Leben genommen, nachdem Theo ihren Mann in einer Kolumne demaskiert hatte. Matthews Stiefvater war ein zwielichtiger Typ, was der Familie ohnehin zugesetzt hatte. Dank Theos Artikel wusste aber die gesamte Society, dass er vorbestraft war und mit nicht weniger als Anstiftung zur Prostitution in Verbindung gebracht wurde. Damit war die Familie untragbar und Matthews Mutter kam mit der Schmach nicht zurecht. Perverserweise muss man sagen, dass ihr Freitod den beiden Söhnen Matthew und Henry eine Rückkehr in den erlauchten Kreis ermöglichte. Sie konnten nichts für die Fehltritte ihrer Eltern und nachdem die Mutter sich das Leben genommen hatte, galt ihnen das Mitgefühl aller.«

Bel starte in ihr leeres Glas und Samy fehlten die Worte. Cor stand auf und pfiff leise, während er seinen Drink abstellte. Er war in ein dunkles Sakko und weißes Hemd mit seidenem Halstuch gekleidet – seine neueste Marotte – und hatte den gesamten Abend über frisch und ausgeruht gewirkt. Nun zeichneten sich aber tiefe Falten auf seiner Stirn, die er grübelnd hochzog.

»Ich muss betonen, ihr Leute hier lebt einen Lebensstil, der so viel Dynamit enthält, dass mein eigenes Leben mir sehr klein und eindimensional vorkommt.«

Wenn man ihn kannte, hörte man die Missbilligung in seinen Worten und Samy wusste, woher sie rührte. Cor genoss das Leben in vollen Zügen. Er gab immer Vollgas, war immer dabei, wenn es etwas zu feiern gab, und kannte die angesagtesten Menschen, Clubs und Gesprächsthemen. Er war für alles zu haben und gerne mittendrin. Aber er hatte eine Abneigung gegen alles, was anderen Menschen Schaden zufügte. Über einiges konnte er hinwegsehen und er war auch kein Moralapostel. Doch Dinge wie Prostitution oder andere kriminelle Machenschaften, die Menschen an einer glücklichen Lebensführung hinderte, waren ihm verhasst und diese musste man bekämpfen.

Die Verfehlungen, die im Zusammenhang mit Theo Leicesters Tod ans Licht kamen, wurden unangenehmer. Samy verstand, dass es Cor widerstrebte, wie vieles unter den Teppich gekehrt wurde, damit die Gesellschaft sich nicht mit einem Mord konfrontiert sah.

Zum wiederholten Male keimte die Frage, ob sie wirklich dazugehören wollte, in ihr auf. Daher schloss sie sich Cor an, als er die Runde verließ und stimmte zu, als er leise anregte, am nächsten Tag einen langen Spaziergang zu machen.

»Ich weiß nicht, wie es dir geht, meine Liebe, aber ich brauche Abstand von dieser Kloake. Ein paar Stunden an der frischen Luft, weit ab von allem und vor allen Dingen ab von allen, stände uns beiden gut zu Gesicht. Was meinst du?«

Dankbar für diesen Vorschlag erzählte sie ihm von einer Neuentdeckung, einem wunderschönen Hotel nicht weit von Windsor, das sie gefunden hatte.

»*The Great Fosters* gehört zu den kleinen Luxushotels und ist ein Juwel. Es liegt in Egham und ist umgeben von gigantischen Grünanlagen. Was hältst du davon, wenn wir uns von Faward bringen lassen und dort spazieren gehen?«

Wie immer hatte er noch während sie sprach den Namen des Hotels in sein Handy eingegeben und scrollte beeindruckt durch die Webseite.

»Das sieht fantastisch aus, Frau Doktor. Ich werde dich nach einem ausgedehnten Spaziergang in der Patisserie zum High Tea ausführen und mir einen Überblick über das Haus verschaffen. Vielleicht ist es ja eine Überlegung wert, dort abzusteigen, falls sich die Frühstückssituation hier unschön wiederholen sollte. Sagen wir zwei Uhr?«

Samy musste lachen. Sie wusste, dass er auf den Pathologen der Krimiserie Morse ansprach, weil dieser die Polizisten immer mit dieser Frage zur Obduktion bat.

»Du bist verrückt, aber ja, sagen wir zwei Uhr!«

Sie verabschiedete sich mit einem Kuss auf die Wange und war froh, dass er dem Abend im letzten Moment einen versöhnlichen Abschluss verpasst hatte.

Kapitel 12

Das Gasthaus im Wald

Samy sog die frische Luft ein und genoss den Duft des Tannenwaldes, der sie umgab. Immer wieder blieb sie stehen und atmete mit geschlossenen Augen tief ein.

Zusammen mit Cor war sie seit mehr als zwei Stunden unterwegs und trotz des überwiegend diesigen Wetters hatte sie immer noch nicht genug von der Reinheit und Frische, die die sanfte Hügellandschaft Surreys ihnen bot.

Faward hatte sie zur Einfahrt des Luxushotels gebracht und sie waren von dort aus gleich auf einen der Wanderwege eingebogen. Samy hatte Cor nicht die Gelegenheit gegeben, einen Blick auf das wunderschöne Gebäude zu werfen, denn sie wollte verhindern, dass er gleich einkehren und etwas essen wollte. Sie hatte ein großes Bedürfnis nach Bewegung und wollte niemanden sehen.

Im Grunde war es für Cor dasselbe, denn erst sein Wunsch, allem zu entfliehen, hatte sie auf die Idee gebracht, herzukommen. Doch er ließ sich schnell von Verlockungen ablenken, daher war es besser, sie ihm nicht zu präsentieren. Später würden sie ins *Great Fosters* einkehren, doch bis dahin galt es, die Schönheit der Umgebung zu genießen.

Dies war ein besonderer Flecken Erde, der für England unglaublich geschichtsträchtig und bedeutend war. Sie waren nicht weit entfernt von Virginia Water und den

Superreichen, wo sie am Freitagabend gewesen waren. Doch davon war hier nichts zu spüren. Immer, wenn sie die Waldstücke verließen, lagen vor ihnen die sanften Hügel Südenglands, die auch im Winter wunderschön anzusehen waren.

Das Hotel gehörte zur Gemeinde Runnymede und lag in der sanften Hügellandschaft, die England an dieser Stelle so zauberhaft machte; zum Magna Carta Monument war es nicht weit. An dieser Stelle wurde im 13. Jahrhundert die Situation des englischen Adels neu geregelt und veränderte die Kräfteverhältnisse. Die Adligen erhielten andere und weitere Rechte im Verhältnis zu ihrem König und auch die Kirche wurde unabhängig von der Krone. Die Statuten der Magna Carta bildeten auch heute noch eine Säule des Zivilrechts und der Verfassung. Somit gab es nicht viele Orte auf der Insel, die von derartiger Bedeutung waren.

An diesem stillen Wintermorgen war es so, als könne man spüren, auf welch historischem Boden man spazierte. Besonders, da Cor ein wandelndes Geschichtsbuch war und darüber referierte, was King John geschaffen hatte. Samy hörte ihm fasziniert zu. Das meiste davon wusste sie nicht. Außerdem konnte sie sich auf die Richtigkeit aller Details verlassen, denn Cor war ein Hobbyhistoriker mit einem Faible für die englische Monarchie. Wahrscheinlich wusste er mehr, als die meisten Engländer, und es bereitete ihm viel Freude, Samy damit zu beeindrucken. Sie ließ ihm dieses Vergnügen gerne, denn einerseits hatte sie ihm zu verdanken, dass ihr Fest am Samstag überhaupt stattfand und außerdem hatte sie ein schlechtes Gewissen.

Er war voller Freude für eine rauschende Weihnachtssaison angereist und gleich an seinem ersten Abend hatte sich der ekelhafte Mord ereignet und seitdem alles überschattet.

Es war nicht von Ungefähr gekommen, dass er das Bedürfnis geäußert hatte, Abstand von Windsor zu bekommen. Zwar empfand sie seinen Ausdruck der Kloake als hart, doch im Grunde stimmte es – je besser man die Menschen der Society kennenlernte, umso mehr musste man sich damit abfinden, dass es sich um ein Grüppchen von reichen Schnöseln handelte, die es mit vielen Werten nicht ernst nahmen. Ehrlichkeit und Loyalität schienen beliebig einsetzbar und kein gängiger Standard zu sein.

Alkohol bestimmte oftmals den Alltag, Seilschaften ermöglichten unsinnige und oftmals unqualifizierte Karrieresprünge und auch Treue – egal ob dem Partner oder Arbeitgeber gegenüber – schien nicht allzu hoch bewertet zu werden.

In gewisser Weise konnte man durchaus sagen, dass hinter den Fassaden der Nobelanwesen des Landes Sodom und Gomorra herrschte.

Natürlich konnte man diese Einschätzungen nicht verallgemeinern, Sir Charles und Lady Helen waren ein glänzendes Beispiel für das Gegenteil. Doch leider war es auch so, dass man in ihrem Umfeld all die beschriebenen Abgründe zuhauf vorfand. Insgeheim hatte Samy sich schon mehrfach gefragt, wie Menschen von Sir Charles' Schlag mit dem klarkamen.

Andererseits hatte gerade er als bekanntester Strafverteidiger des Landes sicherlich schon andere Sachen gesehen.

Sei es drum, Samy wollte Cor zumindest für ein paar Stunden eine andere Aussicht auf das Leben bieten. Aussicht im wahrsten Sinne des Wortes, denn sie standen am

Rande eines Tannenwaldes und blickten auf die sich hinschlängelnde Themse, als Cor in seinem Referat innehielt und den Wunsch nach einer Tasse Tee äußerte.

»So schön es hier auch ist, meine Liebe, ich bin der Meinung, wir haben uns genug die Füße vertreten und ein paar Köstlichkeiten wären durchaus angebracht. Mich zumindest gelüstet es danach.«

Er deutete auf seine robusten Wanderschuhe und fügte beinahe wie eine Drohung hinzu: »Wir sollten meine Füße nicht überstrapazieren. Du weißt, wohin das führt!«

Samy stimmte zu und erinnerte sich an seinen letzten Besuch im Spätsommer, als er mit sich mit neuen Schuhen eine Blase gelaufen hatte. Er hatte wegen der Angelegenheit ein wahnsinniges Trara veranstaltet, was aber dazu geführt hatte, dass sie ein Verbrechen aufklären konnten.

Sie konnte es sich nicht verkneifen, ihn an sein tagelanges Gejammer zu erinnern, und erntete einen mitleidigen Blick von ihm. Während sie den Wanderweg zurückliefen, rieb er ihr seinen damaligen Triumph unter die Nase.

»Wir sollten die Tatsachen schon beim Namen nennen. Hätte ich wegen meiner Verletzung nicht das Ärztehaus aufgesucht, wäre uns das entscheidende Puzzlestück zum Mord an deiner Yogatante entgangen.«

»Cor!«, wies sie ihn wegen der despektierlichen Titulierung der Verstorbenen zurecht und durfte sich erneut einen Vortrag anhören.

»Was denn? Du willst doch nicht moralisch werden und die Dame posthum aufwerten! Ich glaube, die Spucke können wir uns sparen, nicht wahr?«

Da er im Recht war und auch Samy wusste, dass die ehemalige Besitzerin des Yogastudios alles andere als eine nette Person gewesen war, beließ sie es dabei.

»Gehst du immer noch dahin? Ich habe schon lange nichts mehr von deinen körperlichen Ertüchtigungen gehört. Gelaufen bist du auch noch nicht, seit ich hier bin, oder? Du wirst doch nicht faul werden, meine Gute? Glaub mir, das würde dir nicht gut stehen.«

Samy war sprachlos, denn er schaffte es immer wieder, in wenigen Sätze so viel hineinzupacken, dass man sich zwangsläufig vor den Kopf gestoßen fühlte. Es war nie seine Absicht, jemanden zu verletzen oder zu beleidigen, doch seine Ehrlichkeit brachte das nur allzu häufig mit sich. Daher fiel ihre Antwort auch schroffer aus, als beabsichtigt.

»Natürlich gehe ich noch zum Yoga! Warum auch nicht? Im Studio hat sich nichts geändert, außer, dass Carol noch mehr Kurse anbietet als zuvor. Wenn du da bist, nehme ich freundlicherweise an den ersten Kursen um acht Uhr morgens teil. Das heißt, ich quäle mich in der Dunkelheit, um unsere gemeinsame Zeit nicht einzuschränken.« Dabei sah sie ihn vorwurfsvoll an, doch Cor ließ sich nicht aus der Fassung bringen.

Stattdessen nickte er und meinte gönnerhaft: »Ah, sehr löblich, meine Liebe. Das finde ich vorbildlich.« Und als wäre dies nicht genug gewesen, setzte er noch einen drauf. »Da kommt ganz die Lehrertochter durch. Siehst du, der Drill deiner Mutter war doch etwas wert.«

»Cor!«, empörte Samy sich noch einmal und sah das verräterische Zucken um Cors Mund, bevor er lachte.

»Ich zieh dich doch nur auf und weiß es zu schätzen, dass du versuchst, mir deine Zeit zu widmen. Sollst du gar nicht! Du weißt, wie wichtig es ist, dass du dich und deine Bedürfnisse an erste Stelle stellst.«

»Ach, Cornelius«, murmelte sie ergriffen und hakte sich bei ihm ein. Sie schätzte es, dass er immer ihr Wohl im Auge hatte, und sofort waren die Bemerkungen, die sie auf die Palme gebracht hatten, wieder verpufft. Daher ließ sie ihn auch wissen, dass sie lediglich ihr Laufpensum im Winter ein wenig reduziert hatte, weil sie an Tagen, wo es schneite oder Glatteis die Straßen überzog, nichts riskieren wollte.

»Carol hat mehrere Laufbänder für das Yogastudio angeschafft und die nutze ich, wenn Joggen nicht möglich ist. Du brauchst dir also keine Sorgen zu machen, dass ich mich nicht genug bewege«, erläuterte sie und fügte tadelnd hinzu, dass er dennoch nicht auf ihre Mutter und deren Erziehungsmethoden verweisen musste.

Klaudia Wilde nicht zu erwähnen war ihr ungeschriebenes Gesetz, denn keiner wollte ihr mehr Macht einräumen, als sie sich all die Jahre über Samys Leben herausgenommen hatte.

»Touche!«, stimmte er zu und wechselte sofort das Thema.

»Was gibt es von deinen indischen Freunden Neues? Ich hoffe sehr, dass der gute Ramesh meinen Rat befolgt und auch deutsche Produkte ins Sortiment genommen hat.«

Samy blieb stehen und schlug sich spielerisch vor die Stirn. »Ach, das habe ich ganz vergessen. Ramesh lässt dir herzliche Grüße ausrichten. Er ist zwar nicht begeistert, dass ich mich weigere, Brühwürstchen zu kaufen, meint aber, deine Empfehlung sei Gold wert gewesen. Seine Kunden wären ganz verrückt nach dem deutschen Sortiment.«

Cornelius wirkte zufrieden und quittierte das Gehörte mit einem schlichten: »Natürlich!«

Dann lief er gut gelaunt schnellen Schrittes voraus und forderte Samy auf, sich ein wenig zu beeilen.

»Sehr schön, sehr schön, meine Liebe. Nun leg mal einen Zahn zu, der High Tea wartet und ich bin sehr gespannt, ob dieses Haus hält, was du mir versprochen hast.«

»Cornelius, ich kann wirklich nichts versprechen, weil ich selbst noch nicht hier war. Ich bin bei Instagram darauf aufmerksam geworden und habe mir die Webseite angeschaut. Die sieht, wie du ja gesehen hast, sehr vielversprechend aus. Die Preise sind auch ziemlich happig, was ein Indiz dafür ist, dass wir mit dem Angebot zufrieden sein können.«

Cor schüttelte den Kopf und wies sie zurecht.

»Ach, Frau Doktor, das hört sich beinahe so an, als hättest du immer noch ein Problem mit hohen Preisen. Ich hatte gehofft, dass du das überwunden hast und verinnerlichst, dass alles Anspruchsvolle und Gute auch eine angemessene Vergütung erfordert.«

Samy wollte sich erklären, verkniff es sich jedoch, denn diese Diskussion hatten sie schon unzählige Male geführt. In der Ferne waren bereits die symmetrischen Gärten der Hotelanlage zu sehen und damit hatte Cor ein neues Thema.

Manchmal war sie geneigt zu sagen, dass er die Aufmerksamkeitsspanne eines Kleinkindes hatte.

Das *Great Fosters* war ein Luxushotel, das mehr als fünfzig Zimmer und Suiten beherbergte. Eingebettet in eine heimelige Landschaft und dennoch vor den Toren Londons, war es ideal für Gäste, die sich nicht zwischen Landleben und Großstadtreiz entscheiden konnten.

Sie mussten allerdings das nötige Kleingeld mitbringen, denn günstig war im *Great Fosters* nichts. Das geübte Auge begriff diese Tatsache bei Erreichen der Anlage. Hohe Ziegelmauern schlängelten sich entlang der Straße und öffneten sich mit zwei Säulen und einem schmiedeeisernen Tor zu einer langen und kiesbedeckten Einfahrt. Von hier aus hatte man freie Sicht auf das große Haus, das ebenfalls aus Ziegelsteinen im Tudorstil erbaut wurde.

Irgendwo hatte Samy gelesen, dass es in den Dreißigerjahren des letzten Jahrhunderts zum Hotel geworden war und schon viele bekannte oder bedeutende Zeitgenossen beherbergt hatte.

Genau diesen Eindruck erweckte es auf den ersten Blick. Aus der Ferne sah Samy die vor dem Eingang geparkten Bentleys und Rolls Royces, die sich zwischen dem schicken Haus und den winterlichen, aber dennoch sehr gepflegten Gartenanlagen positioniert zu haben schienen.

Sicherlich waren sie auf den dafür vorgesehenen Parkplätzen abgestellt worden, doch mit den zum Ausgang gerichteten Scheinwerfern, wirkten die Fahrzeuge so, als blickten sie Neuankömmlinge abschätzend an.

Cor nahm alles in sich auf und schien eine erste Bestandsaufnahme zu machen. Dabei war Samy klar, dass zwei Herzen in seiner Brust schlugen. Einerseits würde er sich für ein exquisites Hotel entschieden, andererseits liebte er auch die Lebendigkeit, die sich vor der Tür des Castle Hotels in Windsor abspielte. Hier befanden sie sich im Nirgendwo, während das Castle Hotel im Herzen Windsors lag.

Sie war gespannt, wie er nach ihrem Besuch denken würde, und hatte gleich mit dem ersten Schritt, den sie in den Eingangsbereich setzten, den Eindruck, dass es eine sehr schwere Entscheidung werden würde.

Die Decken waren niedrig mit alten Balkenkonstruktionen, die in ihrem dunklen Braun einen starken Kontrast zu den weißen Decken darstellten.

Gegenüber der Eingangstür befand sich ein breiter Tresen, der als Empfangstresen diente. Dort standen drei Hotelangestellte in gestreiften Sakkos, um den ankommenden Gästen alle Wünsche zu erfüllen. Im großzügigen Bereich davor waren mehrere Gruppen von gemütlichen Samtsofas angeordnet.

Während Cor an die Rezeption schritt, um sich einen Überblick über das Zimmerangebot zu verschaffen, blickte Samy sich unauffällig um. Im Hintergrund lief leise Musik und die Luft war von einem angenehmen Weihnachtsduft erfüllt. Sicherlich kam er nicht von den vielen Tannenbäumen, die die Halle schmückten, denn diese waren zwar wunderschön dekoriert, jedoch nicht echt. Daher vermutete Samy, dass Diffuser aufgestellt waren, die für eine konstante Versorgung mit einem Vanille-Zimt-Potpourri sorgten.

Über sämtlichen Türen und Durchgängen waren Kränze angebracht, die so dezent und elegant waren, dass sie das Ambiente maximal abrundeten. Es gab kein festes Farbschema, wie es sonst in Hotels üblich war, nach dem Motto *alle Bäume in Beige und Gold, alle Kränze in Grün und Rot oder* Ähnliches.

Stattdessen gab es von allem etwas, unterschiedliche Farben, unterschiedliche Stile und Nussknacker neben einem der Kamine, die nicht zu den Engeln auf dem Tresen passten.

Aber diese bunte Mischung verlieh dem Hotel einen besonderen Charme, denn alles wirkte so, wie im eigenen Zuhause, wo die meisten Mensch alles aus einem Guss dekorierten. Meist akzeptierte man schließlich die Tatsache, dass Weihnachtsschmuck eine organische Angelegenheit ist, die mit den Jahren wuchs und sich veränderte. Die

Kinder bastelten im Kindergarten etwas, was unbedingt an den Baum musste, und die Schwiegereltern brachten von ihrer Reise nach Prag Glas-Ornamente mit, die zwar gut gemeint und dennoch hoffnungslos am eigenen Geschmack vorbei waren – dennoch wanderte alles in die Kiste mit Dekorationen und wurde Jahr für Jahr wieder hervorgeholt.

Genauso heimelig wirkten auch die Gäste in den Sitzgarnituren. Sie trugen keine übertriebene Garderobe, sondern waren gekleidet, wie man es von englischen Landadligen erwartete – Cord-Sakkos mit Hornknöpfen, Wollröcke und gemusterte Strickjacken sowie vernünftige Schuhe. Altersmäßig bewegte sich das Klientel von fünfundvierzig an aufwärts und Samy fragte sich, ob Cor wirklich hierher passte.

Doch dann blickte sie in einen der angrenzenden Räume und war überrascht. Er war lichtdurchflutet, weil er in eine Orangerie überging, deren Verglasung jeden Sonnenstrahl einfing. Gerade, als sie checken wollte, ob sie und Cor dort ihren High Tea einnehmen konnten, signalisierte er ihr, sie solle zu ihm und einer Dame des Rezeptionspersonals stoßen. Er hatte eine Führung organisiert und wollte so die einzelnen Zimmerkategorien erkunden.

»Da hätte ich dich gerne bei, meine Liebe!«

Die junge Frau hieß Samy ebenfalls willkommen und ging voraus. Auf den Aufzug verzichteten sie, denn mehr als ein oder zwei Stockwerke konnten es schließlich nicht sein, wo man sie hinführte. Stattdessen nahmen sie das Treppenhaus mit seinen flachen Stufen, die mit einem derart dicken Teppich ausgelegt waren, dass man glaubte, auf Watte zu gehen.

Als sie das oberste Stockwerk mit Gästezimmern erreichten, stellte Samy überrascht fest, dass der lange Flur, der sich in beide Richtungen erstreckte, in Weiß gehalten war und trotz der kleinen Fenster mit ihrer Bleiverglasung hell wirkte. Bei genauerem Hinsehen fielen ihr die geschickt angebrachten indirekten Beleuchtungen auf und sie beschloss, sie sich als Anregung für den Umbau der Wohnung des Majors zu merken.

Doch innerhalb der nächsten halben Stunde begegneten ihr noch so viele andere Details, die sie gerne in ihrem persönlichen Umfeld hätte, dass sie schnell den Überblick verlor und nicht sicher war, sich an alles erinnern zu können.

Auch wenn das *Great Fosters* in einem alten Gebäude untergebracht war, verfügten die Zimmer und Suiten über den neusten technischen Schnickschnack und versetzten sie und Cor ins Staunen.

Intuitive Beleuchtung – Samy hatte nicht einmal gewusst, dass es so etwas gab -, sich selbst regulierende Soundsysteme, Infrarotsauna-Elemente, die sich hinter Wandverkleidungen versteckten und vieles mehr rechtfertigten beinahe alles. Und dennoch kamen ihr die Preise, die sie auf der Liste ablas, die Cor ihr überreicht hatte, exorbitant vor.

Allerdings würde sie einen Teufel tun und diese Bedenken äußern. Um nichts in der Welt wollte sie die Diskussion von vorhin wieder aufnehmen und darüber debattieren, dass alles Hochwertige auch entsprechend vergütet werden musste.

Ihr konnte es ohnehin gleich sein, denn sie plante nicht, sich einzumieten. Vielmehr interessierte sie die Patisserie und das Restaurant. Vielleicht auch noch das Spa, denn all dies waren Angebote, die sie sich für Tagesausflüge vorstellen konnte.

Diese Bereiche wurden ihnen auch gezeigt und Samy konnte nicht anders, als sie als einladend zu empfinden.

Das gesamte Haus war von dem verführerischen Duft erfüllt und ihr Wunsch nach etwas Süßem war inzwischen unbändig. Daher versuchte sie, ein wenig zu drängen, da sie die Saunen und den Innenpool auch noch in Augenschein nehmen wollte. Alles war zweifelsohne imposant, doch Samy hatte im Vorbeigehen am Restaurantbereich auch den Duft von frischgebackenen Scones aufgeschnappt und konnte es kaum erwarten, endlich eine dieser wunderbaren Köstlichkeiten dick mit Clotted Cream und ein bisschen Marmelade zu bestreichen.

Cor schien es nicht anders zu gehen, denn auch er begann die nette Angestellte zielstrebig in die Richtung der Eingangshalle zu lenken. Dort angekommen bedankte er sich für die ausführliche Führung und versprach, dass Hotel bei seiner nächsten Reise zu berücksichtigen.

Sie ließen sich von einem anderen Mitarbeiter ins Restaurant begleiten, wo sie es sich in einer kleinen Fensternische mit gestreiften Kissen gemütlich machten. Cor überließ Samy den gepolsterten Fenstersitz, weil er kaum hineinpasste. Allerdings musste sie feststellen, dass er ihr damit keinen Gefallen getan hatte. So schön die bleiverglasten Butzenfenster aussahen, es zog durch sie wie Hechtsuppe.

Einen Moment spielte sie mit dem Gedanken, ihre Steppjacke anzulassen, wusste jedoch, dass dies ein absolutes No-Go gewesen wäre. Engländer schienen generell gegen Kälte gewappnet zu sein, und niemand hatte Verständnis für Gäste, die ihre Winterjacken nicht ablegten. Damit outete man sich als Tourist und solch ein peinliches Verhalten wäre in diesen heiligen Hallen unvorstellbar.

Außerdem wäre Cor wahrscheinlich vor Scham im Boden versunken. Also lenkte sie sich ab, indem sie sich die ledergebundene Karte für die Tee-Angebote anschaute. Obwohl Cor sie drängte, wie er einen umfänglichen High Tea mit allem Drum und Dran samt Champagner zu nehmen, entschied sie sich für einen schlichten Cream Tea. Ihr reichten zwei Scones und Alkohol wollte sie nicht trinken.

Cor ließ sich jedoch nicht beirren und war zufrieden, als die gigantische Etagere auf einem Servierwagen herangerollt wurde. Auf drei Etagen stapelten sich süße und herzhafte Leckereien, gleich daneben stand ein schlichter weißer Teller mit Scones, selbst Samy kam sich mit ihrer Auswahl mickrig vor. Doch zu ihrer Überraschung tauchte ein weiterer Kellner auf und servierte ihr eine Miniatur Etagere, wo sich auf der oberen Etage zwei wunderschöne Scones befanden, während auf dem unteren Teller diverse Gefäße mit Marmelade, Honig, Butter und Clotted Cream warteten.

Da erst begriff sie, dass der separate Teller auf dem Servierwagen auch noch Cor gehörte. Kurz überschlug sie die Kalorien, die seine Mahlzeit umfasste und gab bei über Tausend auf. Nun war sie nicht mehr so sicher, dass ihre Aussage bei Nate über die Lebensweise ihres Freundes wirklich den Tatsachen entsprach. Selbst, wenn sie von Windsor aus zu Fuß hierhergelaufen wären, wäre eine derartige Kalorienzufuhr nicht gerechtfertigt gewesen – aber gut, es war seine Gesundheit.

Bei Mahlzeiten redete Cor nicht gerne und so schwiegen sie eine Weile, wobei Samy in der Hotelbroschüre blätterte, die man ihnen hingelegt hatte. Es schien Veranstaltungsräume zu geben, die scheunengroß waren und auch ähnliche Dachkonstruktionen aufwiesen – zu unterschiedlichen Anlässen dekoriert, sah alles wirklich fantastisch aus und Samy war ziemlich sicher, dass hier die eine oder andere Hochzeit gefeiert wurde.

Dafür sprachen auch die Bilder der Gartenanlagen, die sich hinter dem Hotel erstreckten. Zunächst kamen wohl symmetrisch angelegte Beete mit Buchsbaumeinfassungen und Kieswegen dazwischen, während sich dann Wiesen und Teiche mit einer Brücke vom bekannten Architekten Sir Frances Drake anschlossen.

»Hier steht allen Ernstes, dass die Gärten ursprünglich so angelegt wurden, dass sie einen Perserteppich imitierten.«

Samy richtete ihren Blick fragend auf Cor, doch der schien nicht weiter beeindruckt zu sein.

»Kann ich mir denken. Du musst dir vorstellen, dass die Leute zu der Zeit kaum etwas hatten, wovon sie sich inspirieren lassen konnten. Daher war es üblich, sich an dem zu orientieren, was man kannte. Erlesene Teppiche galten als etwas Wertvolles. Daher ist es keine Seltenheit, dass man sie als Vorlage genutzt hat. Die Vorstellungen von schön waren ja auch anders als heute und glaub mir, ginge es heute nicht ausschließlich um praktisch, günstig oder pflegeleicht, würden wir ein wenig mehr Kreativität sehen.«

Plötzlich verstummte er und sah in Richtung der eleganten Bar, die mit ihrem auf Hochglanz polierten Goldlauf ein absoluter Hingucker war. Samy folgte seinem Blick und versuchte herauszufinden, was ihn so fesselte, sah jedoch nur die unteren Zipfel eines weißen Bademantels.

»Was ist?«, wollte sie wissen. Als er nicht sofort reagierte, bohrte sie nach. »Wen siehst du da?«

»Hm«, machte er und wischte sich mit der großen Stoffserviette akribisch den Mund ab. Dann lehnte er sich zurück und starrte weiter in die Richtung, aus der Samy nun die Stimmen zweier Frauen hörte.

Eine der beiden kam ihr bekannt vor. Sie beugte sich zu Cor, der ihr entgegenkam und leise sprach.

»Ich bin mir nicht sicher, aber dort hinten gibt es wohl eine Verbindungstür zum Spa-Bereich. Von dort sind zwei Damen erschienen, beide im Bademantel und mit Handtuch-Turban. Ich konnte nur einen kurzen Blick auf sie erhaschen, glaube aber beinahe, dass die eine die Frau dieses Widerlings Arthur Harringtons ist.«

Er beugte sich weiter zur Seite, um eine bessere Sicht zu haben, schnellte jedoch sofort wieder zurück und bestätigte: »Sie ist es! Hat sich gerade umgedreht, doch ich konnte mich noch zurückziehen. Schließlich wollen wir sie in diesem Aufzug nicht komplimentieren. Die Gute wirkt gequält genug.«

Bevor Samy antworten konnte, wurden die Stimmen der Frauen lauter. Scheinbar hatten beide einiges an Alkohol getrunken, denn ihr Lachen war zu laut und sie schienen nicht zu bemerken, dass man sie auch am anderen Ende des Restaurants bestens hören konnte.

Eigentlich hatten Samy und Cor nicht vor, dem Gespräch zu lauschen, doch als die nächsten Worte fielen, spitzten sie die Ohren und hielten die Luft an.

»Ich weiß gar nicht, warum er das so lauthals herausgeschrieben hat«, ertönte die schrille Stimme von Mrs Harrington.

»Nun, er hat ja immer das Bedürfnis zu schreien, nicht wahr. Ist wohl so ein Politiker-Ding. Die denken immer, dass man sie besser versteht, wenn sie laut werden.«

»Sicher, das macht er immer, auch zu Hause. Aber das meine ich nicht. Was ich meine, ist, dass er so betont hat, keine Probleme mit Theo zu haben. Dabei war ich am Freitag dabei, als sie sich gestritten haben.«

»Ach, wirklich? Na ja, wer hat wohl nicht mit Theo gestritten?«, antwortete die Begleitung von Penelope Harrington und schien nicht weiter an dem Thema interessiert.

Pen hingegen kreiste um etwas und Samy wäre am liebsten zu ihr gegangen, um sie zu fragen. Allerdings war sie sich darüber im Klaren, dass eine derartige Aktion die beiden Frauen in die Flucht geschlagen hätte. Keine dieser Ladys würde sich ungeschminkt und halb nackt Fremden zeigen wollen. Also verharrte sie und hoffte, dass Pen noch etwas zu sagen hatte.

Cor lauschte ebenfalls aufmerksam, denn auch ihm war klar, dass hier eventuell ein wichtiger Hinweis in Sachen Mord zu finden war.

»Wir kamen gleichzeitig an und Theo forderte Arthur auf. Er sagte ganz altmodisch *Auf ein Wort, Harrington*! und zog ihn zur Seite. Ich wünschte, dass es schnell gehen würde, weil ich in meinem Abendkleid fror und nur eine Seidenstola umgelegt hatte. Ehrlich gesagt konnte ich die Aufregung nicht verstehen, denn ich hörte Theo lachen, bevor Arthur zischte *Ich mach dich fertig*. Dann drehte Theo sich zu mir und lächelte mich freundlich an. Im Weggehen meinte er *Das haben schon viele versucht, mein Guter*, wobei er sich nicht mehr verstimmt anhörte. Arthur hingegen war unglaublich wütend, das habe ich gleich gespürt, als er nach meinem Arm griff.«

Leider rief in diesem Moment eine weitere Person den beiden Damen »Kommt ihr wieder?« zu und Pens Stimme wurde leiser, als sie das Restaurant verließ.

Samy und Cor war bewusst, was sie da gerade gehört hatten.

»Ist das jetzt Nummer drei oder Nummer vier?«, erkundigte er sich, doch Samy wusste zunächst nicht, was er meinte, daher legte er nach.

»Na, ist er nun der dritte oder vierte, von dem wir diese oder ähnliche Worte hören? Für mich ist das wie ein

Déjà-vu. Burton hat sich vor Jahren mit Theo gestritten und laut der Aussage deines Mieters ähnliche Worte benutzt, wie gerade die geschundene Ehefrau. Gestern Abend hörten wir, dass Matthew sich ebenfalls dahin gehend äußerte, und wenn ich mich richtig entsinne, kann man die Aussage von der werten Kollegin auch so auslegen, nicht wahr?«

»Wohl wahr«, bestätigte Samy und fügte an: »Genau deswegen ist es so schwer herauszufiltern, ob irgendwer seine Worte ernst genug gemeint hatte.«

Während Cor das letzte Petit Four vertilgte, hielt Samy ihre Teetasse mit beiden Händen umschlossen, in der Hoffnung, dadurch die Kälte zu lindern, die sich in ihr ausbreitete. Sie wusste, dass sie all diesen Menschen am nächsten Abend wieder begegnen würde, weil sicherlich jeder in London da sein würde.

Emily Burton eröffnete am morgigen Abend in ihrer Galerie eine Ausstellung mit hochgelobten Kunstwerken einer der beiden Künstlerinnen, die sie bei Val kennengelernt hatten. Es würde Samy sehr wundern, wenn sich zu diesem Anlass nicht die Burtons, Harringtons, Chering-Smyth, Bolman-Whitecliffs und anderen Stützen der Gesellschaft wieder vereinen würden, schließlich war sie auch eingeladen. Doch immer häufiger keimte in ihr eine unbestimmte Abneigung gegen ihre neuen Freunde auf.

Kapitel 13

Alle Wege führen zu Asif

»Ah, guten Morgen, meine Schöne! Kann ich dich auf einen Kaffee einladen?«

Samy war in ihre Gedanken vertieft, als Joe sich an ihre Seite gesellte und sie mit seinem üblichen schelmischen Augenzwinkern anquatschte.

Sie war auf dem Rückweg vom Yoga und lief die Peascod Street hinauf. Erst jetzt bemerkte sie, dass die Dunkelheit sich komplett verzogen hatte. Am oberen Ende der Fußgängerzone ragte das Schloss majestätisch vor dem strahlend blauen Himmel auf und würde zweifelsohne bald wieder Touristen anziehen.

Es war eiskalt, was auch den strahlenden Himmel und die harten Konturen der Gebäude erklärte. Hinter der Victoria Statue stand der obligatorische Tannenbaum und Samy erinnerte sich an den Abend im November, als die Beleuchtung angeschaltet wurde. Es war ein richtiges Happening mit Paraden, Jahrmarktbuden und Glüh-Gin gewesen.

Sie und Joe hatten den Abend mit ein paar seiner Freunde am *Horse & Groom* verbracht und es ein wenig übertrieben. Bei der Erinnerung musste sie lachen, weil es mit ihrem Mieter immer witzig war. Deswegen ertrug sie auch seine permanenten Anmachversuche.

»Was machst du um diese Zeit in der Stadt? Solltest du nicht schlafen oder an der Uni sein?«

Er legte einen Arm um ihre Schulter und sie ließ ihn gewähren, weil er gleichzeitig ihre Tasche übernahm.

»Morgenstund' hat Gold im Mund, der frühe Vogel und so weiter und so fort.«

»Also sag schon, was treibt dich so früh raus? Wenn deine Antwort mich überzeugt, darfst du mich bei Asif zu einem Chai Latte einladen.«

Er grinste und überlegte übertrieben.

»Oh, jetzt sollte ich mir etwas Gutes überlegen, um mir die Gelegenheit nicht entgehen zu lassen.«

Sie knuffte ihn in die Seite und er führte ein weiteres Theater auf, sie war ganz sicher, dass er eine der Stützen seines Dramaclubs gewesen war, denn Joe war ein guter Schauspieler.

Dann wurde er jedoch ernst und sie befürchtete schon, er würde mit einer Hiobsbotschaft rausrücken. Doch sie erkannte schnell, dass auch seine ehrliche Antwort wie immer eine Spur zu dick aufgetragen war.

»Leider kann ich nichts Spektakuläres zu deiner Überzeugung vortragen. Ich war schlicht und einfach in meiner Bankfiliale.«

Samy blickte ihn prüfend an und sah für einen kurzen Moment so etwas wie Empörung in seinen Augen.

»Ärger?«, wollte sie daher wissen.

»Ach, nicht wirklich. Mein alter Herr war nur der Meinung, ich hätte meine Ausgaben nicht unter Kontrolle und hat mich verdonnert, mich von meinem Bankberater über die Risiken einer Kontoüberziehung informieren zu lassen. Das sind seine kleinen Pingeligkeiten, mit denen er versucht, mir das Leben schwer zu machen.«

Samy horchte auf. Joes Familie musste sicherlich nicht jeden Cent rumdrehen, im Gegenteil. Sie wusste, dass er sich aus einem Fond bedienen konnte, und die Miete wurde immer pünktlich von einer Familien-Holding überwiesen. Selbst in den Monaten, als er auf Reisen gewesen war.

Joe, der die Verwirrung in ihrem Blick gesehen zu haben schien, erklärte schnell, was es mit der Angelegenheit auf sich hatte.

»Nachdem ich vor ein paar Jahren Oxford verlassen musste und mich geweigert habe, das zu studieren, was mein Vater für richtig hält, sucht er sich immer Dinge, die mir das Leben schwer machen – immer in der Hoffnung, dass ich einknicke.«

»Aber du bist beinahe durch mit deinem Studium«, erwiderte sie fassungslos.

»Um genau zu sein, bin ich fertig und bewerbe mich momentan um eine Doktorarbeit. Aber meinem Vater ist es egal, wie alt ich bin und was ich gemacht habe. Er möchte erzwingen, dass ich noch Wirtschaft oder irgendwas vergleichbar Langweiliges dranhänge. Nur damit ich in den Familienladen einsteigen kann.«

Der Familienladen war, wie Samy wusste, besagte Holding, die alle Dienstleistungsunternehmen beinhaltete. Joe hatte Archäologie studiert und schien diesen Beruf zu lieben. Er hatte ihr schon von unzähligen Expeditionen erzählt, die er im Rahmen seines Studiums begleitet hatte. Sie konnte sich diesen lustigen jungen Mann beim besten Willen nicht in einem Anzug und in einem klassischen Business-Meeting vorstellen.

Sofort tat er ihr leid, denn sie wusste, wie es sich anfühlte, wenn man den Ansprüchen von Eltern nicht genügte. Doch anders als Joe hatte sie nicht den Mut aufgebracht, ihrer Mutter die Stirn zu bieten. Obwohl sie vielleicht genau das gemacht hatte, kam es ihr in den Sinn, wenn auch auf sehr verquere Art und Weise.

»Na komm schon, ich lade dich zu Asif ein. Schone du mal dein Konto, dann beruhigt dein Vater sich wieder.«

Joe protestierte, knickte aber ein, denn letztlich war ihm egal, wer zahlte. Samy wusste, dass es ihm nur darum ging, einen Moment zu quatschen.

Als sie sich mit ihren Getränken an einen der Tische gesetzt hatten, ermutigte sie ihn, indem sie ihm etwas Persönliches erzählte.

»Meine Mutter hat mir immer zu verstehen gegeben, dass ich eine Enttäuschung bin. Sie ist von ihrem eigenen Können überzeugt und unterrichtetet als Direktorin einer Schule Mathematik und Physik. Beides gruselige Fächer, und dennoch habe ich mich immer bemüht, darin zu glänzen, weil ich ihr gefallen wollte. Irgendwie habe ich geglaubt, sie würde mich mehr mögen, wenn ich in ihren Disziplinen gut bin.« Bestürzt legte Joe seine Hand auf ihren Arm.

»Das wusste ich nicht! Wie kann man seinem Kind den Eindruck geben, dass es einem nicht gefällt?«

Inzwischen hatte Samy viele der Gründe und Mechanismen verstanden, die sich hinter dem Verhalten ihrer Mutter verbargen, und sie stellte in dem Gespräch mit Joe fest, dass es ihr leichtfiel, darüber zu sprechen.

»Weißt du, ich war nicht geplant und habe meiner Mutter das Leben versaut – hier zitiere ich nur. Ich kann zugeben, dass ich ihr das geglaubt habe. Aber inzwischen weiß ich, dass es Blödsinn ist und nur etwas mit meiner Mutter, nicht aber mit mir, zu tun hat. Leider habe ich das früher nicht begriffen und um ihre Aufmerksamkeit gebettelt. Deswegen habe ich mich gerade bei Fächern, die die meisten Mädchen überhaupt nicht interessieren, richtig ins Zeug gelegt und nicht begriffen, wann es genug war. Erst waren gute Noten mein Ziel, dann die erfolgreiche Teilnahme an Mathewettbewerben. Obwohl ich überall glänzte, weil ich fleißig war und ein sehr spezielles Zahlenverständnis habe, änderte sich an der Haltung meiner Mutter nichts. Bei einem guten Abitur mit Mathe und Physik als Leistungskurs hätte ich es bleiben lassen können, aber nein, ich wollte krampfhaft weiter versuchen, sie zu überzeugen. Ich habe allen Ernstes Mathe und auch noch parallel Informatik studiert, alles in Rekordzeit. Ich war die jüngste Doktorandin, die mein Institut jemals gesehen hatte, und konnte mir aussuchen, wo ich hingehe.«

Joes Augen waren vor Bewunderung geweitet. *Vielleicht ist es aber auch Entsetzen wegen so viel Streberei,* dachte Samy, daher redete sie schnell weiter.

»Was soll ich dir sagen? Frau Direktor Wilde ist immer noch der Meinung, dass ich nichts tauge.«

Joe wollte sich empören, doch sie unterbrach ihn.

»Es ist nett, dass du mich verteidigen willst, aber ehrlich gesagt, bin ich die Verrückte, nicht meine Mutter.«

»Wie bitte?« Sein Blick zeigte, dass er durchaus geneigt war, ihr zu glauben.

»Überlege doch mal – ursprünglich habe ich diesen ganzen Zinnober veranstaltet, um meiner Mutter zu imponieren. Aber ich hätte nach der Schule begreifen können, dass es gar nicht um Schulleistungen ging. Meine Mutter hat ein Problem mit sich, das sie versucht, mir in die Schuhe zu schieben. Und ja, es ist schrecklich und auch erbärmlich, wenn man seinen Kindern so etwas antut. Aber dennoch hätte ich als erwachsene Frau selbst ein Stoppschild zeigen können, als ich gemerkt habe, dass nichts ihre Meinung ändert. Also hätte ich mir ein trockenes Studium ersparen können und stattdessen Design, Modemanagement oder was auch immer studieren können. Glücklicherweise hat sich herausgestellt, dass ich wirklich gut in dem bin, was ich mir zugemutet habe, und letztlich hat es mich reich gemacht. Dennoch wäre es nicht der Weg gewesen, den ich frei von all den Sehnsüchten nach Liebe und Anerkennung meiner Mutter ausgesucht hätte.«

»Sprichst du noch mit ihr?«

»Zumindest momentan nicht. Aber das ist noch eine andere Geschichte.«

»Puh!«, erwiderte Joe und wuschelte sich durch seine Locken. Dann beugte er sich vor und raunte noch liebenswürdiger als sonst: »Du bist fantastisch, Samy! Und ich kann weder deine Mutter noch sonst wen verstehen, der dir nicht zu Füßen liegt.«

Sie schubste ihn weg und meinte: »Hör auf, du Schleimer! Du brauchst dich nicht so ins Zeug zu legen. Ich habe deinen Kaffee schon bezahlt.«

»Ich meine es ernst, Samy! Aber ich weiß ja, dass du auf dem Ohr taub bist. Was kann dieser Drachen noch gemacht haben, wenn du sagst ›eine andere Geschichte‹?«

Sie hatte keine Lust, sich jetzt auch noch mit dem ultimativen Verrat ihrer Mutter auseinanderzusetzen und wimmelte die Frage ab.

»Vielleicht erzähle ich es dir irgendwann. Ich bewundere dich, weil du dein Studium trotz des Widerstandes deines Vaters durchgezogen hast, und frage mich, wohin mein Weg mich geführt hätte, wenn ich ähnlich mutig gewesen wäre.«

»Wahrscheinlich nicht nach hier. Daher finde ich es toll, dass du diesen Weg gegangen bist. Du bist meine Lieblingsvermieterin, und ich bin der Meinung, dass es sehr mutig ist, etwas zu studieren und darin zu brillieren, nur um sich und anderen etwas zu beweisen. Das ist wohl ungleich schwerer, als aus Überzeugung gut zu sein.«

»Das ist sehr lieb von dir«, antwortete sie, denn seine Worte hatten sie gerührt. Außerdem spürte sie, dass ihr selbst dieser Gedanke noch nie gekommen war, aber gefiel.

»Vielleicht ist es so. Vielleicht sollte ich es von dieser Warte aus betrachten.«

Er prostete ihr mit seiner Kaffeetasse zu und bestärkte sie darin, doch leider holte er sie schon im nächsten Moment in die Realität zurück.

»Bist du heute Abend auch bei dem großen Gathering in Notting Hill?«

Überrascht blickte sie ihn an, denn es war ihr suspekt, wenn er über die Dinge, die sie tat, so gut informiert war. Da er ihr die Skepsis ansah, beschrieb er ihr seine Verbindung zur Berkshire Society ein weiteres Mal.

»Du scheinst das wirklich nicht zu begreifen, oder?«

»Vielleicht bringe ich dich nicht mit diesen Kreisen in Verbindung. Was keine Beleidigung ist.«

Joe lachte und ließ sich nicht beeindrucken.

»Kein Ding. Ich will auch nicht dazugehören, aber tue es per Geburt. Diese Gesellschaft umfasst etwa einhundert Familien, die in irgendeiner Konstellation immer wieder zusammenkommen, mal die einen, mal die anderen, heute diese Generation, morgen eine andere und dazwischen gibt es Anlässe, wo man eine Handvoll aus jeder Altersgruppe trifft. Heute ist so eine Gelegenheit, denn Kunst interessiert jeden. Meine Mutter ist eine Sammlerin und daher bei jedem Event anzutreffen, wo junge Künstler gefördert werden, oder die Chance besteht, ein Bild zu ergattern, was Morgen schon Millionen wert ist.«

Er grinste sie an und nicht zum ersten Mal überlegte sie, wie ernst seine Worte gemeint waren, zumindest die Millionen sollten doch fraglich sein.

Andererseits …

»Bedeutet das, dass ich deine Mutter bei Emilys Vernissage kennenlernen kann?«

»Wenn du das willst, wäre heute eine gute Gelegenheit. Mein Vater wird nicht da sein, Kunst interessiert ihn nicht. Sie erinnert ihn zu sehr daran, dass meine Mutter das Geld mit in die Familie gebracht hat.« Er zwinkert Samy verschwörerisch zu.

»Oh«, murmelte Samy und wusste nicht genau, was sie erwidern sollte.

»Du wirst meine Mutter unschwer erkennen. Sie ist die einzige einsfünfzig große Frau, die trotz eines stattlichen Gewichts von annähernd hundert Kilo grelles Pink und jederzeit einen Fascinator trägt.«

Sie starrte ihn an und verkniff sich jede Reaktion. Es war nicht zu erkennen, ob er seine Worte genau so meinte, und sie wollte sich nicht in die Nesseln setzen, sollte seine Mutter wirklich wie eine *Ritter-Sport*-Schokolade aussehen.

Wie gut ihre Zurückhaltung war, konnte sie im nächsten Moment feststellen, als Joe ihr sein Handy überreichte, wo er festlich gekleidet neben einer Frau im Abendkleid zu sehen war, die eins zu eins seiner Beschreibung entsprach. Die Ähnlichkeit war frappierend und sowohl Mutter als auch Sohn strahlten, während ein hagerer Mann, der zur Hälfte abgeschnitten war, miesepetrig in die Kamera blickte.

»Die ganze Familie – sehr unterschiedlich, wie du siehst. Meine Mutter ist die allerbeste und immer ein Highlight der Gesellschaft, du wirst es heute Abend erleben.«

In Samy stieg ein starkes Verlangen auf, als sie das Bild betrachtete. Schon einmal, als Joe ihr vor Monaten von seinen Eltern berichtet hatte, war ihr bewusst geworden, wie viel Selbstbewusstsein es Menschen mitgab, wenn sie wie Joe oder auch Cor eine liebende Mutter hatten. Während sie in die fröhlichen Gesichter sah, redete Joe unbeirrt weiter und irgendwann drang seine Frage zu ihr durch.

»Wird es so enden?«

Sie sammelte sich und wollte wissen, was er damit meinte.

»Meine Mutter behauptet, es würde sie nicht wundern, wenn dieser Mordfall unaufgeklärt bliebe und ich möchte von dir wissen, was du davon hältst.«

»Warum glaubt deine Mutter das?«

»Weil alle wissen, wie sich die Reihen schließen, wenn es einen gemeinsamen Feind gibt.«

»Feind?«, hakte Samy überrascht nach.

Er nickte und bestätigte damit seine Wortwahl.

»Klar, genau das war Theo Leicester. Er gehörte nicht zur Society, hatte es aber aufgrund einiger Oxford-Seilschaften in den inneren Kreis geschafft und dann begonnen, für seine Kolumne zu wildern. So etwas tut man nicht, weder im Guten noch im Schlechten. Er hat sich eingezeckt und ein paar Jahre unauffällig verhalten. Als er genug Insiderwissen beisammenhatte, hat er dieses Kolumnenformat kreiert und innerhalb kürzester Zeit so viel Schaden angestellt und Drohungen verlauten lassen, dass niemand sich getraut hat, ihn auszuschließen. Alle haben gezittert und gehofft, dass er sie verschont. Was leider in den wenigsten Fällen funktioniert hat. Irgendwann hat es alle getroffen, nur bei manchen fiel es schlimmer aus als bei anderen. Du kannst sicherlich nachvollziehen, dass er das absolute Feindbild war – übrigens bis ganz, ganz oben in die Gesellschaft.«

Die letzte Information ließ Samy unkommentiert. Das alles überforderte sie auch ohne die Vorstellung, dass der Ermordete sogar für geleakte Interna der Königsfamilie verantwortlich war. Stattdessen interessierte sie etwas anderes.

»Hat es deine Familie auch getroffen?«

Wieder lachte Joe und klang dabei unbekümmert wie immer.

»Vor ein paar Jahren hat er verlauten lassen, dass mein Vater ein Verhältnis mit seiner Sekretärin hat. Daraufhin hat meine Mutter ihm auf einer Party vor allen Gästen augenzwinkernd mitgeteilt, er sei schlecht informiert, denn es wäre schließlich nur eine normale Reaktion ihres Mannes. Schließlich vergnüge sie sich seit Jahren mit unserem Stallmeister.«

Samy fiel die Kinnlade runter.

»Nicht dein Ernst!«

»Ich sage doch, meine Mutter ist die Beste. Alle Anwesenden haben den Atem angehalten, mein Vater war pikiert und Theo wusste dieses eine Mal nicht, wie er reagieren sollte. Aber da er es schätzte, wenn man ihm auf Augenhöhe begegnete, hat er meine Mutter mit den Worten ›Lady Agnes, Sie sind ein gerissenes Schlitzohr!‹ bedacht und sich vor ihr verbeugt.«

»Aber war es denn … ich meine … « Samy eierte herum und war dankbar, dass Joe so unbeschwert damit umging.

»Ob es wahr ist oder war? Ich habe keinen Schimmer und ich denke, dass es den meisten Menschen so geht. Aber genau das ist es, was Theo im Falle meiner Familie die

Grundlage für seine zerstörerischen Ambitionen genommen hat. Ich glaube, er hatte kein Problem damit, wenn man ihm Kontra gab, aber er legte erst nach, wenn die, die er an den Pranger oder bloßgestellt hat, ihn bedrohten.«

»Wahnsinn«, murmelte Samy mehr zu sich als zu Joe und bat Asif, der das Geschirr abholen kam, um einen Espresso, als wäre es ein Shot, den sie auf den Schreck trinken musste.

»Nun sei nicht so eingeschnappt, Samy!«, forderte er sie auf. »Du wirst heute Abend sehen, dass meine Mutter sich in keine Form pressen lässt und man unmöglich wissen kann, was wahr ist und was nicht. Ich verrate dir nur so viel – damals musste mein Vater monatelang in einem der Gästezimmer schlafen. Aber pst.« Er legte verschwörerisch den Zeigefinger auf die Lippen, zwinkerte ihr erneut zu und kehrte zu seiner ursprünglichen Frage zurück.

»Also was meinst du, ist meine Mutter im Recht mit ihrer Vermutung, dass der Mörder ungeschoren davonkommen wird?«

»Ich habe keinen blassen Schimmer«, gab sie ehrlich zu und erzählte ihm, wie viele Verdächtige es gab.

»Momentan wirkt es so, als wäre es genau so unwahrscheinlich, zu ergründen, wer es ernster gemeint hat als alle anderen, wie die Suche nach der berühmten Nadel im Heuhaufen. Andererseits hat mich die Vergangenheit gelehrt, dass es oft nur einem dummen Zufall geschuldet ist, wenn eine Wahrheit an das Licht kommt. Egal wie gut sie auch versteckt wurde.«

Kapitel 14

Die (G)Kunst der Stunde

»Sehr interessant. Ich hätte deinem kleinen Nachbarn nicht so viel Witz zugetraut und seine Mutter musst du mir unbedingt vorstellen! Sie scheint äußerst geistreich zu sein«, lobte Cor, als Fawards Limousine durch die Dunkelheit fuhr, während Samy ihm im Fond des Wagens von dem Gespräch mit Joe berichtete.

»Vielleicht solltest du aufhören, ihn als *meinen Studenten* oder *kleinen Nachbarn* zu bezeichnen. Ich glaube nicht, dass es seiner Mutter gefallen würde zu hören, wie despektierlich du dich über ihren Sohn äußerst«, gab sie spitz zurück.

»Ach, hab dich nicht so. Meiner Erfahrung nach können Mütter ihre Söhne sehr gut einschätzen.«

Samy betrachtete ihn ungläubig, doch er hatte nur Augen für die an den Fenstern vorbeiflitzenden Weihnachtsdekorationen und bemerkte ihren Blick gar nicht.

Wie sie sehen konnte, hatte er sich einen neuen Seidenschal besorgt, dessen Rot jedoch dunkler war als das des alten Modelles, das Theo Leicester im Tod so unangemessen in der Hand zerknüllt hatte. Seit er sie abgeholt hatte, war sie mit ihrer Schilderung über den Plausch vertieft gewesen und nahm erst jetzt alle Details seiner Aufmachung wahr.

Wie nicht anders zu erwarten, trug er einen Abendanzug und darüber einen schwarzen Mantel, der ebenfalls neu war. Scheinbar hatte er den Samstag in London für einen ausgiebigen Einkauf genutzt.

Der Mantel saß tadellos und als habe Cor ihren prüfenden Blick gespürt, erläuterte er, dass der Mantel in der Savile Row bestellt worden war.

»Mein Schneider hat alle Maße übermittelt und ich war am Samstag zu Anprobe. Heute Morgen wurde das Teil geliefert. Ich muss sagen, ich bin mehr als zufrieden.« Er strich über das Revers und entfernte eine imaginäre Fluse.

Samy war beeindruckt und wunderte sich, wie strukturiert und zielstrebig Cornelius durch das Leben schritt. Was er sich vornahm oder was ihm wichtig war, setzte er um. Dabei ließ er sich nicht von Hürden abhalten und fand immer Mittel und Wege.

»Du siehst auf jeden Fall sehr gut und elegant aus«, lobte sie ihn und sah, dass ihn ihre Worte freuten.

»Das hoffe ich, meine Liebe. Schließlich möchte ich dich nicht in eine unangenehme Situation bringen, weil ich unangemessen gekleidet bin.« Er warf ihr einen flüchtigen Blick zu und analysierte ihre Garderobe im Detail.

Natürlich hatte er erkannt, von welchem Designer ihr schwarzes Cocktailkleid und die passenden Pumps waren und alles samt Schmuck und Tasche gelobt.

Mehr kann man nicht wollen, dachte Samy und entspannte sich ein wenig. Sie wusste es zu schätzen, das Cor an ihrer Seite war, denn ihr war klar, dass es sie viel Überwindung gekostet hätte, diese Veranstaltungen allein zu besuchen. Insgeheim war sie sicher, dass sie die ein oder andere Einladung ausgeschlagen, oder im letzten Moment eine Ausrede gefunden hätte, warum sie nicht anwesend sein konnte.

Zufrieden strahlte sie ihn an und bedankte sich für seine Fürsorge.

»Selbstredend, meine Liebe! Außerdem wäre es ein Verlust auf meiner Seite. Ich muss erwähnen, du bietest mir einiges! Jedes Mal, wenn ich anreise.«

Dem war nichts hinzuzufügen und so schwiegen sie, bis sie vor der Galerie vorfuhren, die sich an einer der Hauptstraßen in dem interessanten Viertel befand. Die Lichterdekoration über der Fahrbahn und an den Fassaden der umliegenden Häuser sorgte dafür, dass die ankommenden Gäste einen wahren Red-Carpet-Moment hatten. Fotografen standen bereit und lichteten jeden ab, der sich der Galerie näherte und wie ein Kunstinteressierter aussah.

Für Cornelius war dies ein willkommenes Highlight und er inszenierte sich regelrecht, bis Samy ihn am Arm griff und zum Eingang lenkte. Dort erwartete sie ein junger Kellner mit bodenlanger Schürze und einem Tablett voller Champagner. Samy griff dankbar, dass es nicht schon wieder der Glüh-Gin war, nach einem Glas und ließ ihren Blick in die Menge schweifen.

Die Location war atemberaubend. Wie es aussah, war in einem Teil des alten Stadthauses, welches die Galerie beherbergte, die erste Zwischenetage entfernt worden. Im vorderen Teil des Gebäudes betrug die Höhe der Ausstellungsräume sicherlich sieben bis acht Meter, während weiter hinten eine große Galerie durch eine freischwebende Stahltreppe zu erreichen war. Der Raum wurde von einigen schwarz lackierten Säulen strukturiert und bot wenig Möglichkeiten, etwas zu verbergen.

Für die großen Kunstwerke der aktuellen Ausstellung waren die Begebenheiten ideal. Emily schien einen großen Kunden- oder zumindest Interessentenstamm zu haben. Um sie herum wimmelte es von Menschen in Abendgarderobe. Überall standen Grüppchen beieinander und unterhielten sich, während die Burtons mit der Künstlerin auf der Empore Hof hielten. Emily blickt zum Eingang hinab und winkte den Neuankömmlingen überschwänglich zu.

»Kein Wunder, dass diese Leute in Saus und Braus leben«, raunte Cor ihr zu. »Die Bilder sind phänomenal, und wenn ich den Herrn neben mir richtig verstanden habe, hat er für das Bild hinten ein siebenstelliges Gebot abgegeben.«

Samy folgte seinem Blick und betrachtete ein Gemälde, das an keine ihrer Wände gepasst hätte, so groß war es. Aber nicht nur seine Ausmaße verschlugen ihr die Sprache. Vielmehr war es die Intensität der Farben, die in einer Spachteltechnik etwas darstellten, was alles zwischen einem Drachen und einem Apfelbaum hätte sein können. Bei längerem Betrachten kam sie zu dem Schluss, dass es nichts Konkretes symbolisierte, und dennoch mit zu den schönsten Dingen gehörte, die sie jemals gesehen hatte. Sie hätte es stundenlang betrachten können, riss sich jedoch los und nahm auch die anderen Kunstwerke in Augenschein. Dabei kam sie zu dem Schluss, dass Barbara, wie die Malerin hieß, virtuos mit ihrem Pinsel umgehen konnte und es kein Wunder war, dass Interessenten hohe Gebote abgaben.

Sehr beeindruckt und auch ein wenig eingeschüchtert wendete sie sich den Gästen zu. Nicht weit entfernt stand Sir Charles mit seiner Familie und war in ein Gespräch mit Dr. Freshman und den Harringtons vertieft. Gerade, als sie sich zu ihnen gesellen wollte, kam ihr Onkel aus einer anderen Richtung und Samy begrüßte ihn begeistert.

»Ich wusste nicht, dass du hier sein würdest. Bist du mit Emily befreundet?«

Thomas Lovejoy nickte und beugte sich zu ihr hinab. Er küsste sie auf die Wange und drückte sie an sich, was ihr ein Gefühl des Dazugehörens vermittelte.

»Wir begegnen uns hier und da«, erwähnte er und Samy dachte: *Natürlich kennt ihr euch, dieselben Kreise, dasselbe alte Geld, dieselben Schulen.*

»Es wundert mich, dass ich dich in den letzten Wochen nirgendwo getroffen habe«, erwiderte sie und versuchte, der Sache keine Bedeutung beizumessen, was richtig war, wie seine Antwort zeigte.

»Ich bemühe mich, diesen Einladungen aus dem Weg zu gehen. Das war immer eher Rodericks Ding. Das hier«, erklärte er und machte eine ausschweifende Handbewegung, die die Galerie einbezog, »konnte ich nicht schwänzen, weil die Künstlerin die Tochter eines unserer Teilhaber ist.«

Er schob seine Brille hoch zur Nasenwurzel und wirkte ein wenig verloren. Sofort begriff Samy, dass er auf dem gesellschaftlichen Parkett noch unentspannter war als sie. Daher hielt sie Ausschau nach Cor und rief ihn.

Als er Thomas erblickte, strahlte er über das ganze Gesicht. Er hatte Samys Onkel erst einmal getroffen und freute sich sichtlich, die Bekanntschaft zu erneuern. Thomas schien es ähnlich zu gehen. Nachdem die Männer sich begrüßt hatten, vertieften sie sich in ein Gespräch über Kunst. Überrascht konnte Samy verfolgen, dass beide dazu bedeutend mehr beizutragen hatten als sie.

Nach ein paar Minuten klinkte sie sich aus und drehte eine Runde durch die Galerie. Dabei sprach sie ein paar Worte mit Emily und begrüßte auch die Künstlerin, der sie zu der fantastischen Ausstellung gratulierte. Zum Glück kamen andere Gäste dazu, denn Malerei war nicht Samys

Metier und sie konnte nicht viel mehr als ›wunderbare Farbkompositionen‹ oder ›beeindruckendes Sujet‹ – wobei sie nicht einmal genau wusste, was das bei diesen Bildern hieß – von sich geben.

Es war die große Frau, die Samy bei dem Brunch im Streitgespräch mit ihrer Ehepartnerin gesehen hatte. Demnach musste sie diejenige sein, die betrogen wurde, schließlich hatte Cor ihre Frau in einer heißen Umarmung mit Arthur Harrington erwischt.

Sie wirkte auf Samy selbstbewusst, dennoch war es Emily, die das Reden übernahm, wenn ein Gast ein Angebot abgeben wollte. Die Galeristin wurde ihrem Ruf gerecht und outete sich als knallharte Verhandlerin, wie Samy verfolgen konnte. Wahrscheinlich war das auch der Grund, warum ihr beide Frauen ein wenig unsympathisch waren. Sie strahlten eine Dominanz aus, mit der Samy nicht umgehen konnte. Als sie sich wieder zu Cor und ihrem Onkel gesellen wollte, lief sie in eine Frau hinein, von der sie sofort wusste, wen sie vor sich hatte.

Sie entschuldigte sich und fragte zögerlich: »Kann es sein, dass Sie Lady Agnes, die Mutter von Joe sind?«

Die kleinen Federn des türkisen Fascinators wippten munter auf und ab und verfingen sich dabei immer wieder in den kurzen grauen Locken der Dame. Sie trug eine Stola in derselben schrillen Farbe wie ihr Kopfschmuck und strahlte Samy mit funkelnden Augen an.

»Ah, Miss Wilde! Johann hat mir mitgeteilt, ich würde Sie hier treffen. Wie schön, dass wir uns endlich kennenlernen! Mein Sohn redet in den höchsten Tönen von Ihnen.«

Samy war überwältigt von der Energie, die die Frau ausstrahlte. Ihr Lächeln glich dem von Joe und sie wusste sofort, woher er sein lustiges Naturell hatte. Aber Johann? Sie war beinahe sicher, dass Joe einmal verlauten hatte lassen, sein Name sei Jonathan. Oder hatte sie sich verhört? Anderseits war Johann kein Name, den sie mit dem quirligen Kerl in Verbindung brachte. Vielleicht ging es ihm nicht anders und er verschwieg ihn daher.

Seine Mutter hakte sich bei Samy ein und führte sie an einen der Stehtische. Auf dem Weg dorthin bestellte sie Champagner und raunte Samy zu: »Ich hasse Glüh-Gin und bin mir sicher, dass es in Kürze keinen Champagner mehr geben wird. Die gute Emily ist bekannt dafür, dass sie es gerne etwas kostengünstiger mag, wenn Sie verstehen, was ich meine.«

Sie beobachtete Samy und offensichtlich war sie mit ihrer Reaktion zufrieden, als diese lächelte.

»Ich kann mir gut vorstellen, dass es auch auf Ihrer Christmasparty dieses grässliche Getränk gab, nicht wahr?«

Als Samy ihre Vermutung bestätigte, schlug die kleine Frau weiter in dieselbe Kerbe.

»An einem gut gemachten Hot Toddy ist nichts verkehrtes, allerdings ist er kein Cocktail für eine Abendeinladung. Es ist ein klassisches Getränk, das nach einem Ausflug an der frischen Luft die Lebensgeister wieder weckt, mehr nicht. Ein Glüh-Gin ist jedoch etwas anderes – erwärmter Gin!«

Ihr Gesicht verzog sich vor Abscheu und sie erklärte, dass ein Gin Tonic seit Kolonialzeiten zur englischen DNA gehörte und auch auf einer Soiree angeboten werden durfte. Das Ganze aber als Heißgetränk unter der Zugabe von ein paar Zimtsternen zu servieren, glich in ihren Augen einer Verunglimpfung. Es auszuschenken war geschmacklos und niemals partytauglich.

»Champagner, ein guter Wein, von mir aus noch ein Gläschen Sherry – das ist in Ordnung. Aber Glüh-Gin … Na ja, von manchen Menschen darf man nicht mehr erwarten.«

Samy verstand sofort, warum Joe ihr berichten konnte, was seine Mutter über dieses oder jenes gesellschaftliche Ereignis dachte, denn Lady Agnes war eindeutig eine Klatschtante – wenn auch eine sehr nette.

Sie unterhielten sich eine Weile und Samy staunte nicht schlecht, dass ihr innerhalb kürzester Zeit alle Interna der letzten Saison zugetragen wurden, wobei sie mit den meisten Namen, die fielen, nichts anfangen konnte.

Dennoch war es amüsant, ihr zuzuhören, denn sie war humorvoll und außer in Richtung von Emily Burton nicht weiter boshaft. Emily schien sie jedoch nicht zu mögen, gestand aber, dass sie die Ausstellung spektakulär fand und sich das eine oder andere Gemälde in ihrer Sammlung vorstellen konnte.

»Sollte die junge Frau jemals von einem anderen Galeristen vertreten werden, nehme ich sie noch einmal unter die Lupe. Aber mit Emily Burton mache ich keine Geschäfte.«

Samy war interessiert und wartete auf eine Begründung, doch die kam nicht. Lady Agnes lächelte sie an, als hätte sie nichts erwähnt und begrüßte stattdessen Thomas Lovejoy, der sich samt Cor zu ihnen gesellte.

Nachdem sich alle begrüßt hatten, entstand eine kurze Stille, die Thomas nutzte.

»Hast du dich entschieden?«, wollte er wissen und Samy sah sich drei fragenden Augenpaaren gegenüber.

Cor sah sie fragend an und formte mit den Lippen ein Stummes *wozu*, während Lady Agnes genau beobachtete, was zwischen Samy und ihrem Onkel vorging.

Samy spürte, wie sie Rot wurde, weil alle Aufmerksamkeit auf sie gerichtet war, etwas, womit sie noch nie umgehen konnte. In ihren Gedanken ging sie alle denkbaren Antworten durch, mit denen sie die Einladung ihres Großvaters ablehnen konnte. Sie wollte ihn nicht brüskieren und dennoch fehlte ihr der Mut, sich mit dieser Familie, die eindeutig in einer anderen Liga spielte, auseinanderzusetzen, geschweige denn, die Weihnachtstage zu verbringen.

Dann sah sie jedoch die Hoffnung in Thomas Augen und mit einem Schlag wurde ihr klar, wie egoistisch ihr Verhalten war. Wer war sie, die Einladung eines alten Mannes auszuschlagen und damit zu riskieren, auch ihn niemals kennenzulernen? Auch jetzt wurde ihr wieder bewusst, dass sie schon ihren Vater niemals getroffen hatte, weil auf beiden Seiten der Irrglaube geherrscht hatte, sie haben ewig Zeit.

Wollte sie dieses Risiko noch einmal eingehen?

Für einen Moment keimte Zuversicht in ihr auf und die Erinnerung an Joes Beschreibungen seiner Mutter. Vor nicht einmal zwölf Stunden hatte sie sich danach gesehnt, auch eine liebende Familie zu haben, und nun war sie drauf und dran, eine Einladung auszuschlagen, die ihr ein klein wenig dieses Wunsches erfüllen konnte?

Natürlich war nicht sicher, dass ihr Großvater ein netter Mann war, der auf angenehme Weise Zeit mit ihr verbringen wollte. Aber sie vertraute darauf, dass Thomas sie vorgewarnt hätte, wenn es nicht so sein sollte.

Als sie erneut in die Runde blickte, nahm sie all ihren Mut zusammen und straffte die Schultern. Dann leerte sie ihr Champagnerglas und stellte es ab.

Cor war mit vielem gesegnet, doch nicht mit Geduld, daher wunderte es sie auch nicht, als er sich unverblümt einschaltete.

»Möchtest du uns vielleicht erhellen? Ich wüsste zu gerne, welche Entscheidung dir schwerfällt.«

»Thomas hat mir in der letzten Woche eine Einladung meines Großvaters überbracht. Er möchte, dass ich die Weihnachtstage dort verbringe.«

»Die Weihnachtstage?« Er blickte sie fassungslos an und dennoch hatte sie das Gefühl, dass ihn diese Aussicht begeisterte.

»Werden Sie fahren?«, schaltete sich nun Lady Agnes ein und einem inneren Impuls folgend nickte Samy ihrem Onkel zu.

»Ich werde fahren. Bitte richte ihm aus, dass ich mich über die Einladung freue.«

Thomas strahlte und sah um Jahre jünger aus. Beinahe wirkte es so, als würde sie ihm einen persönlichen Gefallen tun und als Lady Agnes in die Hände klatschte, hielt er sich nicht mehr zurück, sondern kam um den Tisch herum und umarmte sie.

»Wunderbar. Der alte Herr wird sich sehr freuen …«

»… und Sie werden es nicht bereuen, glauben Sie mir!«, vollendete Lady Agnes seinen Satz.

Aus irgendeinem Grund hatten diese Worte jedoch keine beruhigende Wirkung auf sie, im Gegenteil. Als Cor sie mit großen Augen anstarrte, ergriff sie Panik und sie entschuldigte sich.

»Ich muss an die frische Luft, bin gleich wieder zurück.«

Sie spürte die Augen der drei in ihrem Rücken, ließ sich aber nicht aufhalten, während sie sich einen Weg durch die Menge bahnte. Schon vor einiger Zeit war ihr aufgefallen, dass aus dem hinteren Teil der Galerie ein Luftzug herüberwehte und sie hegte die Hoffnung, dass sich dort ein Ausgang befand.

Sie griff sich eine kleine Wasserflasche von einem der Tabletts, mit denen die Kellner pausenlos umherliefen und steuerte in die Richtung, wo es eindeutig kälter wurde. Dabei bemerkte sie, wie schnell ihr Puls ging und sie befürchtete eine Panikattacke, wie sie sie erlebt hatte, als sie einen Vortrag auf großer Bühne an der Uni halten musste.

Damals war sie beinahe ohnmächtig geworden und hatte es nur einem Kollegen zu verdanken, dass sie nicht vor versammelter Mannschaft zu Boden ging. Eine vergleichbare Peinlichkeit wollte sie vermeiden, auch wenn sie wusste, dass sowohl Cor als auch Dr. Freshman sie schnell wieder auf den Beinen hätten. Sie kippte den Inhalt herunter, ohne abzusetzen. Sicherheitshalber organisierte sie sich ein weiteres Wasser. Dann sah sie eine große Tür an der Rückwand aufschwingen und schlüpfte hinaus, bevor sie sich wieder schließen konnte.

Da es dunkel war, während in der Galerie grelles Licht die Exponate angestrahlt hatte, brauchte sie einen Moment, um sich zu orientieren. Aber schon nach wenigen Sekunden begannen ihre Sinne die Umgebung einzuordnen. Vor ihren Augen entstanden die Konturen eines Holzdecks, welches sich über die gesamte Breite des Hauses erstreckte. Ein Teil war überdacht, doch weiter vorne sah man Sterne am Himmel leuchten. Die Terrasse ging in einen Garten über, allerdings schien er tiefer zu liegen, denn Samy sah ein Geländer und ein paar Treppenstufen. Außerdem glaubte sie, auf Baumkronen zu blicken, war jedoch nicht sicher, ob es nicht Sträucher waren.

Die Luft war eisig und sie war drauf und dran, sofort wieder kehrtzumachen. Dann konzentrierte sie sich auf ihren Atem und füllte ihre Lungen mit der kalten Luft. Sofort entspannte sie sich und begann, sich besser zu fühlen.

Ich bin nicht aus Zucker, schalt sie sich und beschloss, es ein paar Minuten hier auszuhalten. Ein paar tiefe Atemzüge würden ihr helfen, sich wieder zu fangen und zu begreifen, warum sie in Panik geraten war. Daher lehnte sie sich an die Wand und betrachtete die Sterne.

Es war angenehm, für einen Moment allein zu sein. Sofort stellten sich die Gedanken ein, die sie derart aus dem Gleichgewicht geworfen hatten. Sie hatte Angst davor, mit der Situation bei den Lovejoys überfordert zu sein.

Wer wusste schon, wie diese Familie das Fest beging und was man von ihr erwarten würde? Sicherlich würde Bel ihr einen Crashkurs in den Gepflogenheiten des Landadels geben und es würde sich dank Thomas auch herausfinden lassen, welche Garderobe erwartet wurde.

All das waren Nebensächlichkeiten, für die sie Hilfe bekam und Lösungen finden würde. Anders sah es mit ihrer Gemütslage aus. Sie wusste nicht, wie es war, eine Familie zu haben, denn ihr bisheriges Dasein hatte aus einer verbitterten Mutter und deren zynischen Eltern bestanden. Die drei hatten beinahe nicht miteinander kommuniziert, außer wenn sie sich Vorwürfe gemacht hatten. Samy war sich wie in einem Gefängnis vorgekommen, was daran lag, dass ihre Mutter und Großeltern Gefangene ihrer Gefühle gewesen waren. Sie konnte sich nicht an ein einziges gutes Gespräch oder an einen einzigen wirklichen Weihnachtstag mit ihnen erinnern. Jeder Moment hatte sich um Schuld und Frustration gehandelt. Dieses vergiftete Umfeld hatte sie geprägt und auch in ihr nachgehallt, als sie schon lange von dort weg war. Zwar hatte sie es geschafft, weder frustriert noch verbittert zu werden, doch im Verhältnis zu Cor oder Joe, die von fürsorglichen Müttern großgezogen worden waren, fehlte ihr

Selbstsicherheit, die Kindern dank Urvertrauen in ihre Umgebung entwickeln.

Sie haderte nicht mit dieser Vergangenheit und hatte sich davon freigeschwommen, doch die Vorstellung einer anderen Art von Familie versetzte sie in Schrecken, denn sie wusste nicht, was von ihr erwartet wurde.

Langsam atmend versuchte sie sich zu überzeugen, dass ihre Bedenken unbegründet waren und sie eine fantastische Zeit mit ihrem Großvater verbringen würde. Schließlich hätte der alte Mann nicht um ihren Besuch gebeten, wenn er kein Interesse an ihr hätte.

Du bist verrückt, hallte es in ihrem Kopf und sie schrak zusammen, denn die Stimme hatte sich fremd angehört. Sie versuchte, den Gedanken abzuschütteln, begriff jedoch im nächsten Moment, dass die Worte nicht in ihrem Kopf entsprangen, sondern aus den Tiefen des Gartens zu ihr herauf drangen.

Kapitel 15

Schuldzuweisungen

»Du bist das gewesen! Du hast mir alles genommen, du hast mein Leben zerstört, du hast mich zerstört!«

Samy hielt die Luft an und lauschte den Worten, die geflüstert vom Wind zu ihr getragen wurden.

Zunächst hatte sie geglaubt, nicht allein auf der Terrasse zu sein. Dann war ihr bewusst geworden, dass unter dem Holzdeck ein Unterstand sein musste. Sie war leise an den Rand des Holzdecks geschlichen und hatte hinunter gespäht. Dabei war ihr aufgefallen, dass am Fuße der Treppe zur Hausseite hin keine Wand, sondern eine dunkle Nische war, wo die Stimmen herkamen. Außerdem hatte sie in der Dunkelheit das Aufglimmen einer Zigarettenglut gesehen, bevor eine männliche Stimme drohend antwortet.

»Halt den Mund, du dummes Miststück. Du bist einfach nur verrückt. Genau das ist der Grund, weshalb du damals Oxford verlassen musstest. Dein Verstand macht es nicht mehr und ich warne dich! Erzähl keinen Schwachsinn, das überlebst du nicht.«

Samy bemühte sich zu verstehen, was die andere Person dazu meinte. Es war eindeutig eine Frau und ihre Stimmlage wechselte immer wieder von heiser zu schrill, was es schwerer machte, alles mitzubekommen.

»Hast du eine Vorstellung davon, wie es sich anfühlt, zerstört zu werden? Was ihr mir angetan habt, hat alles in mir getötet. Ich bin in ein Loch gefallen und wollte nicht mehr leben. Ich habe mich geschämt und konnte mit niemandem darüber sprechen.«

»Warum tust du es jetzt? Warum bist du nicht in deinem Loch geblieben? Da gehörst du hin!«, erklang es zynisch von dem anderen.

»Weil ich jetzt die Wahrheit kenne und Theo kannte sie auch. Darum musste er sterben, nicht wahr?«

Im nächsten Moment erklang ein Klatschen, wie das Geräusch, das bei einer Ohrfeige entstand. Ein anschließendes Schluchzen bestätigte Samys Befürchtung. Am liebsten wäre sie nach unten gestürmt. Doch irgendetwas signalisierte ihr, dass es wichtig war zu hören, was gesprochen wurde. Sie war sicher, dass es um Theo Leicester ging, denn alles andere wäre ein unmöglicher Zufall gewesen.

»Halt deine verdammte Klappe!«, konterte die Männerstimme und in Samy keimte der Verdacht auf, dass es sich um niemand anderen als Arthur Harrington handelte.

Die weibliche Stimme konnte sie niemandem zuordnen. Dennoch gefror ihr bei deren nächsten Worten beinahe das Blut in den Adern.

»Ich werde nicht mehr schweigen. Ich war ein Wrack, bis er mir eine Chance gegeben hat.«

»Theo und Chance, ha, dass ich nicht lache!«

»Er hat vieles zerstört und ich habe seine Arbeit nicht geschätzt. Trotzdem hat er an mich geglaubt und mich als seine Assistentin eingestellt.«

Erneut ertönte das Klatschen eines Schlages und wüste Beschimpfungen, weil die Frau für dieses Dreckschwein gearbeitet hatte. Doch sie ließ sich nicht beirren und konfrontierte ihren Peiniger damit, dass er und seine Kumpels sie vor vielen Jahren in Oxford bei einer Studentenfeier mit K.-o.-Tropfen ausgeknockt und vergewaltigt hatten.

Emotionslos berichtete sie von Depressionen und Suizid-Versuchen und ihrem mühsamen Kampf zurück ins Leben. Erst im letzten Jahr war es ihr gelungen, wieder ein halbwegs normales Leben zu führen, nachdem Theo sich ihrer angenommen hatte.

Samy erkannte schnell, dass das Engagement des Kolumnisten nicht so uneigennützig gewesen war, wie die Frau es verdient hatte. Er hatte sie zu diversen Veranstaltungen geschickt, um dort zu spionieren und Ausschau nach heißen Storys zu halten. Da er ihre Anstellung nicht an die große Glocke gehängt hatte, war es ihm immer gelungen, über sie an pikante Details zu kommen, die in seinem Beisein niemals thematisiert worden wären.

»Im Herbst war ich auf der Kensington-Book-Charity-Party und habe an den Round Tables der Veranstaltung teilgenommen. Während alle Gäste im Turnus von fünfzehn Minuten die Tische wechselten und so an Diskussionen über unterschiedliche Bücher teilnahmen, bin ich in einer Runde gelandet, wo es um außergewöhnliche Tattoos ging. Während ich dem Austausch folgte, bekam ich mit, dass eine Dame ihrer Tischnachbarin vom Tattoo ihres Mannes erzählte. Spätestens als sie meinte, es dürfe nie erwähnt werden und ihr Mann wäre ausgerastet, als sie ihn zu Beginn ihrer Beziehung nach seiner Bedeutung fragte, wurde ich hellhörig. Obwohl die Frau sehr leise sprach, als sie das Tattoo beschrieben hat, gelang es mir, alles zu verstehen. Mit jedem ihrer Worte wurde das Bild vor meinen Augen lebendiger – eine kleine Eidechse, die eine dornige Rose im Mund trägt, und das auf dem linken

Schlüsselbein. Irgendwann war mir klar, dass die Dame deine Frau sein musste, denn dieses Tattoo ist so verrückt, dass es nicht noch einmal existieren kann. Du trägst es auf deinem linken Schlüsselbein.«

»Woher willst du das wissen?«

»Ja woher? Das wundert dich, nicht wahr? Schließlich hattet ihr mir ja die Augen verbunden, als ihr mich gequält habt. Damit glaubtet ihr euch in Sicherheit. Nur als du besonders brutal warst, ist die Augenbinde verrutscht und ich hatte einen Blick auf den Oberkörper des Schweins, der mir das antat.«

Erneut war das Geräusch eines Schlages zu hören und Samy konnte sich nicht mehr zurückhalten. Doch in dem Moment, indem sie zur Treppe eilen wollte, öffnete sich die Tür und ein ganzer Pulk von Leuten strömte auf die Terrasse.

Innerhalb von Sekundenbruchteilen war die Stille zerrissen und eine Kakofonie aus Gelächter und Gesprächen erfüllte die kalte Abendluft. Für einen Augenblick war Samy orientierungslos, während sie versuchte herauszufinden, ob das Gespräch fortgeführt wurde. Doch dann musste sie einsehen, dass die Gelegenheit, etwas zu verstehen, verschwunden war.

Als sie die Menge der Menschen screente, stellte sie fest, dass sie keinen von ihnen kannte, obwohl knapp zwanzig Leute um sie herumstanden. Mitten unter ihnen Arthur Harrington.

Panik überkam sie.

Hatte sie sich getäuscht und es war nicht seine Stimme gewesen, die gedroht hatte? Oder hatte er es geschafft, auf die Terrasse zu kommen, ohne dass sie es bemerkt hatte?

Was war aus der Frau geworden?

Samy konnte nicht wieder hineingehen, ohne sich zu überzeugen, dass alles in Ordnung war. Daher beschloss sie, unter dem Deck nachzuschauen. Dafür musste sie sich durch die Menge arbeiten, was länger dauerte, als sie gedacht hätte. Ein Blick über die Schulter zeigte, dass Arthur verschwunden war.

Unten angekommen musste sie feststellen, dass auch von der Frau, die so viel Verzweiflung ausgestrahlt hatte, jede Spur fehlte. Im Licht ihrer Handytaschenlampe fand Samy lediglich eine ausgetretene Zigarette. Geistesgegenwärtig holte sie ein Päckchen Papiertaschentücher aus ihrer Abendtasche, leerte den Inhalt und stülpte die Plastikverpackung über den Zigarettenstumpf. Sie war sicher, dass Nate herausfinden konnte, wer der Raucher gewesen war, und beeilte sich, wieder nach oben zu kommen.

Inzwischen war sie von Panik erfüllt und sicher, dass sie etwas unternehmen mussten. Denn wenn sie sich nicht täuschte, befand sich die Frau, die Arthur oder wen auch immer konfrontiert hatte, in Lebensgefahr.

Kapitel 16

Aufgescheucht

»Wie sicher bist du?«

»Das kannst du dir selbst überlegen«, herrschte Samy Cor an, der aufgeregt neben ihr auf der Rücksitzbank eines Ubers saß.

Nachdem sie ihn in der Galerie mitten aus einem Gespräch mit anderen Herren gerissen hatte, war er ihr wenig erfreut nach draußen gefolgt. Hektisch hatte sie einen Wagen bestellt. Auf Faward zu warten erschien in Anbetracht der Situation unmöglich, denn er brauchte einen Vorlauf von dreißig Minuten. Diese Zeit hatten sie nicht.

Während sie über die Autobahn Richtung Windsor rasten, versuchte sie unaufhörlich, Nate zu erreichen. Den Fahrer hatte sie angewiesen, sie zum Thames Valley Police Revier zu fahren. Sollte sie ihn bis zum Eintreffen nicht erreichen, war sie sogar bereit, mit Constable Friendly zu sprechen. Irgendwer musste aktiv werden. Nun galt es als erstes herauszufinden, wer die Frau war.

»Wahrscheinlich muss man es so sehen«, räumte Cor ein. Langsam schien seine Empörung über die Tatsache, dass Samy ihn so rüde aus seinen Gesprächen gerissen hatte, nachzulassen. Wahrscheinlich begriff auch er die Dimension dessen, was Samy mitbekommen hatte.

»Dem guten Nate sollte es möglich sein, herauszufinden, wer sie ist. Wahrscheinlich wissen sie es ohnehin. Ich gehe davon aus, dass im Falle eines Mordes das gesamte Umfeld des Opfers überprüft wird. Dabei wird man sich auch seine Mitarbeiter angeschaut haben.«

Samy nickte und versuchte es weiterhin bei Nate, landete aber immer wieder auf seiner Mailbox, wo sie bereits eine Nachricht hinterlassen hatte.

»Und du bist sicher, dass es Harrington war?«

»Cor, ich weiß es nicht. Ich würde beinahe darauf wetten, dass er es war, aber ich habe nur die Stimme gehört …«

»… und ihn anschließend auf der Terrasse gesehen!«, insistierte Cornelius, der ebenfalls alarmiert zu sein schien.

»Aber ich habe mich schon tausend Mal gefragt, ob er es unbemerkt wieder hinaufgeschafft haben könnte oder ob er vielleicht doch mit den anderen erst herausgekommen ist und ich jemand anderes gehört habe.«

»Und wie schätzt du es ein? Ist es realistisch, dass er an dir vorbei und in der Menge untertauchen konnte, ohne dass du es bemerkt hättest?«

Samy dachte darüber nach und kam zu dem Schluss, dass Arthur durchaus unbemerkt an ihr vorbei gekonnt hätte.

»Ich war erschrocken und überwältigt, als so viele Menschen rauskamen. Plötzlich war ich mitten in einem Stimmengewirr. Das hat mich irritiert und ich musste mich erst zurechtfinden. Daher bin ich sicher, dass er Gelegenheit gehabt hat, an mir vorbeizukommen, genauso, wie die Frau, denn anderenfalls hätte ich sie unten gefunden.«

»Hm, alles sehr, sehr unschön!«, kommentierte Cor ihre Worte und drehte sich komplett ihr zu.

Er musterte sie aufmerksam und Samy begann sich unter seinem prüfenden Blick bald unwohl zu fühlen.

Auf seinem runden Gesicht wechselten die Lichteffekte durch vorbeirauschende Lichter und Beleuchtungen, doch Samy blieb nicht verborgen, dass seine Miene sorgenvoll war. Nur hätte sie in diesem Moment nicht gedacht, dass seine Beunruhigung ihr galt.

»Du bist immer noch blass. Bist du sicher, dass es dir gut geht?«, wollte er wissen und unterbrach sie gleich wieder, als sie sich auf die Terrassensituation bezog.

»Papperlapapp. Darum geht es mir gerade aber nicht!«, ereiferte er sich.

»Es geht mir viel mehr um dein Weihnachtsfest mit deinen neuen Verwandten. Warum hast du mir nichts gesagt?«

Sie hörte den Vorwurf in seiner Stimme und konnte es ihm nicht einmal verdenken. Sie hatten schon unzählige schwierige Situationen gemeinsam gemeistert und Cor war immer ihr Fels in der Brandung, wenn es um ihre Familie ging. Nicht selten hatte er sie aufbauen müssen, wenn ihre Mutter wieder einmal wie die Axt im Walde auf ihrem Selbstbewusstsein herumgetrampelt war. Gerade dann war er immer zur Stelle gewesen, um Klaudia Wilde und ihre verrückten Ansichten ins rechte Licht zu rücken und Samy von ihren eigenen Errungenschaften zu überzeugen.

Nun tauchte aus dem Nichts eine neue Familie auf und sie schloss ihn aus. Natürlich war es nicht so, doch sie konnte sich vorstellen, dass Cor es so empfand. Und wenn sie ehrlich war, hatte sie wirklich nicht mit ihm darüber sprechen wollen.

Dabei ging es nicht um ihn oder seine Meinung zu dem Thema. Es drehte sich alles nur um ihre eigene Unentschlossenheit und Unzulänglichkeit.

»Ich wollte dich nicht damit belästigen und musste mir erst einmal Klarheit verschaffen. Du kennst mich, derartige Entscheidungen treiben mich um.«

»Ach, und dann stellst du mich lieber vor versammelter Mannschaft vor vollendete Tatsachen! Und um mir nicht in die Augen blicken zu müssen, flüchtest du?«

Überrascht stellte sie fest, dass in seiner Stimme weniger Vorwurf mitschwang, als sie vermutet hatte. Da war aber noch etwas anderes. Es hörte sich beinahe an, als sei er verletzt.

Für einen Moment vergaß Samy die Arthur-Harrington-Angelegenheit und konzentrierte sich auf ihren Freund.

»So war es nicht!«

Cor lehnte sich demonstrativ zurück und faltete die Hände vor seinem imposanten Körper. Dabei sah er ein wenig aus wie ein altmodischer Priester, der auf eine Erklärung wartete. Als sie nicht sofort reagierte, hakte er ungeduldig nach: »Ach nein?«

Samy spürte, wie dieselbe Panik in ihr aufsteigen wollte, die sie eben in die Flucht getrieben hatte. Doch sie riss sich zusammen und kämpfte die Emotionen hinab. Schließlich hatte sie sich wieder unter Kontrolle, sodass sie antworten konnte.

»Du weißt, dass du der Einzige bist, mit dem ich über meine Familie rede. Niemand außer dir kennt den Wahnsinn und die Niedertracht, die meine Mutter an den Tag legen kann.«

Er nickte zustimmend und sie glaubte, dass er etwas in der Art wie *wohl war, wohl war* vor sich her murmelte, unterbrach sie jedoch nicht.

»Ich habe nicht darüber gesprochen, weil mich die Einladung vollkommen überrumpelt hat. Ich hatte mich auf ein einsames Weihnachten mit ein paar Filmen, einer Pizza und dem ein oder anderen Drink eingestellt. Übrigens bin ich nach wie vor nicht sicher, ob mir diese Variante nicht besser gefallen hätte.«

Sie machte eine Pause und Cor sah sie mit großen Augen an.

»Wie du weißt, bin ich dem Thema Familie Lovejoy bisher aus dem Weg gegangen. Du weißt, dass Thomas schon ein paarmal versucht hat, mich in diese Richtung zu lenken. Aber mich überfordert das. Bis wir ihn im Frühjahr kennengelernt haben«, sie spielte auf Cors und ihren Besuch in der Firma ihres verstorbenen Vaters an, »wusste ich nicht einmal, dass es diese Familie gibt.«

Cor setzte sich auf und sie konnte sehen, dass er auf dem besten Weg war, ihr ins Wort zu fallen.

»Um es kurz zu machen, ich habe die Woche darüber gebrütet, ob ich bereit bin, den Vater meines Vaters kennenzulernen, und bin zu dem Entschluss gekommen, dass ich mir ein Treffen mit ihm noch nicht zutraue. Als Thomas mich eben damit konfrontiert hat, sind mir irgendwelche Sicherungen durchgebrannt und ich habe mich gefragt, ob ich riskieren will, auch diesen Teil der Familie niemals kennenzulernen. Immerhin muss der alte Herr über achtzig sein.«

Sie sah aus dem Fenster und versuchte, sich wieder an die Gedanken und Gefühle zu erinnern, die zu ihrer spontanen Zusage geführt hatten. Dabei spürte sie Cors Augen auf ihren Rücken geheftet. Schließlich drehte sie sich seufzend um.

»Ich weiß nicht warum, aber aus einem Impuls heraus habe ich mich vor deinen Augen umentschieden. Danach hat mich Panik ergriffen und ich bin geflüchtet.«

Sie wusste, dass ihr die pure Verzweiflung in das Gesicht geschrieben stand, als sie weitersprach.

»Ich habe keinen Schimmer, was man von mir erwartet, weiß nicht, ob ich Geschenke mitnehme, wenn ja, was und habe keinerlei Vorstellung vom Dresscode. Ganz zu schweigen von der Tatsache, dass ich nicht weiß, wie ich damit zurechtkommen werde, wenn mein Großvater oder wer auch sonst noch da sein wird, mich freundlich empfängt.«

Sie schluckte und kämpfte erneut gegen eine Panikattacke an, bevor sie beinahe tonlos schloss: »Oder ob er womöglich ein Tyrann ist, der mich nur einlädt, um mich zur Schnecke zu machen.«

Cor war blitzschnell an ihrer Seite und tätschelte ihr die Hand, als sei sie ein kleines Kind. Statt sich wie üblich über diese Geste zu ärgern, empfand Samy sie jetzt als tröstlich und war sogar für seine schwülstigen Worte dankbar.

»Na, na, na! Wir wollen mal nicht so theatralisch sein, meine Liebe!«

Rein mechanisch begann er in seiner Manteltasche zu kramen und Samy wusste, dass er nach einem seiner großen gestärkten Taschentücher suchte.

Gott sei Dank behielt Cor wie immer einen kühlen Kopf und wandte sich ihren Aussagen zu.

»Welche Art von Präsent angebracht ist, sollte herauszufinden sein. Du könntest dich bei Bel und Sir Charles erkundigen. Ich denke, beide würden dir kompetente Antworten geben. Wobei ich persönlich mich mehr an Charles Empfehlung orientieren würde. Nicht, dass ich am gut gemeinten Rat der lieben Bel zweifle, allerdings traue ich ihr auch die humoristische Neigung der Königsfamilie zu, alberne oder peinliche Geschenke auszuwählen.«

An dieser Stelle machte er eine Pause, um Samy die Gelegenheit zu geben, sich zu fangen und insgeheim stimmte sie ihm zu.

»Für die Kleiderordnung kannst du entweder genauso verfahren, oder deinen Onkel fragen. Auch wenn er auf mich nicht modebewusst wirkt, denke ich dennoch, dass er eine allgemeine Auskunft über die richtige Garderobe geben kann. Deine Befürchtung, der alte Herr könnte herrisch sein oder dich schlecht behandeln, ist lächerlich. Ich kann mir partout nicht vorstellen, dass Thomas Lovejoy dich unvorbereitet in die Höhle eines Löwen locken würde. Sei mir nicht böse, aber an dieser Stelle treibt deine Fantasie Blumen.«

Samy wollte ihm gerne zustimmen und war geneigt, es genauso zu vermuten. Dennoch entsprach es leider ihrem Naturell, sich alle Szenarien vorzustellen.

»Thomas Lovejoy erscheint mir ehrenwert und ich durfte mich heute erneut persönlich davon überzeugen, dass er dir sehr zugetan ist. Warum sollte er euer Verhältnis belasten?«

Doch bevor Samy etwas erwidern konnte, bremste der Wagen ab und kam zum Stehen. Erst da bemerkte sie, dass sie Windsor bereits erreicht hatten und vor dem schmucklosen Gebäude der Polizei standen.

Cor, der es nicht mochte, den wesentlichen Teil seiner Meinung noch nicht platziert zu haben, war im ersten Moment ungehalten aufgrund der Unterbrechung. Dann wandte er sich allerdings interessiert dem Gebäude zu und rümpfte die Nase.

»Wer mag wohl diese Schande gezeichnet haben?«

Insgeheim musste Samy ihm zustimmen. Der große Bau aus rotem Stein und Betonelementen wirkte runtergekommen und der blaue Schriftzug *Thames Valley Police* war auf dem weißen Leuchtschild an der Front nur noch partiell zu lesen. Trostlos war wohl noch die schmeichelhafteste Beschreibung des Komplexes.

»Vielleicht sollte man der Königin hin und wieder ein paar Fotografien vorlegen, auf denen sie ersehen kann, wie heruntergekommen das ein oder andere Gebäude in ihrem Königreich ist. Ich kann mir beim besten Willen nicht vorstellen, dass eine derart feine Person so eine Unterbringung ihrer Gesetzeshüter gutheißen würde.«

Er strich seinen Mantel, der die Fahrt unbeschadet überstanden hatte, glatt und fügte naserümpfend hinzu: »Und wie in aller Welt kann ein Mann freiwillig an solch einer Arbeitsstelle tätig sein?«

Samy wusste, dass er Nate meinte, und verkniff sich jeden Kommentar. Es musste wirklich deprimierend sein, tagein, tagaus in diese Tristesse zu gehen.

Gerade, als sie immer noch ein wenig unentschlossen auf die Treppe vor dem Portal zugehen wollten, kamen Nate Stone und Becca Friendly um die Ecke und steuerten auf sie zu. Es war interessant zusehen, wie sich seine Züge aufhellten, während Constable Friendly gleichzeitig aussah, als habe sie in eine Zitrone gebissen, als sie Cor und Samy erblickten.

Schon von Weitem rief Nate ihr zu: »Ist etwas passiert? Ich habe deine Nachricht eben abgehört und wollte mich später melden.«

Erst klang er alarmiert und dann fassungslos, nachdem Samy versucht hatte, so prägnant wie möglich zu schildern, was sie auf der Vernissage gehört hatte.

Nate stellte ein paar Fragen und wies Constable Friendly an, die Personen aus Theos Team zu checken, mit denen sie bereits gesprochen hatten. Die beiden Polizisten tauschten sich über weitere Details aus und Becca zog von dannen, während Nate sich noch einmal Samy und Cor zuwandte.

»Wir haben alle befragt, die offiziell bei ihm angestellt waren. Überraschenderweise waren es viele – ausschließlich Frauen.«

Er wirkte nachdenklich und Samy hätte ihn am liebsten angeschrien. Sie verstand nicht, wie er so ruhig bleiben konnte.

»Werdet ihr sofort aktiv? Ich mache mir Sorgen. Es war schlimm, mit anzuhören, was dieser Frau passiert war. Bestimmt ist sie in Gefahr. Ich kann mir nicht vorstellen, dass man sie einfach rumlaufen und ihre Geschichte erzählen lässt.«

»Natürlich nicht«, schaltete Cor sich ein und versuchte Nate zu ein bisschen mehr Engagement zu bewegen. »Verzeihen Sie, mein Guter, aber ich verstehe Ihre Haltung nicht. Wäre es nicht Aufgabe der Polizei, in solch einem Fall zum Telefon zu stürmen und diesen oder jenen anzurufen? Für meinen Geschmack könnte die Schlagzahl ein bisschen erhöht werden.«

Prüfend blickte er zu Nate und Samy wurde bewusst, dass er alles andere als entspannt wirkte. Stattdessen war er offensichtlich mit seinen Gedanken beschäftigt. Im anderen Falle hätte er Cor sicherlich eine passende Antwort gegeben.

Sie beobachtete, wie die Männer vor der trostlosen Wache standen und unterschiedlicher nicht hätten sein können. Cor in seiner eleganten Abendgarderobe und mit wallendem Haar wirkte deplatziert an dieser Location. Wohingegen Nate sich beinahe nahtlos in die Szenerie einfügte. Was nicht daran lag, dass er genauso langweilig wie die Wache und ihre Umgebung aussah, denn das tat er in Samys Augen nicht. Im Gegenteil, er trug wie immer eine Jeans und hatte unter seiner schwarzen Bomberjacke einen dicken Strickpullover mit Rollkragen an. Dazu kombinierte er Boots, um die Samy ihn beneidete. Sicherlich würden seine Füße darin bedeutend wärmer sein als ihre in den spitzen Pumps.

Seine Haare waren frisch geschnitten, doch sein Gesicht zierte wie meist ein dunkler Bartschatten. Unter seinen Augen lagen dunkle Ringe, mit denen man ihn fast immer sah. Sicherlich lag es an den unregelmäßigen Arbeitszeiten und unangenehmen Themen, mit denen er sich immer beschäftigen musste.

Obwohl auch er etwa einen Meter neunzig groß war, wirkte er neben Cornelius klein. Aber das war nicht weiter verwunderlich und Samy war sicher, dass selbst Pavarotti neben ihm schmächtig wirken musste. Während sie die beiden beobachtete, wurde ihr bewusst, um wie viel mehr ihr Nates Aufmachung zusagte als ihre und Cors Festkleidung.

So sehr sie ihre schönen Kleider liebte, an einem Winterabend an einer zugigen Ecke Windsors hätte sie alles für normale Straßenkleidung gegeben. Sicherlich hätte sie darin weniger gefroren und sich wohler gefühlt.

Der bloße Gedanken daran erinnerte sie wieder an die Frage der Kleiderordnung zu Weihnachten und sie stöhnte unbewusst auf. Dieses Geräusch riss dann auch Nate wieder aus seinen Gedanken und er redete, als habe er von Cors Vorwurf nichts mitbekommen.

»Ich frage mich, welche von ihnen es war. Merkwürdigerweise haben fünf oder sechs Damen angegeben, seine Assistentinnen zu sein. Wieso brauchte er so viel Hilfe?«

Er überlegte krampfhaft, schüttelte jedoch den Kopf, als wäre es egal.

»So oder so, Sergeant Friendly checkt es gerade. Bei einer der Damen würde ich behaupten, sie ist raus. Wenn ich mich nicht täusche, ist sie um die sechzig und damit knapp zwanzig Jahre älter als Harrington. Damit kann sie nicht zur gleichen Zeit wie er in Oxford gewesen sein.«

»Und die anderen?«, wollte Samy drängend wissen.

»Ich bin mir nicht sicher. Das ist es ja, was mich so stutzig macht. So, wie du die Situation geschildert hast, stelle ich mir eine Frau vor, die wenig selbstbewusst und vielleicht zurückhaltend ist. So eine war aber bei den Befragten nicht dabei.«

»Wie meinst du das?«, wollte Samy wissen und spürte Ärger in sich aufsteigen. Konnte es sein, dass hier in Stereotypen gedacht wurde? Doch sie hielt sich zurück, denn sie wollte hören, was er zu berichten hatte.

»Ich kann deine Beschreibung wirklich mit niemandem, den wir in seinem Büro gesprochen haben, in Einklang bringen. Eine war eine Transe, die auch keinen Hehl daraus machte – ganz eindeutig war sie ein Kerl, der sich in Frauenkleidern gefiel.«

An dieser Stelle wollte Cor Einspruch erheben, denn auch ihm gefiel diese Art der Klassifizierung nicht, doch Nate ließ sich nicht beirren.

»Ich habe keine Zeit, über so etwas zu diskutieren. Ihr kennt mich und wisst, dass ich der Letzte bin, der irgendwen oder irgendein Lebenskonzept be- oder verurteilt. Trotzdem bin ich sicher, dass keine der Personen die sein kann, die du hast reden hören. Also noch einmal: Die eine ist circa zwanzig Jahre zu alt, die andere hat unverkennbar die Stimme eines Mannes und die anderen beiden Frauen kann man noch kaum so bezeichnen. Ich würde sagen, dass keine von ihnen älter als zwanzig war. Was nicht zu der Oxford-Geschichte passt.«

Bevor er weiterreden konnte, klingelte sein Handy leise und er holte es schnell hervor und nahm den Anruf an.

»Und?«

Dann lauschte er und Samy versuchte sich einen Reim auf die Veränderung seiner Mimik zu machen. Plötzlich sah auch er besorgt aus.

»In Ordnung, informieren Sie die Kollegen in Notting Hill und sagen Sie ihnen, sie müssen jemanden dort hinschicken, der Wache hält, bis wir da sind. Wir treffen uns am Wagen.«

Dann wendete er sich Samy und Cor zu und holte einen Autoschlüssel hervor.

»Ich muss los, es gibt eine weitere Frau, die bisher keiner erwähnt hat, weil sie krank war. Altersmäßig könnte es unsere Frau sein.«

Im Weggehen rief er Samy zu: »Ich melde mich. Bitte unternehme nichts. Wir wissen nicht genau, womit wir es zu tun haben.«

Kapitel 17

Geschunden und verzweifelt

Als das Telefon klingelte, schrak Samy auf. Sie musste auf dem Sofa eingedöst sein und spürte, dass ihre Füße eingeschlafen waren. Daher rappelte sie sich auf und begann, sich zu strecken. Dann griff sie nach ihrem Handy und sah auf dem Display Nates Namen. Die Wohnung war abgekühlt und sie erinnerte sich, die Zeitschaltuhr des Kamins eingeschaltet zu haben. Also musste es bereits nach Mitternacht sein, schlussfolgerte sie aus der Kälte, die den Raum ergriffen hatte.

»Wir haben sie!«, waren seine ersten Worte, sodass Samy sich kurz orientieren musste, bevor sie wusste, was er meinte. Doch dann wurde ihr schlagartig bewusst, dass er von der Frau sprach, die sie in der Galerie gehört hatte.

»Und?«, wollte sie atemlos wissen, während sie aufsprang und in ihrem Apartment umherlief, um für Wärme und Licht zu sorgen.

Nachdem die Deckenlampe die Dunkelheit vertrieben hatte, hockte sie sich auf den Boden vor den Kamin, um sich aufzuwärmen. Dabei lauschte sie Nates Bericht, bis er innehielt und wissen wollte, ob er sie geweckt hatte.

»Ja«, murmelte sie und korrigierte sich sofort wieder. »Also eigentlich nicht. Ich habe darauf gewartet, dass du anrufst, und bin auf dem Sofa eingeschlafen. Jetzt bin ich ein Eiszapfen, weil ich immer vergesse, wie schnell die englischen Häuser auskühlen.«

»Dann solltest du ins Bett gehen, wir können morgen reden. Und es stimmt – wir haben eine Vorliebe für Cardigans und Flanell-Pyjamas. Dreimal darfst du raten, warum.«

Sie sah sein Lächeln förmlich durch das Telefon und es beruhigte sie. Denn sicherlich würde er nicht derart entspannt plaudern, wenn der Frau etwas passiert wäre.

»Flanell-Pyjamas!«, echote sie beinahe angewidert. »Das stelle ich mir nicht besonders ansprechend vor.«

Nun lachte er am anderen Ende der Leitung laut auf.

»Ansprechend vielleicht nicht, aber es bewahrt einen manchmal vor Frostbeulen.« Dann wurde seine Stimme wieder ernst. »Sie heißt Sophie Brexten, ist neununddreißig Jahre alt und hat vor zwanzig Jahre in Oxford Geschichte und Literatur studiert. Leider wurde sie im ersten Semester Opfer eines Sexualdelikts und wurde danach krank – ich zitiere sie.«

»Wie meinst du das?«

»Das ist die geschliffene Variante, die Miss Brexten zu Protokoll gegeben hat, als wir sie befragten. Zunächst war sie überfordert, als wir bei ihr auftauchten, und hatte versucht, sich und ihre Arbeit bei Theo als banal abzutun. Friendly hatte zwischenzeitlich alle relevanten Informationen über Oxford und ihren Lebensweg zusammengetragen. Auf die Polizeiberichte von damals angesprochen, hat sie uns nüchtern von einem sexuellen Übergriff und anschließenden Depressionen berichtet. Als wir ihr geschildert haben, was du gehört hast, ist sie wie ein Kartenhaus zusammengefallen.«

Seine Stimme war brüchig, beinahe so wie damals, als er ihr von der Frau erzählt hatte, die von ihrem Mann erschlagen wurde. Man brauchte nicht viel Fantasie, um sich vorzustellen, wie ihn die Thematik berührte.

Dennoch fing er sich schnell und Samy hatte das Gefühl, dass nun Wut oder zumindest Frustration in seiner Stimme mitschwang.

»Es war, als hätte man einen Stecker gezogen. Vorher war sie eine attraktive Frau, gut gekleidet, geschminkt und gefasst. Von einem Moment auf den anderen war sie nur noch ein Schatten ihrer selbst. Sie sackte in sich zusammen und konnte kaum sprechen. Stattdessen hat sie geheult und Constable Friendly musste eine weiblich Uniformierte dazu rufen, die wir bei ihr gelassen haben.«

»Hat sie euch gesagt, mit wem sie gesprochen hat?«

»Harrington ...«

»Ich wusste es«, unterbrach Samy ihn und spürte eine merkwürdige Erleichterung, die jedoch nicht lange anhielt.

»Aber das hilft uns nicht weiter, sie schweigt.«

»Wie meinst du das?«

»Eigentlich haben nur wir gesprochen und sie mit den Informationen, die du uns gegeben hast, konfrontiert. Das meiste hat sie mit Kopfnicken bestätigt, auch als wir Harrington als ihren Gesprächspartner nannten. Doch dann, als wir sie baten, mit uns zu kommen und eine Aussage zu machen, straffte sie wieder die Schultern und weigerte sich.«

»Sie weigerte sich?«

Samy kam sich beinahe dämlich vor, als sie nachfragte. Sie hatte seine Worte gehört, doch sie ergaben keinen Sinn. Wie konnte die Frau nachdem, was ihr passiert war und was Samy mitbekommen hatte, sich weigern, mit der Polizei zu sprechen?

Als Nate ihre Reaktion und ihre Argumente schilderte, setzte Ernüchterung ein und Wut überkam sie.

»Sophie Brexten erwähnte, die Polizei habe ihr damals nicht geholfen, sondern die gesamte Angelegenheit trotz der medizinischen Berichte, die dokumentierten, wie schwer sie misshandelt worden war, herabgespielt. Ihre Eltern hatten alle Hebel in Bewegung gesetzt, waren jedoch an den Seilschaften zwischen Polizei und Society gescheitert. Laut Brexten hatte es ein paar Aussagen gegeben, die zu Spuren hätten führen können. Doch auf Anordnung des damaligen Polizeipräsidenten war die Akte mangels zielführender Beweise geschlossen worden. Das war ihr persönlicher letzter Sargnagel, der dazu führte, dass sie schwerstdepressiv geworden ist.«

»Kann so etwas denn sein?«, wollte Samy wissen und spürte, wie die Wut in ihr größer wurde.

»Leider ja«, bestätigte Nate und erläuterte ihr, wie er die Angelegenheit einschätzte.

»Harrington und seine Freunde entstammen der Oberschicht. Diese Jungs blieben auch in Oxford unter sich und bilden einen geschlossenen Kreis. In der Regel waren ihre Eltern bereits dort und sind Teil eines Spinnengewebes, das so engmaschig gewebt ist, dass man es kaum durchschauen kann. Sollte von einer Seite Gefahr drohen, rücken sie enger zusammen und lassen ihre Macht für sich arbeiten. Die Verbindungen reichen bis nach ganz oben in jede einzelne Behörde. Sollte also etwas auf ihn oder jemanden aus seiner Clique gedeutet haben, würde es mich nicht wundern, wenn es genauso abgelaufen ist, wie Brexten behauptet.«

Übelkeit überkam Samy und am liebsten hätte sie etwas gegen eine Wand geworfen. Auch sie kannte das Vitamin-B-Gebilde, das an Universitäten immer noch dafür sorgt, dass man Karriere machte, oder nicht. Sie selbst hatte sich mit Händen und Füßen dagegen gewehrt, Teil dieses System zu werden und dennoch immer wieder erlebt, wie sich Türen auf magische Weise öffneten, nur weil sie die Lebensgefährtin eines angesehenen Professors war. Sie wusste, dass sie sowohl als Mathematikerin als auch als Informatikerin gut war und in jedem Fall Erfolg gehabt hätte. Dennoch fragte sie sich hin und wieder, wie manche Dinge gelaufen wären, wenn man sie nicht mit dem übermächtigen Karl in Verbindung gebracht hätte. Dabei hatte es niemanden interessiert, dass er ein Arschloch vorm Herrn war und keine hohen Moralvorstellungen hatte.

Karl hatte sie während ihrer gesamten Beziehung belogen und betrogen, indem er seine jungen Studentinnen reihenweise auf dem Schreibtisch des staubigen Fakultätsbüros verführte. Im Nachhinein hatte sie erfahren, dass beinahe jeder von seinen Fehltritten gewusst hatte, mit Ausnahme von ihr. Doch seine akademischen Würden hatte ihn unantastbar gemacht und sogar auf sie als seine Partnerin gestrahlt.

Beim Gedanken daran fühlte sie sich immer noch beschmutzt. Sie konnte die Lage von Sophie Brexten nachempfinden, ohne vergleichbare Schrecken erlebt zu haben.

Nates Worte, der sich darüber beklagte, dass es ihnen nicht gelungen war, die Frau davon zu überzeugen, dass sie die Sache heute anders handhaben würden, drangen kaum durch, so sehr war sie in ihren eigenen Gedanken.

Erst als er insistierte, Friendly und er seien sicher, dass Harrington den Mord an Theo begannen hatte, aber nichts machen konnten, solange er ein Alibi seiner Frau habe, erwachte Samy wieder zum Leben.

»Wieso seid ihr sicher?«

»Weil Sophie Brexten zumindest so kooperativ war, uns den Entwurf der Kolumne zu zeigen, die am Montag nach seinem Tod hätte veröffentlicht werden sollen. Darin holte

Harrington seine Vergangenheit mit voller Wucht ein. Theo hatte so viel Dreck zusammengetragen und in seiner üblichen Art geschrieben, dass Arthur Harrington danach politisch tot gewesen wäre.«

»Aber warum ist sie nicht mehr erschienen? Für den Herausgeber müsste es doch in Anbetracht von Theos Ermordung eine umso interessantere Veröffentlichung gewesen sein«, warf Samy ein.

»Wäre es zweifelsohne gewesen.«

Hier machte er eine Pause und Samy konnte sich bereits vorstellen, was folgen würde.

»Aber noch am Sonntag erging eine einstweilige Verfügung gegen die Veröffentlichung von weiteren Kolumnen aus Theos Feder. Begründung: Das Ansehen des Verstorbenen sollte vor Missbrauch geschützt werden!«

»Ekelhaft!«, echauffierte Samy sich und schimpfte über die Möglichkeiten von Menschen mit Macht.

»Ich stimme dir in allen Punkten zu, doch uns sind die Hände gebunden.«

Dann schwiegen sie einen Moment, bis Samy eine Idee kam.

»Lass mich und Cor mit ihr reden! Auch mit seiner Frau«, warf sie mit aller Inbrunst ein und ließ sich von seinem Zögern nicht beirren.

»Du kennst ihn und du weißt, wie er es bereits in der Vergangenheit geschafft hat, die Menschen zum Reden zu bringen.«

Nate wandte sich und brachte diverse Gegenargumente, die sicherlich alle Hand und Fuß hatten, dennoch ließ Samy sich nicht von ihrer Idee abbringen.

»Auch wenn es ein Mysterium ist, fühlen die Menschen sich zu ihm hingezogen und erzählen ihm Dinge, die du oder ich niemals erfahren würden. Erinnere dich nur an die schräge Schwester von Jeremy Burkehead. Sie gehörte eindeutig einer komplett anderen Welt an, zu der ich niemals einen Zugang gefunden hätte.«

Die Erinnerung an die alkoholkranke Frau im pinken Samthausanzug mit Lockenwicklern im Haar und einer Zigarette im Mundwinkel ließ sie erschauern. Doch gleichzeitig sah sie den Glanz in ihren Augen vor sich, als Cornelius sie umgarnt hatte.

Obwohl Michelle Burkehead der Prototyp jeder Trash-TV-Show gewesen war, und ihr Zuhause so unappetitlich runtergekommen gewesen war, hatte Cor es in Lichtgeschwindigkeit geschafft, sie um den kleinen Finger zu wickeln.

Aus irgendeinem Grund hatte er dieses Talent, was Menschen aller Schichten dazu brachte, ihm ihre Geheimnisse oder tiefsten Bedürfnisse anzuvertrauen. Fairerweise musste man anmerken, dass Cor achtsam mit den Gefühlen der Menschen umging. Obwohl er der größte Snob diesseits der Themse war, gab er sich niemals überlegen, sondern behandelte alle mit dem gleichen Anstand. Wahrscheinlich war genau das es, was die Menschen zu ihm trieb wie die Motten ins Licht.

Nachdem Nate sich eine Weile gewehrt hatte, lenkte er schließlich ein.

»Wahrscheinlich kann es nicht schaden. Momentan wüsste ich nicht, wie wir bei Sophie oder Penelope weiterkommen. Wir haben mehrfach versucht, mit Mrs Harrington zu reden, aber sie weigert sich, von ihrer Aussage, ihr Mann sei ihr bei der Party nicht von der Seite gewichen, abzuweichen.«

»Was ganz sicher nicht stimmt!«, widersprach Samy und Nate fragte erstaunt nach.

Sie schilderte ihm den Moment auf dem Hocker an der Wand, wo sie sich und ihren Füßen eine kurze Pause gegönnt hatte.

»Da sind mir die beiden zum ersten Mal aufgefallen, weil er sie so besitzergreifend am Arm festhielt und sie eingeschüchtert wirkte. Ich erinnere mich auch an Bels Worte, die Harrington als einen brutalen und frauenverachtenden Bastard bezeichnete. Wenn ich darüber nachdenke, bin ich mir sicher, dass er sie stehen ließ, während ich die beiden beobachtete. Allerdings kann ich nicht sagen, wie lange er weg war. Vielleicht ist er zur Bar gegangen, aber im Nachhinein glaube ich das nicht.«

»Hm«, murmelte Nate und fügte hinzu: »Wir brauchen etwas Konkretes. Harrington ist aalglatt und würde sofort von seinen Parteifreunden abgeschirmt werden, wenn wir ihm auf die Füße treten, ohne ihn festnageln zu können.«

»Dann lass Cor sein Glück versuchen. Bitte!«

Einen Moment herrschte Schweigen, doch schließlich lenkte er ein.

»Na gut. Aber keine Alleingänge. Ihr informiert mich vorab von euren Plänen und wir koordinieren das gemeinsam, verstanden? Da draußen läuft ein Mörder herum. Wenn es nicht Harrington ist, ist er zumindest ein Brutalo, der sich bei Frauen nicht besonders unter Kontrolle hat. Ich möchte dich nicht mit einem blauen Auge sehen – Cor übrigens auch nicht.«

Seine Sorge rührte Samy und sie versprach es, dabei verkniff sie sich aber den Hinweis darauf, dass er falschlag, wenn er glaubte, Cor würde nicht mit Harrington fertig werden. Es gab beinahe nichts, was Cor sportlich nicht beherrschte und natürlich hatte er einen hohen Dan im Judo. Vor einigen Jahren war er nach Israel gereist, um von kompetenten Lehrern, wie er betont hatte, Krav Maga zu lernen.

Sowohl Arthur Harrington als auch jeder andere würde sein blaues Wunder erleben, wenn er sich mit Cornelius von Reeder anlegte.

Kapitel 18

Böse Taten kommen ans Licht …

Cor nahm seine Rolle wie immer sehr ernst und hatte die Zeit, seit Samy ihn informiert hatte, genutzt. Als er zu Samy in Fawards Limousine stieg, war er gekleidet, wie ein englischer Landjunker, sodass es ihr die Sprache verschlug. Im Knopfloch des Revers seines dunkelgrünen Cord-Sakkos steckte sogar eine kleine Nelke.

Samy zeigte darauf und schüttelte den Kopf.

»Das ist doch nicht dein Ernst, oder?«

Doch Cor ignorierte sie und tat, als wüsste er nicht, was sie meinte. Stattdessen fasste er zusammen, was sie ihm über die Besuche bei Sophie und Penelope mitgeteilt hatte, und erläuterte seinen Plan.

»Ich habe zu beiden Damen ein paar Informationen eingeholt und hoffe, dass sie uns helfen werden, die ein oder andere Nuss zu knacken. Besonders Pen ist mir ein Rätsel. Sie hat einen Abschluss in Cambridge und stammt aus einer der ältesten Familien des Landes. Sie hatte eine vielversprechende Karriere als PR-Frau, bevor sie Arthur Harrington heiratete. Obwohl das Paar keine Kinder hat, hat sie nach der Eheschließung sofort aufgehört zu arbeiten. Ihr Umfeld beobachtet seit Jahren, dass sie immer schlechter dran ist, viel trinkt und nicht selten mit Blessuren auftritt. Das alles geht einher mit dem Voranschreiten seiner politischen Laufbahn.«

Samy war beeindruckt. »Wow! Ich muss gestehen, dass du mich immer wieder überraschst. Du zauberst Leute aus dem Ärmel, die alles und jeden kennen – Respekt!«

»Ach, das ist ja keine Kunst, Frau Doktor. Mein Informant ist bestens vernetzt und die Harringtons sind im Licht der Öffentlichkeit. Schwieriger war es bei Miss Brexten. Zu ihr gibt es nicht viel. Ich weiß, dass sie jahrelang in den Staaten war, von einer Entzugsklinik in die nächste gereicht wurde und erst seit zwanzig Monaten wieder im Lande ist. Auch ihre Familie ist vermögend, daher Oxford und die teuren Sanatorien. Allerdings sind diese Leute Selfmade-Bonzen und nicht reich per Geburt. Will heißen, sie gehören nicht zur Society.«

»Wow!«, staunte Samy und konnte sich einen Kommentar auf Cors Informanten nicht verkneifen. »Kann es vielleicht sein, dass dein Knowly wesentlich weniger abgerissen ist, als er dich glauben macht?«

Sie erinnerte sich an Cors Beschreibung eines Mannes, der beinahe aussah wie ein Obdachloser und sich auch so benahm. Dennoch hatte Cor bereits im Frühjahr, beim ersten Zusammentreffen mit ihm, den Verdacht geäußert, dass der Kerl unter seiner Fassade gebildet war. Sie waren durch einen von Cors Londoner Kontakten zusammengekommen und hatten sich auf dem Friedhof in Windsor getroffen. Damals hatte Knowly – niemand wusste, was es mit dem Namen auf sich hatte – die entscheidenden Informationen geliefert und Samy das Leben gerettet.

Sowohl sie, als auch Cor, neigten seit diesem Ereignis dazu, Knowly beinahe alles zuzutrauen. Dennoch blieb er ein Mysterium und Cor gab sich bedeckt.

»Ich würde dich bitten, nicht damit hausieren zu gehen, woher ich mein Wissen beziehe.« Dabei warf er einen verschwörerischen Blick zu Faward, der stoisch durch die Windschutzscheibe blickte.

»Immerhin ist der Sinn und Zweck eines Informanten der, dass er hinter den Kulissen an das Wissen kommt, was man begehrt. Wenn wir alles oder besser noch, alle ans Licht zerren, können wir das System vergessen.«

Demonstrativ wandte er sich seiner Butterbrottüte zu, die er augenscheinlich bei Asif besorgt hatte. Nachdem er sie geöffnet hatte, förderte er eines seiner geliebten Pastrami-Sandwiches zutage und biss genüsslich hinein.

Das wiederum veranlasste Faward, den Blick von der Straße zu nehmen. Er warf Cor einen tadelnden Blick zu und machte damit klar, was er von Essen in seinem Wagen hielt.

Cor wies auf sein großes Taschentuch, welches wie eine Serviette auf seinem Schoss ausgebreitet war, und ließ sich nicht beirren. Schließlich wandte er sich wieder Samy zu und sprach leiser als zuvor. Sie vermutete, dass er damit eine Retourkutsche in Richtung des Fahrers senden wollte.

»Wie dem auch sei. Ich könnte mir denken, dass die Frau sich ziert, mit der Polizei zusammenzuarbeiten, weil sie weiß, dass man ihr bei der Vergangenheit nicht viel glauben würde …«

»… und ein Typ wie Harrington sie innerhalb kürzester Zeit diskreditieren würde«, vollendete Samy den Satz.

Cor nickte und genoss sein Brot. Sie saßen schweigend beieinander und Samy fragte sich, wie die Frau überhaupt weiterleben konnte. Ihre Erlebnisse und die endlose Leidenszeit mit Abhängigkeiten, die aus ihrer Vergangenheit resultierten, mussten sie entkräftet haben. Hinzu kam das Wissen, dass sie für den Rest ihres Lebens stigmatisiert war, während die, die dafür verantwortlich waren, ein Leben auf der Überholspur führten. Es überstieg Samys Vorstellungsvermögen, welch ein Kraftakt solch ein Dasein bedeuten musste und wie schon so oft in den letzten Tagen, stieg beim Gedanken an Harrington Wut in ihr auf.

»Hoffentlich findet sich ein Weg, diesen Drecksack aus dem Verkehr zu ziehen. Er hat genug Leid für mehrere Leben produziert«, ereiferte sie sich und schloss angewidert: »Es muss verhindert werden, dass so jemand ein höheres Amt in der Öffentlichkeit bekleidet, denn es würde ihm ermöglichen, noch skrupelloser vorzugehen.«

Cor stimmte ihr zu und sie legten den Rest der Fahrt schweigend zurück, nachdem sie beschlossen hatten, zunächst nach London zu Sophie Brexten zu fahren.

Das Haus, in dem sie lebte, war unspektakulär und dennoch kostspielig, wie die Umgebung erahnen ließ. Notting Hill gehörte seit vielen Jahren zu den angesagtesten Stadtvierteln in London, der Charme der Gegend lag in der Quirligkeit in den Straßen. Beinahe in jedem Haus befand sich ein kleiner Laden oder ein Café, viele davon mit üppigen Blumengirlanden an den Fassaden, wie es seit einiger Zeit angesagt war. Das konnte man mögen oder nicht, doch in jedem Fall hübschte es die Atmosphäre auf und verlieh allem selbst im Winter einen fröhlichen Touch.

Cor betrachtete alles mit Wohlwollen und kommentierte die schweren Messingbeschläge an Sophie Brextens Haus.

»Immerhin ist sie nicht mit Armut geschlagen.« Dann klingelte er, während Samy ein paar Worte mit dem Polizisten wechselte, den Nate postiert hatte.

Es dauerte nicht lange, bis die Tür von einer Frau mit beinahe hüftlangen Haaren geöffnet wurde. Man sah ihr an, dass sie schon vieles erlebt und gesehen hatte, auch der jahrelange Raubbau mit ihrem Körper standen ihr ins Gesicht geschrieben. Die blauen Augen lagen in tiefen Höhlen und blickten ihnen trostlos entgegen.

In dem Moment, als sie die Worte *kommen Sie rein, der Polizist ist auch schon da* aussprach, erkannte Samy die Stimme wieder. Sie hörte sich so verzweifelt an, wie am Vorabend und passte zum abgekämpften Aussehen der Frau.

Sie führte sie durch einen dunklen Flur in den hinteren Teil des Hauses, der unerwartet freundlich und aufgeräumt war. Dort stand Nate inmitten einer Pflanzenschar, die beinahe den gesamten Salon erfüllte. Er wirkte hilflos und deplatziert. Gleichzeitig war er offensichtlich dankbar für ihr Erscheinen. Gleich nach einer knappen Begrüßung verabschiedete er sich und bat Miss Brexten erneut, es sich anders zu überlegen.

Kapitel 19

Trost und trostlos

Lucas schenkte ihnen Tee nach und Samy war dankbar, dass er auf Cors Geheiß hin für jeden einen Whiskey mitgebracht hatte.

Der heutige Tag hatte sie emotional mehr gefordert als das meiste, was sie jemals erlebt hatte. Daher brauchte sie dringend etwas, was ihre Gefühle kurzzeitig dämpfte. Samy griff nach dem Glas mit der samtig braunen Flüssigkeit und kippte den Inhalt in einem Zug hinunter. Dann ließ sie sich in das Polster ihres Cocktailsessels zurücksinken und betrachtete ihre Umgebung.

Das Castle Hotel hatte die Lockdown-Zeiten in den letzten zwei Jahren genutzt und vieles verändert. Bereits zuvor war es schön gewesen, doch nun war es nicht mehr primär elegant, sondern beinahe mondän. Ehemals waren der Eingangsbereich hinter der alten Holzdrehtür und der angrenzende Salon, der zum High Tea einlud, ineinander übergegangen. Lediglich das Restaurant fand hinter der altmodischen Treppe, die zu Weihnachten eine schöne Tannengirlande zierte, eine Abgrenzung.

Nun war jedoch alles in kleinere Segmente unterteilt worden. Runde und halbrunde Metallregale schufen einzelne Räume, die dennoch verbunden waren. Die Regalböden zierten zwar Pflanzen und andere Dekoration – das meiste davon in modischem Grün – ließen aber ansonsten einen Blick auf die andere Seite zu.

Viele der alten Bilder, die royale Szenen aus vergangenen Tagen gezeigt hatten, waren durch moderne Drucke ersetzt worden und gaben dem Raum eine andere Ausstrahlung. Alles war wunderschön und geschmackvoll. Dennoch trauerte Samy dem alten Castle Hotel nach. Für sie war es ein Sinnbild des traditionellen Windsors gewesen, das ihr Geborgenheit vermittelte hatte.

Nun hatte sie das Gefühl, in einem Abendkleid besser aufgehoben zu sein, als in ihrer winterlichen Tagesgarderobe.

Gott sei Dank habe ich mich für meinen Burberry-Mantel entschieden, überlegte sie und wusste, dass die dicke Steppjacke, die sie erst hatte wählen wollen, ein absolutes No-Go in diesem edlen Ambiente gewesen wäre.

Cor schien all dem keine Bedeutung zu schenken. Er saß ihr stumm gegenüber und ließ den Whiskey in seinem Glas so stark kreisen, dass er drohte, über den Rand zu schwenken. Samy wusste, dass er dies tat, um seine Gedanken zu ordnen, und hatte keinen Zweifel daran, dass auch er mitgenommen war vom Leid der beiden Frauen, die sie besucht hatten.

»Welch eine Schande!«, waren seine ersten Worte. Für eine Sekunde glaubte Samy, er würde doch vom Umbau des Hotels reden. Doch dann ergossen sich seine Eindrücke und all der neue Glanz des Raumes konnte nicht verhindern, dass jegliche Feststimmung verschwand.

»Wenn ich Menschen wie Harrington begegne oder sehe, welches Leid sie anzetteln, frage ich mich, ob unserem Allmächtigen alles entgleist ist, oder ob er gar die Zügel aus der Hand gegeben hat«, philosophierte er, doch der Klang seiner Stimme war nüchtern und nicht theatralisch.

Dabei trank er den Rest seines Drinks und signalisierte Lucas, der wieder hinter die Bar zurückgekehrt war, dass er eine weitere Runde haben wollte.

Cor war gläubig, genau wie Samy. Allerdings hatte sich bei ihnen eine starke Antipathie gegen alles Klerikale eingestellt, dennoch besuchte er im Gegensatz zu ihr immer noch regelmäßig Gottesdienste. Allerdings wusste sie, dass dies mehr aus Familientradition als aus dem Bedürfnis nach dem göttlichen Segen geschah. Nichtsdestotrotz bezog er sich gerne auf den lieben Gott und bezeichnete ihn als den Allmächtigen, der in seinen Augen über allen Dingen erhaben war.

Zu hören, wie er an Gottes Weitsicht oder seinen Fähigkeiten zweifelte, zeigte das Ausmaß von Cors Erschütterung und Samy konnte es ihm nicht verdenken. Samy ging es aber nicht anders und sie ergänzte seine Befürchtungen.

»Ich bin ganz bei dir. Wie kann es sein, dass niemand es schafft, diesem Kerl Einhalt zu gebieten? Schau dir die Frauen an. Jede einzelne wurde und wird von ihm malträtiert und dennoch ist ihre Angst so übermächtig, dass er es schafft, sie mundtot zu machen.«

»Wohl wahr«, bedauerte Cor und äußerte seine Bedenken.

»Nach den heutigen Gesprächen würde ich resümieren, dass keine den Mumm hat, gegen ihn auszusagen. Dennoch haben wir einen Funken Zuversicht gesät – darauf müssen wir hoffen. Bei Mrs Harrington hatte ich zeitweise das Gefühl, dass sie geneigt war, ihm das Alibi zu entziehen. Aber ich glaube, es kommt bei ihr auf die Gesamtsituation an. Sollte die Polizei es schaffen, ihn dingfest zu machen, würden wir sie wahrscheinlich dazu bringen, die Wahrheit auszuspucken. Solange er aber auf freiem Fuß ist und man ihm nichts nachweisen kann, wird auch sie nichts tun, was ihm schadet – aus Angst vor noch größeren Repressalien.«

Er butterte einen der Scones, von denen er eine große Menge geordert hatte, und biss ab, bevor er sich kopfschüttelnd weiter äußerte.

»Kann man es ihr verdenken? Wenn du mich fragst – nein. Ich war schockiert, als sie uns gegenübergetreten ist, und ich versichere dir, sie hätte sich gar nicht gezeigt, wenn die Attacke nicht frisch gewesen wäre.«

Samy stiegen bei der Erinnerung an Pen Tränen in die Augen, denn sie hatte nie zuvor etwas Vergleichbares gesehen.

Die Frau hatte einen dünnen Seidenmorgenmantel getragen und war noch nicht lange auf den Beinen, obwohl es Mittag war. Nachdem sie und Cor eine Stunde mit Sophie Brexten verbracht hatten, waren sie nach Richmond gefahren, wo die Harringtons lebten. In dem imposanten Haus hatte ihnen ein junger Kerl im dunklen Anzug die Tür geöffnet und behauptet, die Dame des Hauses sei indisponiert. Während sie unschlüssig berieten, war nicht weit entfernt ein leises Wimmern ertönt und Cor hatte sofort gehandelt. Den Anzugträger beiseiteschiebend war er in das Haus eingedrungen und hatte Mrs Harrington gefunden.

Pen hatte mit blutender Lippe auf dem Boden gehockt. Erst, nachdem sie ihr auf die Füße geholfen hatten, waren ihnen ein blaues Auge und weitere verblassende Blutergüsse am Hals und den Handgelenken aufgefallen. Die Frau hatte sich mit Händen und Füßen gegen die Polizei gewehrt und keinen Hehl daraus gemacht, dass alles auf ihren Mann zurückging. Zumindest ließ sie zu, dass Cor sich ihre Verletzungen ansah und versorgte.

Während Samy sich weiter um sie gekümmert hatte, war Cor auf den Mann im dunkeln Anzug losgegangen und hatte ihn zur Rede gestellt. Er hatte ihm Prügel angedroht, weil er zuließ, dass jemand eine Frau derart behandelte. Doch letztlich war es Penelope gewesen, die ihn zurückrief und die Situation erklärt hatte.

»Lassen Sie Magnus!«, hatte sie Cor angefleht und ihnen berichtet, dass der junge Mann ihre einzige Stütze sei und sie im Rahmen seiner Möglichkeiten beschützte. Meist gelang es ihm, Schlimmeres zu vermeiden. Dennoch war Cor furios und hatte Magnus weiter angeherrscht. Es ging über seinen Verstand hinaus, dass er die Attacken von Arthur Harrington nicht unterband, doch dann gestanden beide, dass der Politiker Magnus in der Hand hatte, da seine Schwester illegal im Land war.

»Was für ein Sumpf!«, warf Cornelius bei der Erinnerung an das Leid von Pen und an die Geschichte von Magnus ein, der aus der Ukraine stammte und zum Schutz von Mr Harrington eingestellt worden war. Aber schon bald hatte Arthur ihn wissen lassen, dass er das Geheimnis seiner Schwester kenne und sie inhaftieren lassen würde, wenn er sich einmischte oder einen falschen Schritt machte. Seit diesem Moment versuchte Magnus, Pen aus der Schusslinie zu nehmen und einzuschreiten, wenn Arthur wieder durchdrehte. Aus den Aussagen von ihm und Mrs Harrington hatten Samy und Cor den Eindruck gewonnen, dass der Politiker Alkoholiker war und in vielen Punkten irrational handelte.

Cor hatte die Schilderungen medizinisch betrachtet und ihnen erläutert, dass in Arthurs Verhalten eine Steigerung von Gewaltbereitschaft zu sehen war. Dies deutete darauf hin, dass er kaum Grenzen akzeptierte und sich auf einen Kontrollverlust zubewegte.

Stillschweigend hatten sie alle es für denkbar gehalten, dass er der Mörder von Theo war. Sowohl Pen als auch Magnus hatten in den letzten Wochen immer häufiger mitanhören müssen, wie er Tötungsabsichten zu dem Kolumnisten geäußert hatte. Außerdem hatte Penelope bei den Burtons gesehen, wie er seinen Siegelring und das Metallarmband seiner Uhr mit einer Bürste geschrubbt hatte. Sie vermutete, dass sich daran Blut befunden hatte, verneinte aber die Frage, ob sein Hemd oder Anzug Spuren aufgewiesen hatten. Magnus war angewiesen worden, die Abendgarderobe montags zur Reinigung zu bringen. Allerdings war dies nichts Unübliches, nahm der Polizei dennoch die Chance, gegebenenfalls Blutspuren von Theo nachzuweisen. Bei den Schmuckstücken war Cor dennoch sicher, dass eine Laboranalyse etwas ergeben würde.

Insgesamt war das Treffen bedrückend und nicht zielführend gewesen. Weder Samy noch Cor und auch nicht Magnus hatten es geschafft, Mrs Harrington zu überzeugen.

Sie hatte zwar eingeräumt, mitzuziehen, wenn es Beweise gegen ihren Mann geben würde, aber ob sie es tat, lag in den Sternen. Sie war eine verängstigte Frau und es war nicht vorhersehbar, wie sie sich verhalten würde.

Nach mehreren Scones und einer Kanne Tee ermahnten Samy und Cornelius sich, dass es an der Zeit war, die schlimmen Erinnerungen beiseitezuschieben und Pläne zu machen. Denn nach den Besuchen bei den Frauen hatten sie mit Nate telefoniert und die Möglichkeiten, die sich der Polizei boten, besprochen. Schließlich waren sie zu dem Entschluss gekommen, dass ihre einzige Chance darin bestand, auf Samys Party für eine Art Showdown zu sorgen. Wenn es eine Möglichkeit gab, Arthur Harrington zu überführen, dann nur, wenn er aus der Reserve gelockt wurde.

Nate hatte ihnen berichtet, dass die Mordwaffe noch nicht gefunden worden war und eine DNA-Analyse auch nichts brachte. In einem Toilettenraum, der von Partygästen frequentiert wurde, würde sich kaum etwas Verwertbares finden lassen.

Sophie Brextens Aussage würden die Anwälte des Politikers in der Luft zerreißen, also brachte sie nur ein Geständnis weiter. Das würden sie allerdings nur bekommen, wenn er sich in die Enge gedrängt fühlte und etwas Unüberlegtes tat. Auf der Party würden sich alle versammeln. Nate, der zu Samys Gästen gehörte, würde vielleicht dem ein oder anderen auffallen, aber dennoch glaubten sie nicht, dass er viel Interesse erwecken würde.

Die Feierlichkeiten würden einen idealen Rahmen für die Demaskierung von Arthur Harrington abgeben. Es war genau das Umfeld, indem er sich sicher fühlte. Nichts würde ihn daran hindern, sich volllaufen zu lassen. Samy ging davon aus, dass er ansonsten auch negativ auffallen würde, denn genau so hatte sie ihn bisher erlebt.

Ihre Hoffnung setzten Nate und Samy in Sophie Brexten. Im Gegensatz zu Penelope schien sie begriffen zu haben, dass sie nur eine Chance auf ein Leben hatte, wenn Harrington dingfest gemacht wurde. Allen Beteiligten war klar, dass er versuchen würde, sie aus dem Weg zu räumen, nachdem er nun wusste, dass sie bereit war, sein dreckiges Geheimnis der Welt mitzuteilen. Er konnte sie nicht weiter herumlaufen lassen, denn dann wäre seine Laufbahn zu Ende.

Daher konnte niemand für Sophies Sicherheit garantieren, solange Arthur auf freiem Fuß war. Und so blieb ihnen nichts anderes übrig, als darauf zu hoffen, dass die Frau bei Samys Party auflaufen und lauthals ihre Geschichte erzählen würde. Nichtsdestotrotz würde das allein nicht reichen, wenn Penelope Harrington nicht die Rolle übernahm, die sie ihr zugedacht hatten.

Cor hatte auf sie eingeredet und zu überzeugen versucht, dass sie nach Sophies Outing das Tattoo ihres Mannes bestätigen musste. Mehrfach hatte er versucht, sie daran zu erinnern, wie ihre Erwähnung des Echsenmotivs bei der Round-Table-Veranstaltung ihr die aktuellen Verletzungen eingebracht hatten.

Sie hatte ihnen berichtet, dass Harrington erst am Morgen nach der Vernissage zu Hause erschienen war. Nachdem er Pen wortlos bei der Vernissage zurückgelassen hatte, musste er irgendwo weiter getrunken und übernachtet haben. Sie hatte den Alkohol gerochen und sich kaum wehren können, als er sie windelweich schlug und beschimpfte, sie könne ihr dummes Maul nicht halten. Pen hatte ihnen gestanden, dass sie immer noch nicht wusste, was er gemeint hatte, als er sie anschrie, ihr Gerede hätte ihn in eine unangenehme Situation gebracht. Erst, als er ihr angedroht hatte, ihr den Hals umzudrehen, wenn sie wieder sein Tattoo erwähnen würde, hatte sie begriffen, worum es ging.

»Wegen dir muss ich diese Schlampe auch aus dem Weg räumen.«

Niemand zweifelte daran, dass er hinter Sophie Brexten her war und dass sie in Gefahr schwebte. Nate hatte eine rund um die Uhr Bewachung für sie angeordnet, womit sie vorübergehend geschützt werden konnte. Doch es war zwingend notwendig, Arthur Harrington auszuschalten, und das ging nur mit seiner Frau.

Kapitel 20

Vorbereitungen

Samy erwachte am Samstagmorgen mit Herzklopfen, nachdem sie kaum geschlafen hatte. Immer wieder war sie aufgeschreckt, weil ein betrunkener Arthur Harrington sich im Traum über sie gebeugt und zu erdrosseln versucht hatte. Dann waren Kellner mit blutigen Tabletts erschienen und um allem die Krone aufzusetzen, hatte sie in einem leeren Ballsaal gesessen, während von allen Seiten das hämische Lachen der Gäste, die nicht erschienen waren, ertönte.

Schon als Kind hatte sie die Geschehnisse des Tages in Albträumen verarbeitet und an dieser oftmals gruseligen Angewohnheit hatte sich nichts geändert.

Gerädert fiel ihr Blick auf das lange schwarze Abendkleid auf der Kleiderstange vor dem Spiegel. Nachdem sie im Arbeitszimmer ihres Vaters ein Buch über Feng-Shui gefunden hatte, war sie in die Thematik eingetaucht und versuchte, ihr Umfeld danach zu gestalten. Laut der asiatischen Harmonielehre, die schon Jahrtausende alt war und sich großer Beliebtheit erfreute, sollte im Schlafzimmer kein Spiegel vorhanden sein, weil er den Schlaf stören konnte. In ihrem Schlafzimmer war er jedoch Teil der Einbauschränke und so konnte sie ihn nicht entfernen, daher hing sie etwas davor.

Dachte sie an die letzte Nacht und den Horrorschlaf, war an dem Feng-Shui-Tipp etwas dran und die Lösung mit dem Abhängen des Spiegels wohl nicht der Weisheit letzter Schluss. Allerdings wanderten ihre Gedanken schnell weg von den Einrichtungsratschlägen, denn das *Oscar-de-la-Renta*-Kleid triggerte ihre Angst hinsichtlich der bevorstehenden Party.

Wie hatte sie sich dazu hinreißen lassen können, solch ein Fest zu schmeißen? Sie war der ungastlichste Mensch, den sie kannte. Dabei liebte sie es, mit anderen zusammen zu sein, nur hatte sie es nie gelernt, Gastgeber zu sein. Ihre Mutter hatte kein Verständnis für derartigen Firlefanz. Nicht einmal einen Kindergeburtstag hatte sie für Samy ausgerichtet. Als Erwachsene hatte ihr der Mut gefehlt, es zu versuchen, und außerdem wurde es in ihrem langjährigen Arbeitsumfeld an der Universität nicht erwartet, dass jemand private Einladungen aussprach; und dennoch würde sie in etwa zwölf Stunden die Crème de la Crème der Berkshire Society beherbergen.

Mit einem einzigen Satz war sie aus dem Bett gesprungen und schalte sich selbst. *Wieso hast du ihnen erlaubt, dich unter Druck zu setzen.* Sie verteufelte Cor und Bel, die sie davon überzeugt hatten, es ihren neuen Bekannten schuldig zu sein, ein Fest als Gegeneinladung für all die Partys zu schmeißen, die sie besucht hatte.

Während sie nach ihren Joggingklamotten suchte, verfiel sie in ein Selbstgespräch und lamentierte über all die Einweihungen, Kindergeburtstage und Ausstellungen, zu denen man sie gebeten hatte. *Als wenn ich diesen Mist wirklich gebraucht hätte.*

Beinahe wütend stieg sie in Hose und Shirt, denn in ihren Augen waren die meisten dieser Feste für sie Pflichterfüllung gewesen, die sie nur gerne geschwänzt hatte.

Doch Sir Charles und Anabel hatte ihr erläutert, dass es eine Ehre war, in der Society aufgenommen zu werden und dass in der Anfangszeit darauf geachtet wurde, ob man in den erlauchten Kreis passte. Daher hatte sie sich kaum getraut, irgendwo abzusagen, und war zu Einschulungspartys von Kindern gegangen, die sie nie gesehen hatte. Als Quittung dafür musste sie nun die Menschen beherbergen. Dabei war sie alles andere als sicher, dass sie überhaupt etwas mit ihnen zu tun haben wollte.

Mist, Mist, Mist fluchte sie, während sie sich die Joggingschuhe zuband und eine Daunenjacke überzog. Dann eilte sie zur Tür und stolperte die Treppe hinab, bevor sie es sich anders überlegen konnte. Auch wenn sie Cor erklärt hatte, bei diesem Wetter meist auf ihre Laufrunde zu verzichten, wusste sie, wie gut sie ihr heute tun würde. Obwohl es glatt war, glaubte sie nicht, Glück zu haben und sich den Fuß zu verstauchen. Damit hätte sie immerhin einen Grund, die Sause abzusagen.

Auf ihrem Weg durch das Treppenhaus stockte sie beim Passieren der Tür zur Wohnung der alten Mrs Williams-Turner. Das matte Grau zierte nun ein Kranz aus Buchsbaum mit einer roten Schleife und sah bereits äußerst einladend aus. Kurz hielt sie inne und überlegte, ob sie einen kurzen Blick hineinwerfen und nachsehen sollte, ob schon einer der Partyausrichter vor Ort war.

Aber sie verwarf den Gedanken wieder, weil er sie ablenken und von ihrem Vorhaben abbringen könnte. Außerdem hatte sie mit Cor am Vorabend alles inspiziert und festgestellt, wie perfekt alles geworden war. Die Dekorationen waren umwerfend und der Cateringservice hatte schon einiges bereitgestellt.

Rational gab es keinen Grund, sich Sorgen zu machen. Dennoch wusste sie, dass sie unter Umständen in der Wohnung aufgehalten werden konnte und nicht zu ihrem Lauf kam. Den brauchte sie aber dringender als alles andere, weil Bewegung ihr Allheilmittel gegen Stress und Frustration war. Also trabte sie weiter und bereute es nach einigen Sekunden. Die Luft war eisig und nahm ihr beinahe den Atem, als sie auf die High Street trat. Also lief sie in zügigem Tempo los, um auf Touren zu kommen, und winkte Asif nur zu, als er hinaustrat und sie ansprechen wollte, wohl wissend, was er wollte.

Bei jedem Schritt erinnerte sie sich an Bels Empörung und Aufregung, nachdem sie ihr mitgeteilt hatte, wen sie einladen würde. In den Augen der Freundin war es ein No-Go, auch derart gewöhnliche Gäste unter die Society zu mischen. Wieder einmal war ihr bewusst geworden, dass Sir Charles' Tochter zwar nicht unbedingt ein Snob, aber dennoch in der Welt, der sie entstammte, gefangen war. Zunächst hatte es ihr die Sprache verschlagen, als Samy die Takkas aus dem indischen Supermarkt, Asif und Nate auf die Gästeliste gesetzt hatte, und dann war sie beinahe ausgerastet.

»Das kannst du nicht machen!«, waren ihre entsetzten Worte gewesen und Samy erinnerte sich gut an die anschließende Diskussion. Zwar verstand sie alle Argumente, die die Freundin vorbrachte, weil sie die Leute um Sir Charles und die Burtons besser kannte als sie. Dennoch war sie nicht bereit gewesen, ein Zugeständnis zu machen. Sie hatte Bel erklärt, dass diese Menschen ihren Alltag ausmachten und ihr immer begegneten – meist sehr wohlwollend. Es wäre ihr borniert und wie eine Ohrfeige vorgekommen, sie nicht einzuladen.

In gewisser Weise bereitete es ihr Vergnügen, sich vorzustellen, wie Lady Helen sich mit Ramesh Takka über die steigenden Butter-Preise unterhalten musste, oder anzunehmen, dass einer der Herren Asif außerhalb seines Cafés wahrnehmen musste. Sie war entschlossen, niemandem Snobismus gegen die Händler oder Nate durchgehen zu lassen.

Zumindest in meinen eigenen Räumen sollte ich Einfluss darauf haben, ermunterte sie sich, während sie Asif hinter sich ließ und Richtung Parkstreet lief. Sie würde auf dem Rückweg einen Chai Latte bei ihm trinken und ihn beruhigen, was seinen dunklen Anzug für den Abend anging. Wie auch die Takkas war es Asif wichtig, nicht unangenehm durch die falsche Garderobe bei Samys Party aufzufallen und sie konnte ihre Befürchtungen gut nachvollziehen. Daher bemühte sie sich, sie zu beraten und ihnen die Angst zu nehmen. Doch erst musste sie sich um ihr eigenes Seelenheil kümmern und versuchen, auf dem Lauf möglichst viel Sauerstoff zu tanken und ihre Gedanken weitestgehend auszublenden.

Bis sie das *Copper Horse* am Ende des Long Walks erreicht hatte, war ihr beides gelungen. Doch dann vibrierte das Telefon in ihrer Jacke und sie erblickte Nates Namen auf dem Display. Unmittelbar setzten ihre Gedanken wieder ein und das Kopfkino begann seine Filme abzuspulen. Ihre Gedanken wanderten zu Sophie Brexten und Penelope Harrington, noch bevor sie das Gespräch annahm. Es war kaum vorstellbar, was in beiden vor sich ging und Samy hoffte inständig, dass die Frauen den Mut aufbringen würden, Arthur zu belasten. Nur dann gäbe es für Nate eine Chance, ihn festzunehmen, was die Gefahr beseitigen würde.

Es ist frustrierend, Dinge nicht in der Hand zu haben, dachte Samy und begrüßte Nate atemlos, was ihn sofort in Alarmbereitschaft versetzte.

»Wo bist du?«, wollte er wissen und schimpfte los, als sie ihm von ihrer Joggingrunde berichtete.

»Bist du wahnsinnig? Es ist nicht hell und du bist Mutterseelenallein in der Pampa unterwegs? Da draußen läuft ein Mörder herum! Hast du das vergessen?«

Samy war wie vor den Kopf geschlagen, denn der Gedanken, dass sie in Gefahr sein konnte, war ihr nicht gekommen.

»Warum sollte Harrington mir etwas antun wollen?«

»Vielleicht hat er erfahren, dass du bei seiner Frau warst? Oder er hat gesehen, wie du mit Cor das Haus von Sophie Brexten betreten hast. Was weiß ich – alles ist möglich.«

Seine Worte trafen sie und unbewusst drehte sie sich um, um zu sehen, ob jemand in ihrer Nähe war. Doch rund herum war nur Landschaft. Rechts und links der schnurgeraden Asphaltstraße, die den Snow Hill und das Castle über eine Länge von beinahe fünf Kilometern verband, lagen die Wiesen, die zum Windsor Great Park gehörten. In der Ferne sah sie Wild, das sich in einer großen Herde langsam auf den Wald zubewegte, in dem sich die Royal Lodge befand. Ansonsten war kaum ein Lebewesen zu sehen. Vorhin waren ihr auf dem ersten Stück des Walks ein paar andere Läufer begegnet, die noch früher als sie aufgebrochen waren und schon wieder zurück in Richtung Windsor liefen.

Ein unangenehmes Gefühl beschlich sie. Sie hasste die Tatsache, dass seine Worte ihr Angst gemacht hatten. Als sie ihm dies beichtete, versuchte er sie zu beruhigen und zerschlug die Entspannung gleich wieder, indem er sie aufforderte, sich unter Leute zu begeben und sicherheitshalber am Telefon zu bleiben.

Da sie eine geübte Läuferin war, machte es ihr nichts aus, zu laufen und sich dabei zu unterhalten. Was sie jedoch nicht ertragen konnte, war die Panik, die sich in ihr ausbreitete und langsam ihren Körper ergriff. Als habe Nate begriffen, dass er alte Geister in ihr geweckt hatte, redete er weiter, doch Samy war viel zu sehr mit ihren Gedanken beschäftigt.

Sie erinnerte sich an den Moment, als Mrs Williams-Turner sie in ihre Gewalt gebracht hatte und sie begriff, nichts mehr tun zu können. Vor ihrem geistigen Auge liefen die Erinnerungen ab, in denen sie sicher war, sterben zu müssen. Egal, was Nate auch behauptete, ihre Innenwelt übertönte alles. Samy spürte den Schweiß auf ihrem Körper und wusste, dass er von einer nahenden Panikattacke und nicht vom Laufen rührte. In ihren Ohren rauschte es und sie ahnte, dass sie jeden Moment ohnmächtig werden würde.

Doch dann geschah etwas Wundersames. Tief in ihrem Kopf machte sich ein anderes Gefühl breit und verdrängte die dunklen Gedanken. Sie hätte nicht erklären können, woher es kam, doch plötzlich war sie von Kampfgeist und Zuversicht erfüllt.

Mit jedem Schritt, der sie dem Schloss näherbrachte, wich das Rauschen in ihren Ohren und sie spürte ihren Körper wieder. Dann dauerte es nicht mehr lange und Nates Stimme drang wieder zu ihr durch.

»Geht es dir gut?«

»Ja, alles gut!«, antwortete sie und spürte noch ein minimales Zittern in ihrer Stimme. Sie straffte die Schultern und ließ ihn wissen, dass sie nicht beabsichtigte, sich aus dem Konzept bringen zu lassen.

»Ich weiß nicht, was es mit diesem Ort auf sich hat. Ich glaube nicht wirklich, dass es normal ist, immer wieder in Verbrechen hineingezogen zu werden. Aber ich lasse das nicht mehr an mich heran. Die Zeiten, in denen andere mir gesagt haben, wo es lang geht, oder mir Angst gemacht haben, sind vorbei. Wenn Harrington oder irgendwer sich mit mir anlegt, werde ich mich nicht mehr unterkriegen lassen.«

Insgeheim wusste sie, dass sie Mrs Williams-Turner nur wegen Cors beherzter Reaktion überlebt hatte. Doch diese Sache und die vergangenen Monate hatten sie vieles gelehrt. Nate schien zu spüren, dass es besser war, sie nicht aufzuregen, denn er berichtete ihr nüchtern, dass man die Mordwaffe gefunden hatte – einen Brieföffner, der Les Burton gehörte und nach seinen Angaben aus der Bibliothek entwendet worden war.

»Er ist jetzt zur Analyse im Labor. In ein paar Tagen werden wir wissen, ob sich darauf etwas Verwertbares befindet, allerdings wurde er gründlich abgewischt.«

Samy überlegte, was man finden könnte, wenn alles abgewischt worden war, doch Nate brachte sie auf andere Gedanken und wollte wissen, ob sie nach Hause ging.

Als sie verneinte und von ihrem geplanten Chai Latte bei Asif berichtete, regte er an, auch Cor dorthin zu bestellen.

»Ich könnte in etwa zwanzig Minuten zu euch stoßen. Eine Besprechung wäre nicht verkehrt. Vielleicht weihen wir sogar Asif ein.«

»Wieso?«, erkundigte sie sich verdutzt, denn aufgrund von Asifs Zurückhaltung der Polizei gegenüber, war sie nicht sicher, dass das eine gute Idee war.

»Ich werde Constable Friendly und ein paar andere Beamte in der Nähe deines Hauses postieren. Sie können Harrington abfangen, wenn er das Weite sucht, oder reagieren und ihn verfolgen. Schließlich wissen wir nicht, wie sich die Sache entwickeln wird. Wie bereits erwähnt, bis jetzt haben wir nichts gegen ihn in der Hand. Trotzdem wäre es besser, wenn wir ihn auf der Party dingfest machen können. Ich würde die Wohnung später in Augenschein nehmen, um zu sehen, wo ich mich am besten aufhalte – für den Fall, dass unsere Zeuginnen auftauchen, beziehungsweise den Mund aufmachen. In dem Zusammenhang denke ich, dass es nicht schlecht wäre, den ein oder anderen innerhalb der Partylocation strategisch geschickt zu platzieren. Meine erste Wahl ist natürlich Dr. von Reeder, aber ein oder zwei Paar Augen mehr könnten nicht schaden.«

Samy musste ihm eigentlich zustimmen, und dennoch hätte sie am liebsten gebrüllt: NEIN!

Allein die Vorstellung, irgendwen mit in die Sache zu ziehen oder in Gefahr zu bringen, machte sie wahnsinnig. Dennoch war ihr klar, dass sie A gesagt hatte und es nun keine Chance gab, sich den Konsequenzen zu entziehen – an B würde kein Weg vorbeiführen.

Kapitel 21

Freundschaft und andere Verbindungen

Nate hatte sich zu ihnen gesellt und wie Samy nicht anders erwartet hatte, war Asif nur widerwillig dazu gekommen. Sie hatte ihn mehrfach bitten müssen und war schließlich zu ihm an den Tresen gegangen. Dort hatte sie ihn in aller Kürze über die Situation informieren müssen und einen Augenblick gedacht, er würde sie für verrückt erklären.

Nach einem Augenblick der Reflexion hatte er sich die Hände an einem Handtuch abgewischt und war hinter seinem Verkaufstisch hervorgetreten. Sicherlich war es der Sache zuträglich gewesen, dass Cor ihn mit »Asif, mein Lieber. Setzen Sie sich zu uns!« begrüßte.

Nate war aufgestanden und hatte ihm zur Begrüßung die Hand gereicht. Diese Geste hatte der Mann nur zögerlich erwidert, doch letztlich war sie es vielleicht, die ihn überzeugt hatte. Denn anschließend war er bereit gewesen, sich einweihen zu lassen, und hatte ein paar Fragen gestellt. Im Laufe des Gespräches hatte Samy den Eindruck gewonnen, dass er aufblühte, und insgeheim freute sie diese Wertschätzung, die er für sich zog, denn sie wusste, wie gerne er Teil von etwas sein wollte.

Nach einer langen Besprechung, in der viele Espressi und Cortados – und das ein oder andere Pastrami-Sandwich – gebracht worden waren, hatten sich ihre Wege getrennt. Asif musste an die Arbeit zurück, während Cornelius sich mit einem Nickerchen angemessen auf den Abend vorbereiten wollte. Er versprach jedoch, mit *Windsor Kitchen* zu telefonieren und sich ein Update geben zu lassen.

Samy und Nate waren zusammen zu ihrem Haus zurückgegangen. Sie hatten Apartment 1A gemeinsam betreten, doch sie war weiter in ihre Wohnung gezogen, nachdem sie sah, wie viele Menschen herumwuselten und allem den letzten Schliff verpassten. Sie wollte nicht im Weg stehen und brauchte genau wie Cor eine Vorbereitungszeit für ihr Fest. Wenn sie auch nicht schlafen würde, so fehlten ihr die Nerven, sich weiterhin zu unterhalten.

Nate schien es nichts auszumachen, denn er war umhergelaufen und schien sich die Räume und Abmessungen einzuprägen. Samys *bis später* hatte er nur halbherzig zur Kenntnis genommen und war in dem hinteren Teil der Wohnung verschwunden.

Samy dachte noch lange über Asif nach, denn sie hatte ihn selten derart lebendig erlebt, wie in der Runde mit Nate und Cor.

Es war bedauerlich, dass es Menschen schwerfiel, miteinander auszukommen oder sich zu respektieren. Im Laufe ihres Berufsalltags war ihr die Diskrepanz in Richtung von Frauen bewusst gewesen. Sie hatte immer gewusst, dass sie als weibliche Wissenschaftlerin nur gehört und gesehen wurde, wenn sie etwas Besonderes zu bieten hatte. In ihrem Fall war es die Fähigkeit, Zahlen wie Bilder zu sehen. Wenn sich in einer Programmierung oder einer Rechnung ein Bug verbarg, poppte dieser unmittelbar vor ihren Augen auf. Diese Gabe hatte dazu geführt, dass ihre Arbeit internationale Beachtung fand und schließlich auch ihr Name in den Köpfen der Kollegen verankert war.

Andere Kolleginnen, die durchaus top Mathematikerinnen und Asse in der Informatik waren, wurden kaum beachtet, außer sie taten sich durch ein feminines Aussehen hervor. Doch Samy hatte sich mit dieser Thematik nie viel beschäftigt, denn ihr war immer eingebläut worden, sich nicht wichtig zu nehmen. Erst in den letzten Jahren nahm sie all das wahr und setzte sich für Gleichberechtigung von Frauen in der Wissenschaftswelt ein.

Doch ihr war klar, dass es auch andere Arten der Ausgrenzung gab. Besonders seit sie in Windsor lebte und ihre Zeit anders verbrachte als früher, waren ihr Dinge begegnet, die sie wütend machten.

Asif zum Beispiel war um die fünfzig Jahre alt und in Slough geboren. Er empfand sich als Engländer. Er liebte die Queen und war stolz, ein Teil der Windsor Geschäftswelt zu sein. Dennoch behauptete er, nur geduldet zu sein, weil die richtigen Engländer, wie er es nannte, in ihm immer noch einen Pakistani sahen. Paradoxerweise sahen ihn die Menschen in Pakistan, das er früher mit seiner Familie bereist hatte, ebenfalls als Ausländer. Für sie war er ein Engländer, der den Kolonialismus unterstützte.

Leider hatte sie viele solcher Geschichten gehört und auch die Takkas, ihre anderen Gäste aus der Windsor Geschäftswelt, litten an einer Form der Ausgrenzung.

Ramesh und Himadri unterhielten einen indisch geprägten Supermarkt, der auf kleinstem Raum beinahe alles anbot, was Kunden brauchen könnten. Samy kannte die Takkas vom Einkaufen und Yoga, was Himadri im selben Studio praktizierte, wie sie.

Die Inderin war krank und hatte ihr erzählt, dass sie es als Segen empfand, keine Kinder zu haben. Es machte sie krank zu erleben, wie die Kinder ihrer Freunde oft nicht zu Geburtstagen eingeladen wurden und nicht auf alle Schulen kamen, weil sie Inder waren.

Auch wenn Samy sich schwer damit tat, diese Aussagen und Berichte zu glauben, war ihr bewusst, dass vieles in der einen oder anderen Form stimmte. Sie hasste Ungerechtigkeiten und es schmerzte sie zu wissen, dass Menschen, die sie sehr schätzte, schlecht behandelt wurden oder aufgrund ihrer Herkunft Ablehnung erfuhren.

Der Gedanke an Asif und die Takkas ließ erneut Panik in ihr aufsteigen. Denn auch, wenn sie sich Bel gegenüber unnachgiebig gegeben hatte, war ihr die Brisanz der Angelegenheit klar. Vielleicht würde es ein Eiertanz werden, aber sie war entschlossen, dafür zu sorgen, dass es für ihre internationalen Gäste kein Spießrutenlauf sein würde. Ohne weiter darüber gesprochen zu haben, konnte sie sich hundertprozentig darauf verlassen, dass Cor ebenfalls ein Auge darauf hatte und eine Anfeindung der Takkas oder von Asif vermeiden würde. Sicherlich war es förderlich, dass sie Lucas aus dem Castle Hotel ebenfalls eingeladen hatte. Wenn alle Stricke rissen, könnten sich zumindest die Geschäftsleute, er und Nate zusammentun und ein kleines Grüppchen bilden. Beruhigt von dieser Vorstellung begab sie sich ins Bad und begann ein ausgedehntes Beautyprogramm.

Dennoch brach der Abend viel zu früh an …

Kapitel 22

Showdown

Alle Räume waren erfüllt von Tannenduft. Samy hatte darauf bestanden, dass entweder ein intensiver Raumduft verwendet wurde oder kein Glüh-Gin ausgeschenkt wurde. Nach dieser Weihnachtssaison konnte sie das Getränk nicht mehr ertragen und alleine sein Duft verursachte ihr Übelkeit. Man hatte ihr jedoch klargemacht, dass es zu Weihnachten gehörte, wie Zimtsterne oder Tannenbäume. Es würde viele lange Gesichter geben, wenn sie das traditionelle Gesöff nicht ausschenkte, und schließlich hatte sie kapituliert.

Allerdings war der Tannenduft zur Neutralisierung des Gin-Getränks so intensiv, als habe man gerade einen Baum gefällt und schnüffle an der frischen Schnittfläche. Doch damit konnte Samy leben – Hauptsache keinen Glüh-Gin mehr.

Sie fröstelte, als sie an Cors Seite durch die Räume schritt, alles begutachtete und das Servicepersonal begrüßte. Die Temperatur war bewusst niedrig. Zum einen schienen Engländer ein Faible dafür zu haben und zum anderen würde es nach der Ankunft der Gäste schnell warm werden.

Für den Moment beneidete sie die Männer jedoch in ihren langärmeligen Hemden oder Sakkos, denn ihr Abendkleid war zwar bodenlang, ließ jedoch die Schultern nackt. Cornelius hatte es bei seiner Ankunft wortreich gelobt und hervorgehoben, wie exquisit Samys Geschmack war. Auch der dezente Schmuck, den sie vor wenigen Tagen in London besorgt hatte, fand sein Gefallen. Die seidenen Pumps waren ihm persönlich zu niedrig, doch er ließ ihr Argument *bequem* ausnahmsweise gelten.

»Wer weiß, ob wir nicht alle gemeinsam flüchten müssen. In diesem Fall wirst du für flache Treter dankbar sein«, hatte er geunkt und Samy damit erneut aufgeregt.

Um nicht wieder in Panik zu verfallen, war sie nicht ins Detail gegangen und hatte nicht erwähnt, dass *Salvatore-Ferragamo*-Pumps mit einem Acht-Zentimeter-Absatz alles andere als Treter waren.

Stattdessen hatte sie ihn angefaucht: »Na hoffentlich weißt du es zu verhindern, dass eine Flucht nötig sein wird! Immerhin hast du Nate überzeugen können, dass niemand eine Fluchtsituation besser lenken würde, als du.«

Dabei erschien Nate vor ihrem inneren Auge, wie er eine Augenbraue hochziehend zu ihr geblickt hatte, während Cor einen Vortrag über Strategie und Steuerung von menschlichen Befindlichkeiten gehalten hatte.

Cor schien den Spott in Nates Reaktion nicht gesehen zu haben, denn er bestätigte Samys Bemerkung mit einem Nicken.

»Natürlich werde ich mein Bestes tun und ich bin auch vom Gelingen unserer Operation überzeugt – selbstredend, denn ansonsten brauchten wir gar nicht anzutreten. Dennoch, ein gewisses Restrisiko bleibt immer – egal wie gut die Akteure und das Drehbuch auch sind.«

Zufrieden ließ er seinen Blick über den großen Salon schweifen und Samy fragte sich, ob er eine neue Netflix-

Serie begonnen hatte, denn der Verweis auf Drehbücher und Akteure war neu. Doch im nächsten Moment legte er seinen Arm um ihre Schulter und fand aufbauende Worte.

»Nun beruhige dich mal, meine Gute! Wir haben alles getan, um das zu einem großen Erfolg zu machen.« Dabei zeigte er mit einer gönnerhaften Geste in den großen Raum, der von unzähligen Kerzen und zwei Kronleuchtern mit gedimmtem Licht beleuchtet wurde. Im hinteren Teil stand eine lange Holztafel, die sie bei einem Händler für französische Antiquitäten gekauft hatte. Sie war üppig mit einem Blumengesteck und kleineren Ausläufern dekoriert und beherbergte ansonsten Etageren mit wunderschönen Köstlichkeiten. Darüber hinaus würden die Kellner mit einem Flying Buffet unterwegs sein und alle Gäste mit Leckereien versorgen. Sowohl im vorderen Teil als auch neben der Tafel war eine Bar aufgebaut worden. Dort stapelten sich Champagner Schalen zu Pyramiden, die beim Eintreffen der Gäste befüllt werden würden. Man musste Cor zustimmen. Es sah sensationell aus, doch es gelang Samy nicht, die Szenerie mit sich oder einem Fest, das sie ausrichtete, in Einklang zu bringen.

Gerade, als sie sich Mut zuredete und versicherte, sie werde sich noch daran gewöhnen, eine Gastgeberin in diesem Stil zu sein, zerschlug er erneut das meiste Porzellan wieder.

»Lass uns realistisch sein. Wenn unser Plan aufgeht und wir den Widerling Harrington vor versammelter Mannschaft zur Strecke bringen, wirst du dir nie wieder Gedanken über deine Qualitäten als Gastgeberin machen müssen.«

Samy bekam bei seinen Worten Schnappatmung, denn sie sah eine furchtbare Katastrophe auf sich zurollen.

»Sollte alles gelingen, wird nicht mehr die Party der Burtons das Highlight der Weihnachtssaison sein, sondern diesen Platz an dich abtreten. Ich sehe die Schlagzeilen schon vor mir und bin mir sicher, dass du mit weiteren Einladungen rechnen kannst.«

»Gott bewahre!«, stöhnte Samy, doch es war so, wie Cor meinte. Alles war vorbereitet und sie musste gute Gedanken in den Abend senden. Daher wischte sie alle Sorgen beiseite und nahm einen ersten Champagner entgegen. Cornelius prostete ihr zu und schenkte ihr ein aufmunterndes Lächeln, als die Ankunft der ersten Gäste angekündigt wurde. Lucas hatte einen Kollegen gebeten, für den Abend in die Rolle des Butlers zu schlüpfen, was sich nun als sehr elegant herausstellte.

Die Party war seit beinahe zwei Stunden im vollen Gange und Samy betrachtete das bunte und festliche Durcheinander von einem Fensterplatz aus, wo sie in einer Runde mit Lady Helen, Valerie und Bel stand. Während die drei Damen über die neusten Anekdoten von Vals Kindern sprachen, konnte sie ihren Gedanken nachhängen und resümieren.

Es schien, als seien alle eingeladenen Personen erschienen und wie Bel befürchtet hatte, waren einige von ihnen im ersten Augenblick konsterniert, als sie regionale Kaufleute unter den Gästen entdeckten. Harrington wirkte beinahe angewidert, als er zu den Takkas, die in traditionell indischer Kleidung erschienen waren, hinüberblickte.

Dank Joe hatte sich die Situation jedoch schnell verändert, denn er war zu Himadri geeilt und hatte ihren schönen und wertvollen Sari bewundert. Da er ein Sprössling der Gesellschaft war – gewollt oder ungewollt – hatte man beäugt, was er tat, und anschließend hatten sich Sir Charles und sein Schwiegersohn Richard mit Ramesh und Asif unterhalten. Daraufhin war es sehr schnell kein Tabu mehr gewesen, mit ihnen zu reden, und Samy sah zufrieden, wie alle in unterschiedlichen Grüppchen involviert waren.

Nate war später erschienen und Samy hatte den Eindruck, dass die wachsamen Augen von Sir Charles auf ihm ruhten. Sie hatte in der Vergangenheit nie einen Hehl daraus gemacht, mit dem Polizisten befreundet zu sein. Als er nun im schwarzen Anzug in der Menge untertauchte, schien in kaum jemand zu beachten. Der Alkohol floss in rauen Mengen und die Stimmung war festlich ausgelassen. Es wurde noch nicht getanzt, doch Samy war sicher, dass es nicht lange dauern konnte, bis Joe oder einer der anderen Männer für einen Wechsel der Musik sorgen würde.

Beim Gedanken dran wurde sie unruhig. Ihr Plan konnte nur funktionieren, solange die Lautstärke niedrig war. Andernfalls würde niemand hören, was Sophie Brexten anbringen würde.

Erneut sah Samy zur Tür und sandte ein Stoßgebet in den Himmel, damit die Frau erschien. Planmäßig sollte sie jeden Moment eintreffen und ein Blick ans andere Ende des Raumes bestätigte ihr, dass Cor seine Aufgabe bestens erfüllte. Er sollte dafür sorgen, dass Harrington genug trank und durch ein paar gut platzierte Provokationen dafür sorgen, dass der Politiker in Kampfstimmung war.

Nate unterhielt sich mit Sir Charles und warf ihr über dessen Rücken hinweg einen Blick zu. Er sah gut aus in seinem Anzug und sie fand, dass er damit eine andere Ausstrahlung hatte. Sie konnte sich gut vorstellen, dass es für ihn keine Hürde sein würde, in ein Leben außerhalb des

Polizeidienstes zu wechseln, falls er diesen Schritt plante. Er hielt ein Glas Champagner in der Hand, doch Samy hatte nicht den Eindruck, dass er daraus trank. Obwohl es den Anschein hatte, dass er den Abend genoss, nahm sie auch durch den Raum hinweg seine Wachsamkeit wahr.

Immer wieder wanderten seine Augen zu den anderen Gästen. Samy wusste, dass er sich eingeprägt hatte, wo Dr. Freshman stand, mit wem die Burtons sich unterhielten und wie sich die beiden Künstlerinnen eindeutig erneut leise stritten. Auch Penelope Harrington an der Seite ihres Mannes erweckte immer wieder seine Aufmerksamkeit. Alles hing von ihr ab und ein Blick auf die Frau genügte, um zu erkennen, wie dünn der Seidenfaden war, an dem ihre Hoffnungen ruhten.

Pen war stark geschminkt, doch die Verletzungen in ihrem Gesicht waren unschwer zu erkennen. Arthur hatte kurz nach ihrem Eintreffen berichtet, sie habe einen Autounfall gehabt. Dabei war ihm entgangen, dass alle Anwesenden ihn mit einem verachtenden Blick betrachteten und wussten, dass er und nicht ein Unfall für das Aussehen seiner Frau verantwortlich war. Samy konnte nicht verstehen, warum niemand etwas sagte, doch diesen Gedanken musste sie beiseiteschieben, denn die Aktion würde gefährdet werden, wenn sie sich in eine Konfrontation mit Harrington begeben würde.

Also hatte sie die Zähne zusammengebissen und versucht, Penelope Komplimente für ihr schönes Kleid zu machen. Der Versuch, Augenkontakt zu der malträtierten Frau aufzunehmen, war gescheitert. Samy wollte sie daran erinnern, wie wichtig ihre Reaktion sein würde. Doch es stand in den Sternen, ob sie sie erreicht hatte. Die Frau des Politikers wirkte abwesend und ein wenig wackelig auf den Beinen, beinahe so, als habe sie Drogen oder starke Schmerzmittel genommen.

Cor hatte Samys diesbezüglichen Verdacht kurz nach Eintreffen der Harringtons bestätigt und ihr zugeraunt, er würde verhindern, dass die Frau Alkohol trank. Dadurch hegte er die Hoffnung, dass sich ihr Zustand mit der Zeit verbesserte. Für Samy sah es jedoch nicht danach aus. Obwohl sie mit einem Glas Wasser bei Cor und ihrem Mann stand, wirkte sie beinahe apathisch. Erfreulicherweise schien Cor bei Harrington Erfolg zu haben, denn der sah inzwischen bereits deutlich angeschlagen aus und seine aggressive Stimme war immer öfter zu hören. Daher auch Samys Sorge, dass bald jemand auf die Idee kommen würde, die Musik aufzudrehen.

Scheinbar war es das Einzige, was die Gesellschaft diesem Ekel entgegenhielt – einfach lauter sein, um ihn zu übertönen. Samy war nicht damit einverstanden und nahm sich vor, zukünftig die Dinge beim Namen zu nennen, die gegen die Interessen eines anderen Menschen gingen. Im schlimmsten Fall würde man sie nicht mehr einladen, doch damit würde sie klarkommen. Schließlich wollte sie nicht Teil einer Gesellschaft sein, die andere nur selektiv respektierte.

Aber auch diesen Gedanken konnte sie nicht weiterverfolgen, denn in diesem Moment erschien Sophie Brexten. Anders als Pen wirkte sie klar und kampfbereit. In ihrem dunkelblauen Hosenanzug strahlte sie Entschlossenheit aus. Samy sah, dass sie unmittelbar, nachdem sie in den von Stimmen erfüllten Raum getreten war, alles screente. Sie war der Inbegriff einer Frau, die wusste, dass sie ihr Schicksal selbst in der Hand hatte und Samy wünschte. Ein Blick in Cors Richtung bestätigte aber erneut, wie gering die Chancen waren, dass Penelope Harrington ihren Part erfüllen würde.

Innerhalb der nächsten Minuten setzte sich beinahe choreografisch der Apparat in Bewegung, den sie am Vormittag bei Asif besprochen hatten. Zuerst sah sie, wie Nate sich bei Sir Charles entschuldigte und langsam den Raum durchquerte. Er gesellte sich zu Sophie und begann ein Gespräch mit ihr. Sie würden einen Moment plaudern, um ihr Selbstbewusstsein zu stärken. Nate wollte ihr noch einmal versichern, dass alles vorbereitet war, obwohl auch er einen zweifelnden Blick zu Penelope warf. Nach ein paar Minuten sollte er sich deutlich erkundigen, was Sophie mit dieser Aussage meinte.

Das sollte ihr Stichwort sein, mit erhobener Stimme zu berichten, was sie aus der Bahn geworfen hatte und was Theo für sie aufdecken wollte.

Doch bevor das stattfand, war es Cors Aufgabe, Harrington so positioniert zu halten, dass er mit dem Rücken zu Sophie stand und ihre Präsenz erst bemerkte, wenn sie laut redete. Damit würde ihm die Gelegenheit genommen werden, sich zu verdrücken.

Ein Blick in diese Richtung versetzte Samy in Ambivalenz, denn Cor machte seinen Job gut. Der Politiker blickte in die andere Richtung und hatte noch nicht gesehen, dass Sophie Brexten angekommen war. Allmählich schwankte er unter deutlichem Alkoholeinfluss hin und her und gerade eben herrschte er Cor an.

»Das ist Bullshit. Ihr könnt uns mit euren EU-Gesetzen gestohlen bleiben, wir sind diese Geisel endlich los.«

Überrascht verfolgte Samy, dass sich an dieser Stelle gleich mehrere Gäste gegen Harrington wandten und diese Sicht der Dinge als kurzsichtig und zielführend betrachteten. Nicht nur Sir Charles und Les Burton widersprachen dem Besoffenen, sondern auch Dr. Freshman, die wieder ihr knackiges Tweed-Kostüm trug, gab ihm Kontra.

»Es tut mir sehr leid, Arthur, aber an dieser Stelle muss ich dir widersprechen«, meinte Anita bestimmt, aber freundlich.

»Wenn nicht so viele ältere Menschen fehlgeleitet von falschen Hoffnungen und Informationen gestimmt hätten, wäre uns vieles erspart geblieben.«

So leid es Samy für die Ärztin im ersten Moment auch tat, im Nachhinein konnten alle ihr dankbar sein, weil er Dr. Freshman anherrschte und beleidigte.

»Ach hör doch auf, du alte Schachtel! Ihr habt alle keine Ahnung, was wir unternehmen, um …«

An dieser Stelle schritt Cornelius ein. Er hatte von Nate das vereinbarte Zeichen erhalten und gesehen, dass auch Asif inzwischen nahe beim Eingang Posten bezogen hatte. Dort sollte er stehen und verhindern, dass Harrington alle überrumpelte und hinausstürzte, wenn Sophie zu reden begann.

Während Anita puterrot angelaufen war und beschämt versuchte, sich unsichtbar zu machen, packte Cor den Politiker an der Schulter und wies ihn für alle hörbar in seine Schranken.

»Das reicht jetzt, Harrington! Reißen Sie sich zusammen. Sie reden mit einer Dame.«

Arthur wollte protestieren, doch scheinbar drückte Cor fester zu, denn sein Gesicht verzog sich vor Schmerz. Wie erhofft, waren alle anderen Gespräche verstummt und hatten sich auf den Politiker konzentriert.

Noch bevor die peinliche Stille wieder mit Gesprächen gefüllt werden konnte, erklang laut und klar Nates Frage an Sophie Brexten.

»Ihr Leben wurde zerstört? Wie meinen Sie das?«

Für eine Sekunde war es mucksmäuschenstill und man hätte einen Nagel auf den Boden fallen hören, denn Joe hatte die Musik komplett ausgemacht. Samy hatte ihn zwar nicht eingeweiht, doch darum gebeten, dies zu tun, wenn Nate besagte Frage stellte. Nun stand der junge Mann mit wachsamem Blick in der Nähe der Boxen und schien zu spüren, dass Cor unter Umständen Unterstützung brauchen würde, um den betrunkenen Arthur unter Kontrolle zu bringen. Auch wenn er keinen blassen Schimmer haben konnte, worum es ging.

Im nächsten Moment erfüllte Sophie Brextens Stimme den Raum und Samy hielt den Atem an, als schon nach den ersten Worten ein Raunen durch die Reihen ging. Kurz danach begann Arthur Harrington wie ein wildes Tier zu brüllen, um die Frau zu übertönen oder mundtot zu machen. Dabei versuchte er, sich von Cors Griff zu befreien, doch nur mit dem Ergebnis, das Joe ihn auf der anderen Seite flankierte.

»Ich habe für Theo Leicester gearbeitet und weiß, dass die meisten von Ihnen ihn gehasst haben. Auch ich war nicht frei von diesen Gefühlen, doch Theo hat mir die Rückkehr in ein normales Leben ermöglicht und musste dafür letztlich sterben.«

Sie verfügte über eine brillante Rhetorik. Samy wurde klar, dass die Frau eine fantastische Karriere gemacht hätte, wenn man sie nicht vor Jahrzehnten zerstört hätte.

»Wie viele von Ihnen war ich als junge Studentin in Oxford und meine Aussichten waren rosig. Aber dann haben ein paar Studenten aus höheren Semestern sie zerstört. Sie haben mich vergewaltigt und sehr schwer verletzt. Nachdem sie mit mir fertig waren, haben sie mich zurückgelassen. Ich wäre wahrscheinlich damals gestorben, wenn mich nicht Kommilitonen gefunden hätten. Sie haben mich gerettet, zumindest körperlich. Doch ein Teil von mir ist damals gestorben. Trotz aller Versuche, die meine Eltern unternahmen, hat die Polizei nicht viel unternommen und ich versank immer mehr in der Dunkelheit. Ich wurde depressiv und konnte nicht an die Universität zurück, sondern versank immer tiefer in eine Medikamenten- und später Drogenabhängigkeit. Die folgenden zwanzig Jahre waren eine Aneinanderreihung von Aufenthalten in Entzugskliniken und erneuten Abstürzen. Bis ich im letzten Jahr Theo kennenlernte. Egal wie furchtbar er sich am Leid anderer bereichert hat, muss ich erwähnen, dass er mir eine Chance gegeben hat, diesem Sumpf zu entkommen. Er hat mich als Assistentin eingestellt. Wie ich mit der Zeit begriff, hatte er ein ganzes Netzwerk aus männlichen und weiblichen Assistenten, die er immer wieder zu Events der Society schickte. Dort ließ er uns Informationen sammeln, aus denen er etwas machen konnte. Er war wie ein Trüffelschwein. Sobald er einen Anhaltspunkt hatte, gab es für ihn kein Halten mehr und er beförderte Dinge zu Tage, die die meisten Menschen nicht von ihren Ehepartnern wussten.«

Immer wieder rief Harrington etwas dazwischen und versuchte, die Frau zu diskreditieren. Er beleidigte sie als Säuferin und Denunziantin und forderte Samy auf, sie herauszuschmeißen. Doch inzwischen hatte Sophie die Aufmerksamkeit aller Gäste, man hing an ihren Lippen. Daher war es nicht verwunderlich, dass vielmehr Arthur der Mund verboten wurde.

»Seine Vorgehensweise war abstoßend und ich weiß, dass ich mich von ihm hätte distanzieren müssen. Doch irgendwie hatte er erfahren, was mir widerfahren war, und es wirkte beinahe so, als habe er Mitleid gehabt. Jedenfalls schätzte er meine Arbeit und ging respektvoll mit mir um. Das gab mir Halt, um wieder in ein halbwegs normales Leben zu finden.«

Obwohl Theo das Feindbild der allermeisten Partygäste gewesen war, schien man der Frau nicht übel zu nehmen, dass sie für ihn gearbeitet hatte. Vielmehr sah Samy Betroffenheit auf den Gesichtern, als Sophie fortfuhr. Alle hingen an ihren Lippen, als sie schilderte, wie sie erfahren hatte, wer ihr Peiniger war und wie ein Tattoo ihn überführt hatte.

Spannung lag in der Luft und niemand wagte zu reden, bis sie das verbale Fallbeil herabsausen ließ.

»Arthur Harrington ist der Mann, der mir das angetan hat und ich weiß, dass Theo ihn am Abend seines Todes damit konfrontiert hat.«

Durch die Menge ging ein Raunen, dann schnellten alle zu Arthur herum, der immer noch – von Cor und Joe festgehalten – Gift und Galle spukte. Inzwischen hatte er Nate an der Seite von Sophie Brexten erkannt und brüllte ihn an.

»Unterbinden Sie das. Ich zeige dieses Miststück wegen Verleumdung an und fordere Sie auf, sie festzunehmen.«

Als Nate nicht reagierte, versuchte er, an sein Telefon zu kommen und drohte.

»Das werden Sie bereuen und für den Rest ihres Lebens wieder Streife gehen. Ich werde den Polizeipräsidenten anrufen und von Ihrer Inkompetenz überzeugen.«

Er versuchte, sich von Cor und Joe loszureißen. Als ihm das nicht gelang, kündigte er auch ihnen rechtliche Konsequenzen wegen Nötigung an. Doch als Samy Penelope ansprach und wissen wollte, ob sie das Tattoo ihres Mannes bestätigen könnte, überkam Harrington Ruhe. Es war beinahe, als wäre er schlagartig nüchtern, jedenfalls kehrte seine Geistesgegenwart zurück und betrachtete seine Frau mit solch einem drohenden Blick an, dass sie noch weiter in sich zusammensackte. Der Politiker begriff, dass man ihm nichts nachweisen konnte, solange seine Frau den Mund hielt. Daher richtete er sich wieder auf und meinte mit eiserner Stimme: »Niemand wird mich und meine Frau daran hindern, nun zu gehen. Diese Sache wird für viele hier ein Nachspiel haben.«

Nachdem Cor und Sophie Brexten Harringtons Frau mit bittenden Blicken festgenagelt hatten und nichts passierte, herrschte erneute Stille und man konnte die Verzweiflung spüren, die sich nicht nur unter den eingeweihten Gästen breitmachte.

Niemand mochte Harrington und jeder wusste, was er mit Pen machte. Daher glich es einem Schlag ins Gesicht, als Nate Cor mit einem Schulterzucken und »Keine Chance« signalisierte, den Griff um den Arm des Politikers zu lockern.

Triumph und Häme traten auf dessen Gesicht und er ergriff den Arm seiner Frau derart derbe, dass sie aufstöhnte. Sie ließ sich wie ein Kind hinter ihm herziehen und sowohl Samy als auch Sophie flüsterten ihr im Vorbeigehen ein flehentliches »Bitte!« zu. Doch die Frau sah nur resigniert und verängstigt zu Boden und die Menge begann sich zu teilen, damit die Harringtons die Party verlassen konnten.

Als sie Nate passierten, konnte Samy sehen, wie tief ihn die Angelegenheit traf. Dabei war sie sicher, dass ihm etwaige Konsequenzen durch eine Beschwerde egal waren. Vielmehr ging es ihm um den Schutz der Frauen, der nicht mehr gewährleistet werden konnte.

Es waren nur noch wenige Meter bis zum Ausgang und unerträgliche Stille hatte die weihnachtliche Partystimmung verdrängt. Samy musste Tränen der Wut zurückdrängen und versuchte, nicht darüber nachzudenken, was der armen Pen bevorstand. Sie selbst hätte sich und Sophie retten können, doch wahrscheinlich war schon zu viel Leben aus ihr geprügelt worden, denn sie hatte offensichtlich nicht den Mut, diesen Schritt zu gehen.

Doch jemand anderes hatte ihn und raubte damit dem Politiker auf den letzten Metern der Freiheit alle Illusionen. Gerade als Harrington, ohne den Griff um den Arm seiner Frau zu lockern, nach ihren Mänteln verlangte, wurde die Stille von einer allseits bekannten und überaus wütenden Stimme zerrissen.

»Und wenn mich diese Sache meine Zulassung kosten sollte, ist das eben so. Aber lieber höre ich auf zu praktizieren, als weiterhin Schweine zu behandeln!«

Alle Augen hatten sich von Harrington abgewandt und starrten auf die korpulente kleine Ärztin, die vorgetreten war und auf Nate zuging. Sie zeigte auf Arthur Harrington und besiegelte sein Schicksal.

»Dieser Mann ist seit Jahrzehnten mein Patient. Ich kann mich gut daran erinnern, was es in seiner Familie für einen Aufruhr gegeben hat, als er von einer seiner studentischen Sauftouren mit besagtem Tattoo nach Hause kam. Ich kann bestätigen, dass er es auch vor drei Wochen noch hatte, als er mich wegen eines medizinischen Problems aufgesucht hat.«

Epilog

Samy war in einen warmen Mantel gehüllt und lief allein über den Long Walk. Der Himmel war wolkenverhangen und dennoch hätte in ihren Augen nichts festlicher sein können, als dieser Moment, den sie ohne Gesellschaft verbrachte.

Es hatte sie schon früh aus dem Bett gezogen, obwohl sie erst in den frühen Morgenstunden dort gelandet war – kurz nachdem die letzten Gäste ihre rauschende Party verlassen hatten. Sie war zufrieden und wollte für sich sein, um alles verarbeiten zu können. Später würde sie Cor abholen und mit ihm zum *Fox & Hounds* ahren, wo sie mittagessen und gemeinsam alles Revue passieren lassen würden.

Doch nun genoss sie die bleierne Luft und die Weihnachtsbeleuchtungen in der Parkstreet, auf die sie zulief. Gott sei Dank war niemand außer ihr unterwegs. Sicherlich hätte sie fassungslose Blicke geerntet, als sie schallend in die Kälte lachte, denn die Erinnerung an Cors finalen Auftritt war zu gut gewesen.

Unmittelbar nachdem Anita Freshman Harrington belastet und Nate ihn festgenommen hatte, war Cornelius vor der Kollegin auf die Knie gegangen. Beinahe weinend hatte er ihr im Namen der Damen gedankt.

»Teuerste, wir alle werden für immer in Ihrer Schuld stehen. Machen Sie sich um ihre Approbation keine Sorgen. Ich bin mir sicher, dass es mannigfaltige Alternativen für Sie gibt. Zum Beispiel in einer der schönen Ayurveda-

Kliniken auf Barbados, wo man Sie Naturellement mit Kusshand nehmen wird!«

Doch noch zuvor war Sir Charles zu einem anderen Helden der Stunde geworden. Als Nates Kollegen Harrington abführen wollen, hatte der Politiker wild um sich geschlagen und in Richtung des alten Strafverteidigers gebrüllt.

»Boleman-Whitecliff, ich brauch Sie! Tun Sie etwas!« Daraufhin hatte Sir Charles ihn einen Moment betrachtet, um ihm eine Abfuhr zu erteilen.

»Tut mir leid, Harrington! Auch für mich gibt es Grenzen. Ich stehe nicht zur Verfügung.«

Dann hatte er sich abgewendet und im Laufe des Abends mehrfach eine Kopie seines *auch für mich gibt es Grenzen* anhören müssen – es war zum Bonmot der Party geworden.

Der allgemeine Schockzustand war lähmend wie Nebel durch die Räume gekrochen und Samy war sich sicher gewesen, dass ihr Fest damit zu Ende war.

Doch weit gefehlt. Die Angestellten von *Windsor Kitchen* waren auf Lucas Anordnung mit Tabletts voller Whiskey-Tumbler und Gin-Tonic-Gläser durch die Menge geschritten und hatten jeden Gast genötigt, sich einen Drink zu genehmigen. Das hatte den Knoten gelöst und im Anschluss daran hatte die Party Fahrt aufgenommen, als gäbe es kein Morgen. Selbst Sir Charles und Lady Helen waren bis zum bitteren Ende geblieben. Beinahe jeder Gast hatte ihr versichert, dass sie den Burtons den Rang abgelaufen hätte – einschließlich Les Burton selbst.

Er war von Nate aufgefordert worden, am nächsten Tag zur Wache zu kommen, um eine weitere Aussage über seinen Streit mit Harrington in der Bibliothek zu machen. Zwar hatte Samy weder ihn noch Arthur aus dem Raum kommen sehen, bevor sie Theo gefunden hatte, doch Les hatte angeben, früher am Abend mit Harrington dort gestritten zu haben. Bei dieser Gelegenheit musste der Politiker den Brieföffner entwendet haben.

Was für eine Nacht, dachte Samy und beschloss, alle Verabredungen der nächsten Tage sausen zu lassen und sich eine gute Zeit mit Cor zu machen. Er würde am Tag vor Heiligabend abreisen, doch bis dahin mit ihr herausfinden, was sie beim Weihnachtsfest ihres Großvaters, dem 8. Earl of Straight, erwartete.

ENDE

Trudy Cos
MORD IN WINDSOR
Ein Krimi mit Samy Wilde

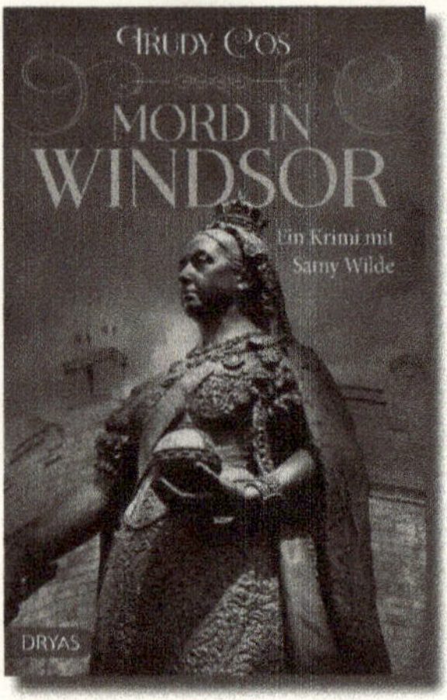

Taschenbuch
280 Seiten
Preis 12,50 EUR [D]
ISBN 978-3-948483-35-7
lieferbar

Ebook epub
ISBN 978-3-948483-36-4

Gerade als Samy Wilde ihr neues Leben in Windsor zu genießen beginnt, fällt ihr ein Toter vor die Füße. Das passt ihr gar nicht, denn die Informatikerin war durch den Verkauf einer App zu Geld gekommen und möchte sich endlich einmal den angenehmen Dingen des Lebens widmen. Stattdessen wird sie selbst des Mordes verdächtigt. Als Frau der Tat beginnt Samy mithilfe ihres guten und etwas skurrilen Freundes Cornelius, ihre eigenen Recherchen rund um das Windsor Castle durchzuführen. Dabei werden beide mit Samys Vergangenheit konfrontiert. Könnte es sein, dass der Mord mit ihrem jüngst verstorbenen Vater zusammenhängt?